Clara Pinto Correia *Das Alphabet der Frauen*

Clara Pinto Correia

Das Alphabet der Frauen

Aus dem Portugiesischen von Marianne Gareis

Roman

BYBLOS VERLAG BERLIN

bb

Die Originalausgabe erschien 1990 unter dem Titel *Ponto pé de flor* bei Publicações Dom Quixote, Lissabon

Die Deutsche Bibliothek – CIP-Einheitsaufnahme

Pinto Correia, Clara:
Das Alphabet der Frauen : Roman / Clara Pinto Correira. Aus dem Portug. von Marianne Gareis. – Dt. Erstausg. – Berlin : Byblos-Verl., 1992
Einheitssacht. : Ponto pé de flor <dt.>
ISBN 3-929029-00-6

Deutsche Erstausgabe 1992
Byblos Verlag GmbH Berlin

Bibelzitate aus: Die Bibel in heutigem Deutsch
Mit freundlicher Genehmigung der
Deutschen Bibelgesellschaft Stuttgart
Gesamtgestaltung: Gijs Sierman
Satz: deutsch-türkischer fotosatz, Berlin
Druck und Binden: Drukkerij Nauta BV, Zutphen
ISBN 3-929029-00-6

Ana … Ana? Oh, Ana!
Komisch! Mir ist nie aufgefallen,
daß mein Name so viel Musik enthält.

ODETTE DE SAINT-MAURICE
Sou uma Rapariga do Liceu

Und schließlich – für Ana

I

Celeste

Warum bist du so weit weg, Herr?
Warum bleibst du verborgen?
Schamlose Schurken stellen den Armen nach,
locken sie heimtückisch in ihre Falle;

Im Hinterhalt liegen sie nah bei den Dörfern,
heimlich ermorden sie schuldlose Menschen.
Sie liegen und lauern wie Löwen im Dickicht,
sie spähen nach hilflosen Opfern aus
und fangen sie ein mit ihren Netzen.
Sie ducken sich, werfen sich auf die Armen
und reißen sie nieder mit roher Gewalt.
Bei alledem sagen diese Verbrecher:
»Gott fragt nicht danach, er sieht niemals her,
er will von uns gar nichts wissen.«

PSALM 10

Damals liebte Celeste einen Matrosen und wartete zu Hause darauf, daß sein Schiff die Hafeneinfahrt passieren würde, mit Kurs auf ferne Gewässer eines weiten Meeres, in blauen und grauen Aquarellfarben auf die verfließende Karte der langen Trennungen gemalt. Es war Nacht, und der Fluß war voll von schwankenden Lichtern hinter verschwommenen Regenvorhängen, grünen und roten Punkten auf dem schwarzen Band des Flusses, dort unten am Fuße des mit Dächern und Fernsehantennen übersäten Hanges. Celeste setzte sich ans Fenster und betrachtete die bebende Silhouette der Brücke in der salzigen Feuchtigkeit des Windes, langsam und einsam fuhr der letzte Zug am schlammigen Ufer der Flußmündung entlang. Sie wußte, daß nun jeden Augenblick ein Mann auf einem Schiff vorbeikommen würde, wieder einmal auf der Reise, verborgen im Maschinenraum, und das war der Mann, den sie damals liebte. Celeste erkannte die beiden gelben Lichter am Bug, ihr Herz schlug schneller, sie öffnete das Fenster und winkte lange mit einem weißen Taschentuch. Leb wohl, mein Schatz, einfache Verse eines alten Liedes. Und er, der sich die Umrisse jenes Fensters eingeprägt hatte, von dem aus ihn eine Frau im weiten Schlund der Erde verschwinden sah, erschütterte dreimal den Schlaf der Stadt mit dem klagenden Widerhall des Horns, leb wohl, leb wohl, Geliebte, noch einmal und immer und ewig. Hier fahre ich nun, Celeste, und denke an dich. Dann schluckte die Finsternis in einem langen Schweigen die gelben Lichter. Celeste steckte das Taschentuch ein und stieß einen Seufzer aus. Langsam kehrte sie zurück in das Halbdunkel ihrer Wohnung, lächelte über sich und das unwirkliche Bild jenes Seemannsgeliebten inmitten von Kompassen und Hebekränen, Knoten und Seemeilen, ein Geliebter mit Delphinflossen, der plötzlich auftaucht neben dem Schiffsrumpf und neben gesichtslosen Frauen, die frühmorgens in den verlassenen Häfen leise vor sich hin singen. Celeste liebte einen Matrosen, und dann öffnete sie den Kühlschrank, ohne Licht in der Küche zu machen, holte eine Literflasche dunkles Bier heraus und ging zurück ins Wohnzimmer. So fand ich sie vor, als ich mit dem Hund bei ihr ankam. »Eines Tages«, hatte ich ihr anfangs einmal gesagt, und es war ein feierliches Versprechen gewesen, »eines Tages, meine Liebe, werde ich es schaffen, dich zu überraschen.«

Aber da es vielleicht wirklich nichts mehr gab, was sie überraschen konnte, zog sie nur eine Augenbraue hoch, sehr ernst und würdevoll, mit dem unheilverkündenden Blick, der einem explodierenden Gelächter vorausgeht. Wir lachten wie verrückt, bevor wir auch nur ein einziges Wort gewechselt hatten, ich stand in der Tür, blaß und erschöpft. Von meinen Haaren tropfte das Wasser, weil ich das Auto zwei Straßen entfernt abgestellt hatte und in meiner Verwirrung natürlich nicht an den Regenschirm gedacht hatte. In der Nacht von Freitag auf Samstag und mit einem Hund auf dem Arm stand dort das, was von mir übriggeblieben war, die leibhaftige Tragödie, morgens um zwanzig nach drei, kaum daß das Schiff mit ihrem Geliebten an Bord in der dunklen Weite verschwunden war, und als wir uns schon fast wieder beherrschen konnten, zog sie die andere Augenbraue hoch.

»Wie schrecklich«, tönte sie mit ihrer Altstimme, »was ist das denn für eine Rasse?«

Ich sank ihr in die Arme, begann endlich zu weinen, und sie bedeckte mein Gesicht mit Küssen.

Catarina

Herr, ich suche Gerechtigkeit!
Höre meine Klage, nimm meine Bitte an!

PSALM 17,1

Ich hatte zum ersten Mal den berühmten ToPê vor mir, und eigentlich war er gar nicht übel. Aber irgendwie werden unsere Erwartungen immer ein bißchen enttäuscht, wenn wir die neuen Liebschaften unserer Freundinnen, über die wir soviel gehört haben, persönlich kennenlernen. Vielleicht lag es auch an mir, weil ich an diesem Abend nicht in der Stimmung war, genauere Beurteilungen dieser Art vorzunehmen, doch eines ist sicher, ich wurde erst ruhiger, als der junge Mann aufstand und zur Toilette ging. Und ich wünschte mir nur, daß er dort sehr lange bliebe, daß er niemals wiederkäme, daß plötzlich niemand mehr in jemanden verliebt sei, denn diesmal interessierten mich Catarinas Gefühle ausnahmsweise nicht. Ich brauchte sie. Draußen fiel unbarmherzig der Regen, und ich brauchte sie für mich allein. Das wußte sie. Und ich wußte, daß sie es wußte. Sie hatte in meinem Gesicht fast alles gelesen, was ich ihr nicht sagen konnte, als sie Hand in Hand aus dem Zug stiegen, mit Bergen von Koffern und dem Weidenkorb, in dem der Hund schlief, und wir uns mit dem üblichen Freudengeschrei umarmten, bis ich schließlich ToPê um den Hals fiel und ihm einen herzhaften Kuß gab. Willkommen an Bord, Kleiner.

»Das ist ToPê«, sagte sie.

Und sie zwinkerte mir bedeutsam zu, aber eigentlich ging es schon nicht mehr darum, mir nach Monaten vertrauensvoller Telefongespräche den Geliebten vorzustellen. Sie versuchte mit all ihren Sinnen, winzigste Anzeichen meiner Gefühlsverwirrung zu deuten und aus meinen Gesten das Ausmaß der Katastrophe abzuschätzen. Catarina hatte mich am Bahnsteig gesehen und auf den ersten Blick gewußt, daß es diesmal nicht um sie ging, aber nun stand zwischen uns ein Mann mit blauen Augen, blauem Trenchcoat und einem Dreitagebart: das Corpus delicti, das uns offensichtlich zusammengeführt hatte und nicht verstehen konnte, warum es plötzlich so wichtig war, uns für einen Augenblick das Feld zu überlassen. Als wir ihn endlich rechts um uns herumgehen sahen, unsicher und ätherisch, beugten wir uns genau gleichzeitig über den Tisch und lächelten über die verschlüsselte Botschaft der gegenseitigen Hilfe.

»Erzähl mir alles«, sagte sie und streichelte mir über die Hand.

»Das geht nicht«, antwortete ich, und es schnürte mir die Kehle zu, weil es schrecklich war, ihr nicht alles erzählen zu können. »Wir haben nicht die Zeit. Was für eine Rasse ist der Hund?«

Sie machte ein empörtes Gesicht. »Aber mein Fräulein, sehen Sie denn nicht, daß das ein echter portugiesischer Wasserhund ist, der einmal sehr groß, sehr schön und sehr stark wird, wie ein verzauberter Prinz, der gut auf Sie aufpassen wird?« Sie zog die Augenbrauen hoch. »Ich weiß nicht warum, aber es kam mir vor, als ob du so jemanden nötig hättest.«

»Ach, Catarina«, stöhnte ich in meiner Verzweiflung und Einsamkeit, während sich draußen der Novemberregen ohne Unterlaß über die Stadt, die Schiffe und die Kräne am Kai ergoß.

»Tut es sehr weh?« fragte sie.

»Mir tut alles weh«, sagte ich. Nachher würden sich Catarina und der Mann, mit dem sie im Zug angereist war, in Joanas altes Auto setzen, das seit dem Vorabend am Bahnhof stand. Ich hatte die Schlüssel in der Tasche. Alles war vor einer guten Woche ausgemacht worden, unter spitzbübischem Gelächter und stillschweigender Komplizenschaft, ihr Fest war unser Fest. Sie würden durch den nächtlichen Regen fahren, unter Bäumen ohne Laub und über alte Brücken, am Flußufer entlang bis zu dem überfluteten Land an der Flußmündung. Sandwege würden von der scheinwerfererhellten Straße abzweigen, vielleicht würden sich die beiden über dem Schalthebel ab und zu kräftig die Hand drücken, bestimmt würden sie in ihrem Schweigen ein langsam wachsendes Glücksgefühl spüren. Sie würden dann endlich Vergangenheit und Zukunft vergessen, es würde nichts bleiben außer den beiden Tagen, die ihnen gehörten, vielleicht würden die Schwingen eines tief fliegenden Nachtvogels ihren Weg kreuzen, langsam und grau über den niedrigen Büschen. Vielleicht würden sie sich verfahren, aber sie hatten ja die Wegbeschreibung, die ich ungelenk auf eine Papierserviette gemalt hatte, während mein Espresso kalt wurde in diesem verlassenen Bahnhofscafé. Am Ende des dritten Abzweigs nach links würden sie das Häuschen mit dem gelben Tor finden, friedlich in der Ebene. Und ich wäre dann wieder allein mit meiner Angst und dem unbarmherzigen Vorsatz, nicht mehr zu denken, nicht mehr zu fühlen, dem Wunsch, es sei bereits viel Zeit vergangen und diese Nacht nur noch eine undeutliche Erinnerung in späteren, glücklicheren Zeiten, ein weit zurückliegender Schmerz, der wie alle heftigen Schmerzen so tief begraben lag, daß man ihn fast vergaß. Ich würde ihnen die Autotür aufhalten und die Szene mit einer galanten Verbeugung krönen, der Bürgersteig in regennassem Glanz, um die Straßenlaternen milchige Lichthöfe. Dann wären Catarina und ToPê schon weit weg, und ich hätte nichts mehr, nichts, was mir gehörte, außer einem kleinen schlafenden Hund in einem Weidenkorb.

»Ist es das, was ich denke?« fragte sie.

»Natürlich«, sagte ich und deutete etwas an, das die Karikatur eines heroischen Lächelns darstellen sollte.

Sie legte die Hand unter dem Tisch auf mein Knie. »Mein Liebes, mein Schätzchen, mein Dummerchen. Geht es dir gut?«

»Nein«, antwortete ich.

Wir lachten herzlich, traten uns gegen die Schienbeine, dann stieß sie mich in die Rippen und fragte, ob es nicht besser sei, diese Geschichte mit dem Häuschen und dem gelben Tor zu verschieben.

»Um bei dir zu sein«, erklärte sie. »Ich kann den Rest meines Lebens mit diesem Mann verbringen, so Gott will.«

»Mein Liebes«, sagte ich, »mein Schätzchen, mein Dummerchen, mach keine Witze. Du hast doch den Kleinen nicht im Koffer mitgebracht, um verzweifelten Kindern zu helfen. Und die ganze Arbeit, die wir hatten mit diesem Schrottauto und dem dämlichen Haus? Das wäre ja noch schöner. Nein, nein, mein Fräulein, Sie sind gekommen, um zwei Tage im Paradies zu verbringen, und jetzt fahren Sie, ob Sie wollen oder nicht.« Ich machte eine dramatische Pause. »Übrigens, es gibt dort kein warmes Wasser.«

Sie legte beide Hände aufs Herz. »Oje, oje, sag nicht so was! ToPê wird sauer sein. Was habt ihr mir da eingebrockt, ihr beiden Hübschen«, klagte sie kopfschüttelnd. »Man kann sich auf niemanden mehr verlassen. Und du, was machst du jetzt?«

»Was weiß ich, erst mal werde ich wohl leiden wie ein Hund.«

»Ich seh schon, du hast dem verzauberten Prinzen, den ich dir mitgebracht habe, eine wunderbare Zukunft zugedacht«, sagte sie. »Ach, Kleine, ich kann dich doch in diesem Zustand nicht allein lassen.«

»Ich hab ja dieses Ding da in dem Korb«, brummte ich.

»Aber wir reden, wenn ich aus dem Häuschen zurück bin, ja?« schlug sie vor.

Sie war wirklich besorgt um mich, sonst hätte sie die anzügliche Bemerkung gemacht, daß sie eventuell nicht lebend wiederkehren würde.

»Tja, meine Schöne«, sagte ich geschäftsmäßig, »wenn unser Mädchen aus dem Häuschen zurückkommt, dann ist die Mama in Porto, so Gott will.«

Sie zündete noch eine Zigarette an. »Kämpfst du wieder für die Sache der Kälber aller Länder dort oben bei den Leuten im Norden?« fragte sie liebevoll und ironisch. »Wo die Kälber über die spitzen Steine stolpern?«

Ich zuckte die Achseln. »Glaub mir«, erwiderte ich, und es war die reine Wahrheit, »diese dämlichen Kühe mit ihren großen Kuhaugen, das ist zur Zeit genau das, was ich brauche.«

»Vielleicht tut dir der Ortswechsel gut«, entschied sie lebenserfahren.

»Ach Frau«, unterbrach ich sie entnervt, »mir tut alles gut.« Und ich konnte nichts mehr hinzufügen, weil inzwischen ToPê wieder da war, in voller Größe und etwas verwirrt, weil er unerwartet auf einer Bühne auftreten mußte, die ihm fremd war. Ich lehnte mich zurück und strich mir die Haare aus dem Gesicht. »Du siehst toll aus, Süße«, sagte ich zu ihr.

Eugénia da Conceição

Bewahre mich, wie man sein eigenes Auge schützt,
und gib mir Zuflucht unter deinen Flügeln!

PSALM 17,8

Ich lernte sie durch meinen damaligen Freund kennen, der Musiker war. Er war ein früh gealterter Blonder mit ausweichendem Blick, der mir im unpassendsten Moment gestand, daß er unsterblich in mich verliebt sei, seit er mich beim Einkaufen bei Preciados in Badajoz gesehen habe. Als ich ihm sagte, daß ich noch nie etwas von den anscheinend so berühmten Gitarren dieser Catarina gehört hätte, durchbohrte er mich mit einem Blick, der zu den Scheiterhaufen der Inquisition gepaßt hätte, und einige Monate später, als er erfuhr, daß ich eine Woche in Évora verbringen würde, um die Meinungen der Bauern über die künstliche Besamung zu erkunden, schlug er mir auf seine überraschende Art vor, daß wir gemeinsam fahren und bei ihr wohnen sollten, da sie sich ewig nicht mehr gesehen hätten und er sowieso eine Sache bei ihr in Auftrag geben müßte, deren hermetische Terminologie mir völlig unverständlich war. Ich erinnere mich, daß wir nachts um zwei ankamen, in einer wollüstigen Nacht voller Grillen und Sterne, und daß wir bei Sonnenaufgang noch immer kühles Bier tranken und redeten und redeten. Männer und Frauen und Hühnerhunde, die wie lauter identische Knäuel auf den Sofas schliefen.

»Schau sie dir an«, unterbrach sie sich, bevor sie eine neue Geschichte begann, »sie sind so süß, wenn sie schlafen.«

Auf dem Weg hatte ich erfahren, daß besagte Catarina Gitarren baute und Hunde züchtete, drei Töchter hatte und einen Landschaftsarchitekten zum Mann, und daß sie eine großartige

Frau sei, eine Meinung, der ich sofort zustimmte, kaum daß sie uns die Tür geöffnet hatte. Angeblich soll sie am nächsten Tag, als ich mich der Rinderangelegenheit widmete, die Hände in die Hüften gestemmt haben, weil der Musiker in die Küche kam, um zu fragen, ob es Milch gebe, mit dem gekränkten Blick derer, die sich geschworen haben, systematisch und militant alle Morgenstunden dieser Welt zu hassen und sich dann für immer und ewig an ihr Magengeschwür klammern. Sie überfiel ihn, die Eierpfanne in der Hand, mit der Frage: »Also, mein Stier, sag schon, womit hast du dir verdient, daß eine so großartige Frau ihre Zeit mit dir verplempert?«

Ich glaube, er hat irgend etwas in seinen Bart gemurmelt, daß ich so viel Zeit nicht verplempern würde, aber das ist sowieso das Unwichtigste an der Geschichte, wie Catarina in mein Leben trat. In meiner Erinnerung habe ich mir diesen ersten Augenblick wie ein Feuerwerk bewahrt, das doppelt schön war, weil es völlig unerwartet kam, dieses unschätzbare Glücksgefühl, das wir haben, wenn wir am Ende einer dunklen, vom Duft und den Schatten der Zistrosen erfüllten Nacht ein fremdes Haus betreten und dort einen Teil unserer Seele finden, ohne Vorwarnung oder Vorgeschichte, einfach so. Mir gefielen die grauen Strähnen in ihrem kurzen Haar, die feinen Falten in den Winkeln ihrer großen Augen und die Art, wie sich fast unmerklich ihre Brüste unter dem verblichenen Männerhemd in Falten legten. Mir fiel auf, wie sie ihre alten Jeans trug, die Gesäßtaschen vollgestopft mit Zetteln, wie ihre Hände auf den Dingen ruhten, vor mir stand eine Frau, die sehr viel gelebt hatte und der das Leben ungeheuer gut gefiel. Es gab bei ihr versteckte Anzeichen einer süßen, jeder Hast entbehrenden Sinnlichkeit, die gut und angenehm war, sich aber Erklärungen und Benennungen verschloß, und nur, wer den Schlüssel besaß, konnte ihren raffinierten Code entziffern.

»Das war letztes Jahr, in einem Fotokurs, wegen des Bildbands über portugiesische Hunderassen, an dem ich mitgearbeitet habe«, sagte sie und zeigte auf einen grauen Metallrahmen, der über der Figur eines Mädchens mit Pfauen hing. »Eine der Prüfungsaufgaben war ein Selbstporträt.«

Ich betrachtete das Bild, ein Schwarzweißfoto mit harten Kontrasten. Da waren die Gesäßtaschen ihrer Jeans, mit den gleichen

Zetteln und der gleichen nachdrücklichen Zufälligkeit, die rechte Hand auf einer der Gürtelschlaufen. Ich habe viele Erinnerungsstücke zurückgelassen, überall auf meiner unbefriedigenden Suche, aber ich habe immer das vollendete Bild der großen Liebe meines Lebens aufbewahrt, ein Bild, auf dem wir zu zweit eine kleine Straße unter Laubwerk und Felsen entlanggehen, umarmt und in Harmonie, um uns herum viel Sonne. Von hinten betrachtet. Es ist so still, so passend, so traurig, geheime Offenbarung eines überwältigenden Abschieds. Als das Foto gemacht wurde, wußten wir beide bereits, daß alles zu Ende war, obwohl wir es nie zugegeben hätten.

»Catarina«, sagte ich, »ich hätte sehr gern auch mal so ein Selbstporträt gemacht.«

Sie stützte das Kinn in die linke Hand. »Willkommen an Bord, Kleine«, antwortete sie.

Ich fühlte mich wohl bei ihr und in ihrem Haus, das genauso war wie sie, alt, groß, mit imposanten, massiven Möbeln voller Wurmlöcher und jahrhundertealtem Hausrat in den Schubladen. Das kunstvolle Muster der Teppiche war von den Füßen vieler Generationen ausgetreten, und das ganze Haus war beherrscht von einer gemütlichen Unordnung. Wasserfarbenbilder, gemalt von den Töchtern, als sie noch klein waren, englischsprachige Bücher über Hundezucht, Familienfotos und Stapel von Papieren in gefährdetem Gleichgewicht auf dem Fernseher. Ich hatte noch keinen Menschen erlebt, der in kürzester Zeit solche Mengen von Bier trinken konnte wie sie, und ich erinnere mich, daß ich voll Neugier und Bewunderung auf ihren Bauch schielte: nicht das geringste Anzeichen von Schlaffheit nach so vielen Jahren und offensichtlich so vielen Litern. Am nächsten Abend, als ich staubbedeckt und mit schlammverkrusteten Stiefeln zurückkehrte, gab es fritierten Flußbarsch zum Abendessen auf der Terrasse. Wir leerten drei Flaschen köstlichen grünen Wein, und damals dachte ich mir zum ersten Mal, daß dieser sympathische, aber harmlose Mann sehr wenig mit ihr gemein hatte.

»Und der berühmte ToPê?« fragte mich Celeste lachend. »Ist er annehmbar?«

»Ein bißchen zu sehr Elektroingenieur für meinen Geschmack, wenn du's wissen willst«, antwortete ich mit einer vom Weinen belegten Stimme. Ich räusperte mich, rieb mir die Augen, bettete das schlafende Hündchen auf die großen Kissen auf dem Boden, und sie baute sich in strenger Pose vor mir auf.

»Stimmt das auch, meine Liebe? Oder ist es deshalb, weil du heute nacht die Menschheit haßt?«

»Ich habe Besseres zu tun, als die Menschheit zu hassen«, murrte ich. »Wenn früher eine verzweifelte Frau zu einer anderen kam, hat die sich nicht mit Banalitäten aufgehalten, sondern gleich einen Tee gemacht.«

»Das war, als es noch kein dunkles Bier gab.«

»Danke«, erwiderte ich. »Dann bring mir doch bitte gleich einen Teller Feigen, und es ist ein für allemal Schluß.«

»Ich hasse die Ikonoklastin in dir«, entgegnete sie. Sie begann in den Regalen zu wühlen und fragte mich, ob ich Rauchtee, Lindenblüten-, Ginster- oder irgendeinen anderen Tee haben wolle.

»Ist scheißegal«, sagte ich weinerlich und vergrub mich ins Sofa.

Celeste hatte eine berühmte Großmutter gehabt, mit Schnurrbart und einem legendären Jähzorn, die Witwe eines wohlhabenden Landwirtes wurde, als sie in freudiger Erwartung ihrer zweiten Zwillinge war. Sie trug den Ehemann mit Pomp und dem gebührenden Ernst zu Grabe und berief noch am selben Tag eine Versammlung der Gutsverwalter, Geschäftsführer und anderer interessierter Verwandter ein. Sie erschreckte die Welt mit der ersten öffentlichen Demonstration ihrer schnellen und scharfen Intelligenz, schlug ein halbes dutzendmal mit der Faust auf den Tisch und führte dann die Ländereien mit eiserner Hand. Es folgten viele Veränderungen wie das Fällen der Olivenbäume zugunsten des Weinanbaus, heftige Wasserstreitigkeiten mit den Nachbarn, niedergerissene Mauern, pantagruelische Weihnachtsfeste, bei denen sie eine Woche vorher wie ein Panzerwagen in die Küche einfiel, um ein Bataillon geschwätziger und in der sündigen Herstellung raffiniertester Leckereien erfahrener Frauen anzuführen, und sogar eine spätere Phase der Massenagitation gegen die Eukalyptuspflanzungen. Schließlich, mit vierundachtzig Jahren, stieg sie eines glühenden Augustnachmittags auf einen Hocker und füllte einen blauen Porzellanteller mit warmen, honigglänzenden und bereits aufgeplatzten Feigen. Sie stellte den Korbstuhl unter den Feigenbaum, schlug die Beine übereinander und brüllte ins Haus, daß man ihr eine Serviette und eine der Literflaschen mit dunklem Bier aus dem Kühlschrank bringen solle. Um sie herum hüpften die Heuschrecken im trockenen Gras, und die Zikaden stimmten die Symphonie einer Verklärung an. Sie starb zwei Stunden später.

»Und ich«, beschloß Elsa, als sie diese Geschichte hörte, »wenn ich nicht so sterbe wie sie, dann möchte ich ewig leben.«

In dieser Nacht muß es mir wirklich schlecht gegangen sein, denn normalerweise bin ich ängstlich darauf bedacht, Celeste mit Witzen, in denen es um Feigen geht, zu verschonen. Obwohl sie natürlich stolz ist auf die triumphalen Umstände dieses einzigartigen Todes, geht ihr der Verlust der Großmutter immer noch sehr nahe. Als sie sechzehn war und plötzlich merkte, daß sie schwanger war und sich in ihrer hilflosen Angst in den Frühbus nach Lissabon setzte, kämpfte nur die Alte auf ihrer Seite gegen Wind und Sturm. Und vor allem gegen den Schwiegersohn, für den sie nie besondere Sympathien gehegt hatte und dessen merkwürdiges Milchgesicht die Gabe zu haben schien, sie von Stunde zu Stunde mehr zu erzürnen. Das hätte mir gerade noch gefehlt, einen Mann zu Grabe getragen zu haben, um nun nach der Pfeife eines Jungen zu tanzen, soll sie gebrüllt haben, bevor sie sich wie ein Tornado in den Sechsuhrzug warf, auf der Suche nach dem verlorenen Schäfchen. Das sie dann eine Woche später in der dritten Reihe eines Revue-Chors wiederfand, aber es war nicht Celeste, die mir das zuerst erzählte. Es war Joana, als wir im Supermarkt in einer fürchterlichen Schlange vor den Kassen standen, denn es war Silvestermorgen, und das elektronische System war plötzlich ausgefallen. Es hätte keinen günstigeren Augenblick wählen können.

»Mach dir nichts draus«, tröstete sie mich. »Schlangestehen hat seine Vorteile. Man lernt immer neue Leute kennen.«

Wir hatten ausgemacht, daß wir gar nicht erst schlafen, sondern gleich losfahren würden zu dem Fest auf dem Bauernhof der legendären Großmutter, und die Blondine meines Lebens war noch betörender als sonst in ihren Stiefeln. Es war schon über einen Monat her, daß sie ganz aufgekratzt und glücklich ins Institut gekommen war und mir eine halbe Stunde später, gebeugt über die warmen Lenden unserer Lieblingscharolaise mit Namen Sue Ann, verkündete: »Ich habe mir ein Paar Stiefel bis übers Knie gekauft, Mädchen«, sie beugte sich weiter vor und senkte die Stimme. »Echt gewagt, du glaubst es nicht.«

»Wenn wir hier noch länger stehen, schlafe ich ein«, sagte ich, denn ich war sehr müde von dem Kurs mit den Dänen und wegen einiger privater Turbulenzen. »Nachher schleppst du die Tüten und mich dazu.«

Sie sah mich von der Seite an, mit diesen unglaublichen blauen Augen.

»Du wirst doch nicht behaupten, daß das ein Problem ist für eine Frau, die das Telefonbuch in der Mitte durchreißt wie ein Blatt Papier«, fügte ich hinzu.

Die Frau vor uns drehte sich nicht um, ließ aber Anzeichen von Unruhe erkennen, das war etwa der Effekt, auf den ich abgezielt hatte. Joana hatte von ihrer österreichischen Großmutter das blonde Engelshaar geerbt, das die Pracht ihres gertenschlanken Körpers mit einer Aura seidiger Weichheit umrahmte, aber in ihrer Jugend hatte sie ihre freien Stunden meist dem Krafttraining mit Hanteln gewidmet. Besagte Großmutter, die ich nicht mehr erlebt habe, hat vermutlich nie in ihrem Leben ein Gewicht gehoben; aber sie führte in großem Stil die athletischen Traditionen der Familie vor, indem sie sich zur Eröffnung jeder Badesaison mit einem Kopfsprung in die eisigen Gewässer São Martinhos stürzte. Die Männer senkten die Blicke, verletzt in dem hilflosen Schamgefühl, das durch Exzesse ausgelöst wird. Die Frauen lehnten sich an die Hüttenpfosten und unterdrückten ein Schaudern, das nicht vereinbar war mit den herrschenden Dogmen. Die Mädchen kicherten hinter vorgehaltener Hand, wenn sie sie in einem von allen Gefahren der Welt befreiten Kraulstil ins Meer hinaus schwimmen sahen, und die Bademeister schauten lieber gar nicht erst hin. Als sie am Anfang einer vielversprechenden Karriere als Pianistin stand, hatte sie in Salzburg einen portugiesischen Kardiologen kennengelernt, der für zwei Stunden der ungemütlichen Umgebung einer Fachtagung entflohen war, die in einem außerhalb gelegenen Schlößchen stattfand. Wenige Monate später stieg sie mit ihm zum Altar empor, dekorierte mit einem Übermaß an Samt und Mahagoni eine im zweiten Stock gelegene Wohnung in Lapa, mit Freitreppe und mit Porzellanklinken an den Türen, lernte ein gebrochenes Portugiesisch, das die Besuche bei ihr unvergeßlich machte, trug schließlich Trauer und erlitt eine Thrombose. Gemein und rachsüchtig verspottete das Schicksal ihre makellose Schönheit, indem es ihre rechte Mundpartie nach unten hängen ließ. Sie schwor sich, daß sie nur tot auf die Straße gehen würde und lebte dann noch vierzehn Jahre in verbitterter und trotziger Zurückgezogenheit, und um nichts in der Welt hätte sie ihr unglückseliges Schicksal der gemeinen Sensationsgier der Leute präsentiert.

»Und daran hat sie gut getan«, befanden wir beide.

Nur an diese späten Jahre der Einsamkeit konnte sich Joana erinnern, dunkle Wolken lasteten über den Sonntagnachmittagen. Joana, sechsjährig, mit Schleifen im Haar, kreuzte ihre runden Arme vor der rüschenverzierten Brust, die Füße leicht nach innen gedreht. Die Großmutter am Klavier mit ihrem schiefen Mund. Noch einmal, Mädchen, nicht falsch spielen, keine Halbtöne, mit dir, Lilli Marlen, mit dir, Lilli Marlen. Manchmal klingelte ein Fremder an der Tür, irgendein geschäftiger Händler, manchmal auch ein anschlußsuchender Verwandter. Die Alte blieb starr auf ihrem Hocker sitzen, ihre Finger zuckten über dem Fis, Joana lief erschreckt über den roten Läufer im Flur. Sie öffnete die Tür einen Spaltbreit und sagte erst einmal gar nichts, maß den Eindringling nur von oben bis unten, klein und pummelig im Halbdunkel des Treppenabsatzes. Dann drehte sie sich um, die Augen ganz rund vor Besorgnis. »Omi«, rief sie mit zartem Stimmchen, »da ist jemand«.

Sie stieß mich mit dem Ellbogen in die Rippen, genau da, wo es weh tat.

»Quäl mich nicht«, flehte ich, so daß die Leute es mitbekamen. »Ich bin am Ende meiner Kräfte.«

»Ich auch!« verkündete sie lautstark. »Ich hatte so viel zu tun in letzter Zeit, daß ich diesen Pulli heute sogar aus der Schmutzwäsche rausholen mußte.«

Die Frau vor uns musterte uns entsetzt, eine Geste, die sie nicht hatte unterdrücken können, ich errötete wie ein Schulmädchen und lächelte ihr gezwungen zu, während Joana mich triumphierend anstieß. »Hier, damit du lernst, dich nicht mit mir anzulegen.«

»Sollten wir nicht ein Geschenk für Celestes Großmutter kaufen?« fragte ich, in der Hoffnung, sie würde das Thema wechseln und einen Rest Vernunft zeigen.

»Aber was sollen wir denn einer Frau schenken, die alles hat?« tönte sie theatralisch.

»Noch mehr davon«, sagte ich, denn das war die übliche Antwort.

»Das kann man nicht kaufen«, entschied Joana voller Ernst. Und dann entflammte sie wortreich in hemmungsloser Bewunderung für die wilde Matriarchin, die wir gar nicht kannten, daß mir plötzlich der Verdacht kam, sie wüßte etwas, was mir entgangen war. Ich hörte angestrengt zu, auch die Frau vor uns. Es folgte die herzzerreißende Geschichte der beiden Frauen in der Künstlerloge des Revuetheaters.

»Celeste hat mir nie davon erzählt«, sagte ich.

»Mir hat sie's erzählt, letzte Woche. Ist dir nie dieses unglaubliche Foto aufgefallen? Celeste als junge Chorsängerin?«

Das Foto stand rosenverziert und goldgerahmt auf Celestes Stereoanlage. Mir fiel ein, daß ich es schon hunderte Male gesehen hatte, in vergilbten Brauntönen, sie mit verträumten, fischschwanzartig geschminkten Augen, nackten Schultern und Hochfrisur. Ich wußte auch, daß Celeste eine Tochter in meinem Alter hatte, die in Salamanca lebte, aber ich hatte nie nach ihr gefragt. Auch nicht nach dieser kitschigen und altmodischen Fotografie oder anderem, viel näher Liegendem. Celeste, wo warst du, bevor du eine geachtete Journalistin wurdest? Selbst Gerüchten über Bühnenauftritte in Afrika zur Belustigung der Soldaten schenkte ich keine größere Beachtung, praktisch und vielbeschäftigt, wie ich war. Nie hatte ich, trotz meiner vielen vertraulichen Gespäche, von diesen alten Geschichten gehört, zu denen das vulkanische Wesen neben mir in der Schlange offenbar Zugang hatte. Ich verspürte eine vage Eifersucht, denn strenggenommen hatten die beiden sich durch mich kennengelernt, und wurde ein bißchen traurig. Aber nicht sehr, denn Joana erzählte bereits den Rest der Geschichte. Und ich, wie inzwischen auch die Leute um uns herum, wollte sie bis zum Schluß hören.

»Also marschierte die Alte ins Tivoli«, erzählte meine beste Freundin, nun ganz Mittelpunkt, »und wer weiß, was sie dort angestellt hat, vermutlich hat sie alle Leute verrückt gemacht. Sicher ist jedenfalls, daß sie irgendwann unsere Tante entdeckte, die gerade auf der Bühne tanzte. Anscheinend hat sie dann ein paar

Trinkgelder verteilt und es geschafft, sich in der Pause mit ihr in einer der Künstlerlogen einzuschließen.

Celeste mit sechzehn, zierlich und verschreckt auf der Flucht vor dem Skandal, plötzlich sich selbst überlassen in Lissabon, mit zwei Laufmaschen in den Netzstrümpfen, unsicher auf ihren Stöckelschuhen in dieser düsteren Welt, die ihre eigenen Gesetze hatte hinter den Kulissen. Und nun die Alte, ganz in Schwarz, riesig, starrköpfig, mit einem weißen Spitzenkrägelchen, die Tür hinter sich geschlossen. Die Enkelin versuchte in einem unnützen Anflug von Schamhaftigkeit die zwischen ihren Fingern qualmende Zigarette zu verstecken, und ihr Stuhl quietschte, als die Großmutter mit der erdrückenden Wucht ihres Körpergewichts auf sie losging. »Rauchen tust du auch noch!« donnerte sie. »Und mit dieser schweinischen Schminke im Gesicht. Siehst du denn nicht, daß das deiner Haut schadet?«

»Bravo, bravo«, sagte ich, und das Ehepaar hinter uns wechselte lächelnd einen kurzen Blick.

Joana stellte fest, daß nur den Alten solche Sätze einfielen, warf ihr Haar zurück und fuhr fort mit der Geschichte, die ihr Celeste erzählt hatte. Sie war wunderschön an diesem Tag.

»Großmutter«, sagte Celeste in ihrem Glitterkleid, den Tränen nahe, »ich kriege ein Kind.«

»Ich weiß nicht, warum ihr es immer so eilig haben müßt«, sagte die Alte. Dann gab sie dem Theaterdirektor zu verstehen, daß dieses Mädchen eine wachsame Familie hinter sich habe, traf sich mit einer alten Freundin aus der Klosterschule, damit diese die Enkelin aufnähme. Wollte sie doch nicht, daß sich das Mädchen schwanger in stinkenden Pensionen aufhielt, von denen man nie wußte, wann und wie die Bettwäsche gewaschen wurde. Sie fuhr auch nach Lissabon, um bei der Geburt dabei zu sein, zum Schrecken der armen Schwesternschaft. Bis Celestes Name anfing, den Zeitungslesern ein Begriff zu werden, schickte sie jeden Monat Geld für das Kind, das ihr zu Ehren ein Leben lang den Namen Eugénia da Conceição trägt. Der milchgesichtige Schwiegersohn erlitt eines schönen Sonntagmorgens, als die Kanarienvögel vor den Fenstern sangen, einen Herzinfarkt und verkroch sich darauf dreieinhalb Jahre, mit Schlafanzug und Morgenmantel bekleidet, in einen Sessel, bei heruntergelassenen Rolläden, ohne Licht und voller Angst vor dem Sterben.

Schließlich, als die Beerdigung vorbei war, kam die untertänige Gattin endlich ihre Tochter Celeste besuchen, in das Haus am Ende des mit Dächern übersäten Hanges, aus dessen Fenstern man den Fluß sehen konnte. Die Enkelin, die sie nie gesehen hatte, begann gerade ihr Medizinstudium in Salamanca. Die Frauen der Familie trafen sich fortan zu Weihnachten und zu Ostern auf dem Hof, und Celeste brachte ihrer Großmutter jedesmal ein kleines Kissen aus Stramin mit, das sie im Blumenstich bestickt hatte, einem Stich, den sie auf dem Schoß ihrer Großmutter gelernt hatte, bevor sie in die erste Klasse kam.

Marilyn

Alle, die dem Herrn gehorchen,
umgibt sein Engel mit mächtigem Schutz
und bringt sie in Sicherheit.

PSALM 34,8

»Eine schöne Geschichte«, sagte ich, und Joana nickte ernst.

»Alte Frauen sind ganz wunderbar, wenn sie gut beieinander sind«, sagte sie abschließend.

Die Dame vor uns schien wieder ausgesöhnt mit der Welt und ganz besänftigt, was uns betraf, aber die Schlange rückte mit erbitternder Langsamkeit voran. Ich erinnerte mich an meine eigene Großmutter, die kleine Porzellankrüge herstellte und ihre Nachmittage damit zubrachte, sie mit winzigen Pinseln zu bemalen, später wurden sie dann auf dem Wohltätigkeitsbasar verkauft, und das Geld wurde den Armen gestiftet. Sie war ein Einzelkind, aufgewachsen unter scheinheiligen Tanten und Patenonkeln, die Laienbrüder waren, das hübscheste Mädchen im Dorf und überglücklich in ihrer Wunschehe mit einem jungen auswärtigen Ingenieur. Nach der Ankunft im großen Kurhotel von Monte Real, wo sie ihre Flitterwochen verbringen wollten, ließ sie sich als erstes einen Pagenschnitt machen. Damals trug man das Haar so, und ihr Mann erlaubte es, aufgeschlossen und nett, wie er war. Meine Großmutter saß neben ihm am Kopf der Tafel bei den großen Sonntagsmahlzeiten, hielt mit Erhabenheit und Würde Empfänge ab, küßte pünktlich zu Neujahr die Hand des Kardinals, nähte mit Sorgfalt die Aussteuer für ihre Töchter und setzte der stetig wachsenden Familie mit unbeirrbarer Regelmäßigkeit ihre zähen Herbstsüßigkeiten vor. Die Jahre und Beerdigungen gingen ins Land, sie trug den großen und reizbaren Mann zu Grabe, den sie so sehr geliebt hatte, die älteren Nichten fingen schon an zu flirten, die Jungen kamen in den Stimmbruch und rauchten heimlich in der kleinen Dachstube. Söhne und Töchter, Schwiegertöchter und Schwiegersöhne beteiligten sich unauffällig an Aktionen gegen den Krieg in Afrika, einer von ihnen hatte einen Stapel Flugblätter zu Hause und wurde verhaftet. Das war es, woran ich dachte, als ich in der Supermarktschlange stand. An meine Großmutter, die mit der gleichen sanften Erhabenheit, ohne ihre Lammfelljacke auszuziehen — wegen der Dringlichkeit der Mission —, einen Haufen Flugblätter im Kamin verbrannte, während sie unserer Hausgehilfin das Geheimnis eines Reisgerichts mit Stachelrochen und Ölkraut zu entlocken suchte.

»Haben Sie mir auch wirklich alles gesagt?« fragte sie mißtrauisch. »Alles? Aber Maria dos Anjos, Sie meinen wohl, Sie können dem Pfarrer das Vaterunser beibringen, was?«

»Bist du sicher, daß das deine Großmutter war?« fragte Elsa einmal. »Das klingt wie eine Geschichte von meiner.«

Elsas Großmutter lebte seit vielen Jahren allein mit zwei Perserkatzen, einer weißen und einer grauen, und drei weiteren Katzen undefinierbarer Rasse. Sie war so klein, daß sie sich auf Zehenspitzen stellen mußte, wenn sie uns beim Halten der Geige zwischen Kinn und Schulter korrigierte, geduldig lächelnd, inmitten verstreuter Notenblätter und einer unordentlichen Galerie vergilbter Fotografien mit Autogrammen ausgesuchter Musiker und berühmter Sänger. Ihrer besonderen Art von praktischer Vernunft verdankt sich der berühmte Ausspruch bei einer nächtlichen Runde in der Wohnung der Mutter, als es einen gelehrten Streit um die versteckten Bedeutungen gab, die sich in der zarten und vollendeten Unwiderstehlichkeit Marilyn Monroes verkörperten. Nur sie selbst, die in dem großen grünen Sessel in der Ecke saß und eine ihrer Westen mit Rautenmuster strickte, blieb gelassen, und sie äußerte sich erst, als alle anderen sich verausgabt hatten mit ihren Metaphern und Argumenten.

»Aber Kinder«, sagte sie mit ruhiger Stimme und ohne von ihrem Wollknäuel aufzublicken, »das war doch nur ein kleines, schamloses Flittchen. Nicht einmal Unterwäsche hat sie getragen.«

An jenem Tag war es kalt, aber als wir mittags aus der Kirche kamen, strahlte die Sonne, und eines der Chormädchen mit kariertem Rock und dazu passendem Schal sammelte Unterschriften für einen inhaftierten Studenten, der in Hungerstreik getreten war.

»Ich werde zwar unterschreiben, meine Liebe«, sagte Elsas Großmutter, »aber ich muß dir sagen, daß ich es überhaupt nicht gut finde, was dieser junge Mann gemacht hat. Waffen zu Hause verstecken finde ich gar nicht gut.«

»Sie finden doch nicht, daß er verurteilt werden soll, Tante?« meinte das Mädchen.

»Doch, das finde ich«, antwortete die kleine Alte. »Armer Kerl. Aber was er gemacht hat, war nicht schön, nein, bei Gott nicht.«

Elsas Großmutter hatte ein Erbgut im Alentejo, das in der revolutionären Zeit besetzt wurde. Sie verstand nicht recht, was da vor sich ging, zu tief steckte sie in ihrem Universum von Geigen, Katzen und gerahmten Erinnerungen. Aber die Agitation, die aufgeregten Leute, die Schreckensnachrichten über die unerklärliche Auflösung der einzigen bis dahin gekannten Ordnung bewegten sie dazu, sich mit ihrem Jüngsten ins Auto zu setzen und dort nach dem Rechten zu sehen. Tags darauf kam sie aufgelöst zurück, und heimlich, weil sie wohl spürte, daß nicht alle Leute geneigt waren, ihre Faszination zu teilen, war sie sehr gerührt.

»Das sind herzensgute Menschen, Mädchen«, versicherte sie mir ein paar Tage später, während sie nach den Noten kramte, mit denen sie mich quälen wollte. »Wir mögen zwar im Recht sein, aber wir dürfen nie die Menschen vergessen.«

»Das stimmt, Tante«, antwortete ich, die ich damals mit beachtlicher Offenheit in einer militanten pro-albanischen Gruppe agitierte, und hörte mir die Geschichte ihrer Begegnung mit Senhora Maria Ana an.

Senhora Maria Ana gehörte nicht zum weitläufigen Bekanntenkreis von Elsas Großmutter. Sie war als Besetzerin aus einem fernen Dorf gekommen und hatte irgendeinen Posten bei den Frauen inne. »Sie war eine Art Organisatorin von – was war es doch gleich, Mädchen?« Da auch ich mich in hierarischen Feinheiten nicht besonders gut auskenne, werden wir nie erfahren, welchen Posten Senhora Ana Maria innehatte, aber sie hatte einen Posten und damit basta, und sie war auf dem Erbgut, um ihn mit Strenge und Würde zu bekleiden, als Anführerin der geschlossen hinter ihr stehenden Frauenfront. Sie sprach mit Elsas

Großmutter vom Traktor herab, aber eine halbe Stunde später, nachdem die unbewußten Signale, durch die sich verwandte Seelen erkennen, ausgetauscht waren, unterhielten sie sich bereits in der Küche bei einer Tasse Kaffee, die auf dem schweren Holztisch dampfte. Als die Koffer in dem abfahrbereiten Auto verstaut waren, legte Senhora Maria Ana ihr in einer symbolischen Umarmung die Hände auf die Schultern. »Na dann gute Fahrt«, sagte sie. »Aber wollen Sie nicht ein paar Eier mitnehmen?«

Die Menschen, Mädchen.

»Habe ich dir von der Alten erzählt, die sich im Café Ideal an meinen Tisch gesetzt hat?« fragte ich Joana, die nun anfing, es auszunutzen, daß wir nicht vorwärtskamen, und immer wieder zu den Regalen ging, Sachen umtauschte und schnell noch etwas Neues holte.

Es war eigentlich nichts Besonderes, nur eine letzte kurze Episode im Zusammenhang mit alten Frauen. Ich war neunzehn und trug einen neuen Pulli, den irgendeine Tante für mich gestrickt hatte, rot, aus dicker Wolle, mit einem weißen Streifen, der quer über dem V-Ausschnitt verlief und sich über die Ärmel fortsetzte. Du siehst aus wie ein Ribatejo-Bauer in seiner Tracht, sagte meine ältere Schwester, als sie mich zum ersten Mal damit sah, und ich war sehr enttäuscht, bemühte mich aber, ihn weiterhin schön zu finden. Ich wollte mich mit dem Ökonomiestudenten treffen, der mir tagelang, weil er nicht anrief, das Herz bluten ließ, aber es war fünf Uhr nachmittags, draußen regnete es, und die freien Tische waren in Sekundenschnelle besetzt. Daher fragte mich diese kleine, aufrecht gehende Alte mit ihrem Fuchsschwanz und der nach außen gedrehten Frisur, ob ich etwas dagegen hätte, wenn sie sich zu mir setzte, nur für einen Tee. Ich verneinte und kaute weiter an den Nägeln, bis meine unglückliche Liebe mit durchnäßter Jacke die Glastür aufstieß und ich vor Glück verging. Die kleine Alte stand augenblicklich auf.

»Um Gottes willen«, sagte ich, »bleiben Sie doch.«

Zur Erwiderung schenkte sie mir ein strahlendes Lächeln. »Meine Liebe, das kommt gar nicht in Frage, ich war auch mal jung und weiß, wie das ist.«

»Glaubst du«, sinnierte Joana, »daß ich als alte Frau liebenswert bin?«

Ich bejahte, klammerte mich begeistert an den Einkaufswagen und erklärte, daß ich einmal einen Haufen Enkel haben wollte.

»Dann wäre es vielleicht klüger, du würdest versuchen, dir zwei oder drei Kinder anzuschaffen«, sagte Joana.

»Tja, das ist das Problem dabei.«

In diesem Augenblick begann eine unglaubliche Frau, ihren mit Haferflocken und Vollkornreis vollgestopften Wagen quer durch die Schlangen zu schieben. Sie hatte bestimmt seit mindestens zwanzig Jahren einen Mittelscheitel, so wie ihre Kopfhaut aussah, und alles andere verschwand unter einer grauen Mähne, die ihr bis zur Hüfte ging. Sie trug einen Rock mit Fransen bis zu den Knöcheln, und sie zwängte sich mit einem vergeistigten Lächeln zwischen den Leuten durch, wobei sie mit einer besonders dümmlichen und süßlichen Stimme um Entschuldigung und Durchlaß bat.

»Ach, Mädchen«, knurrte Joana zwischen den Zähnen, »du brauchst dir nicht einzubilden, daß du mit diesem Gesicht weit kommst.«

Kathleen

Doch du Herr, umgibst mich mit deinem Schutz;
du rettest meine Ehre, du schaffst mir Recht.

PSALM 3,4

Letztes Jahr, als ich in Kopenhagen war, um die neuen Gefriertechniken für Rinderembryonen zu erlernen, verbrachte ich einen Abend bei Zé Maria, der sich mutig den endlosen und dunklen Wintern stellt, alles nur wegen seiner reichlich esoterischen Doktorarbeit über die sakrale Musik Skandinaviens. Es war ein merkwürdiges Erlebnis, und am nächsten Tag stolperte ich den ganzen Tag über meine eigenen Füße, denn wir waren bis in die Morgenstunden aufgeblieben, unversehens gefangen in einer Situation, die uns keinen anderen ehrenvollen Ausweg ließ.

»Du liebst ja diese unlösbaren Situationen«, bemerkte Celeste und drückte noch ein paar Eiswürfel aus dem Eiswürfelbereiter.

»Nein«, erwiderte ich, nur in Strümpfen und mit geschlossenen Augen, ich konnte nicht mehr. »Die unlösbaren Situationen lieben mich.«

Ich kannte ihn hauptsächlich von Feten, Essen und ähnlichen Ereignissen, und bei solchen Gelegenheiten hatten wir immer sehr viel miteinander geredet, erstens weil wir uns sehr nett fanden und zweitens, weil es genau die Zeit war, als das mit dem gregorianischen Chor anfing. Das war eine unerschöpfliche Quelle gemeinsamer Faszinationen, die uns, begleitet vom Klingeln der Eiswürfel in den Whiskygläsern, eine verführerische Sicherheit bot. So rief ich ihn an, und wir gingen in ein Art-Déco-Lokal. Die Hammelkeule, duftend und glänzend, mit Kognak und Thymian gewürzt, wurde in kleinen Scheibchen auf rechteckigen Glastellern serviert, mit Apfelpüree und wildem Spargel. Mir wird schon beim Gedanken an Hammel schlecht, und nur aus Höflichkeit sagte ich nichts, aber dann fand ich alles ganz köstlich. Der Champagner war unübertrefflich, die geschliffenen, dünnstieligen Kelche reflektierten das Deckenlicht in perfekter Geometrie, die Kellner in ihren traumhaften Livreen bewegten sich mit der äquilibristischen Grazie russischer Zirkusartisten. Und als wir bereits ausgemacht hatten, daß wir danach zu ihm gehen würden, um einige äußerst seltene Aufnahmen von Kathleen Ferrier zu hören, gestand er mir aus heiterem Himmel, daß ich seine geheimsten Phantasien beflügelte, seit er in der ersten Pause von *Rheingold* vor meinen Augen einen Idioten heruntergeputzt hatte, der Schwachsinn über die Evolutionstheorie erzählte.

»Du hattest ein schwarzes Kleid an, das einen verrückt machte«, sagte er. »Sehr weit ausgeschnitten an den Schultern, weißt du.«

Das brachte mir blitzschnell zu Bewußtsein, daß ich einen lila Minirock zu Samtstiefeln trug, die ich am Vortag in einer Kaffeepause zwischen zwei Vorträgen gekauft hatte, und plötzlich wußte ich nicht mehr, wo ich meine Hände hintun sollte. Da ich mich, getreu meinem Stil, bereits vier- oder fünfmal zu dem wunderbaren Mann bekannt hatte, der derzeit meinen Horizont erhellte, blieb uns keine Möglichkeit mehr, das Gesicht zu wahren, außer der einen, die wir schließlich auch wählten, nämlich im Schneidersitz auf dem Bett zu sitzen, Betrachtungen über das Leben anzustellen und sehr viel zu lachen. In dieser Nacht erzählte Zé Maria, während er mir die Füße küßte, die ihm nach meinen diskreten Distanzierungshinweisen als Objekt seiner Zärtlichkeiten verblieben waren, von seiner ersten Ehe und davon, daß ihm schon bei der Hochzeit sein Irrtum klar wurde.

»Ich war der einzige von meinen Geschwistern, der die häuslichen Regeln mißachtete«, erzählte er mit offenem Hemd und leuchtenden Augen. »Erinnerst du dich noch, wie das damals war, der Familienkodex in den sechziger Jahren? An einer gewissen, unausgesprochenen Grenze, die sehr genau gezogen war, mußte man sich entweder fügen oder die Koffer packen. Eigentlich gefiel mir dieses Leben, ich war darin groß geworden, aber damals gab es auch all diese Ideale, und ich hatte viele. Ich besorgte mir eine winzige, etwas verlauste Wohnung mit Meerblick und spielte elektrische Orgel auf Hochzeiten und Feiern. Manchmal nahm ich einen Freund mit, der Schlagzeug spielte. Das reichte irgendwie zum Leben. Von ihnen, das wußte ich genau, hatte ich nichts mehr zu erwarten.«

Zé Maria trat also ins Wohnzimmer, nach außen hin unbescholten und rein, schöner Protagonist der hingebungsvollsten Familienspiele. Der kleine Heiztisch in der Ecke mit dem Tablett voll heißer Glut unter der Brokatdecke. Die Mutter hatte sicherlich geweint und sah ihn nun an, inmitten eines Schweigens, das erfüllt war von feierlich inszeniertem Schmerz. Zé Maria trat den Eltern am Tage des endgültigen Bruchs gegenüber, mit dem gebührenden Ernst, dem die Familien entnehmen können, daß sie hochgeachtet sind, da sie ihren Mitgliedern große Gesten und tiefe Gefühle abverlangen. Dann geh also, wenn du nicht bereit bist zu leben, wie wir es dich gelehrt haben.

»Mein Vater war stolz auf mich«, sagte der derzeit in Dänemark exilierte Komponist aus Braga, »als einziger seiner Söhne habe ich mich ihm widersetzt, auf sehr aufrichtige Art, eine gesunde, starke Sache zwischen Männern. Ich glaube, wir haben das beide gespürt, und irgendwie waren wir glücklich, obwohl wir das nicht hätten sagen können, nicht einmal denken. Verstehst du?«

Ich nickte. Erzähl weiter, mein Schöner, ich bin begeistert.

»Von meinen Geschwistern traute sich lange Zeit niemand, mit mir zu sprechen«, fuhr er fort, »und alles war wie abgeschnitten, aber ich dachte an sie und wußte auch, daß sie an mich dachten. Als ich mich entschloß zu heiraten, muß meine Mutter fast verrückt geworden sein vor Verzweiflung, stell dir vor, keine Träne der Rührung vergießen zu können inmitten der Pelzmäntel in der ersten Reihe der reich geschmückten Kathedrale. Aber das wollte ich damals sowieso nicht.«

Zé Maria liebte mit Glut, und er lebte die Liebe wie seine Ideale, spielte die elektrische Orgel auf den Hochzeiten anderer Leute, doch für sich wollte er nichts dergleichen, keine Protzerei, nur der Gesellschaft zuliebe. Vater, Mutter, weint nicht, ich weiß, daß in euren Träumen alles anders aussah, aber ich bin heute das glücklichste Mädchen der Stadt. Dieser ungestüme Mann, der eure Spielregeln ablehnt, schenkt mir all die Zärtlichkeit und Freude, die ich mir immer ersehnt habe, dieses Brot werden wir essen, diesen unwandelbaren Wein werden wir trinken, an allen Tagen der Woche, wahr und rein. Ihre Familie war ebenfalls hochgeachtet, auch ihre Eltern widerstanden der Versuchung nachzugeben, dann geht das Mädchen eben mit diesem Modernen, wohin es will, aber von uns kriegst du nichts, laß dir das gesagt sein. Zé Maria umarmte sie wie für die Ewigkeit, laß uns wortlos feiern, was keinen Preis und kein Maß kennt. Da er einen Jesuitenfreund mit schulterlangem Haar und weit ausgestellten Hosen hatte, planten sie nächtelang bei Bier und Zigaretten die Feier bis ins kleinste, den exakten Ablauf der Lesungen, die passenden Lieder, den wahren Rhythmus, den unverdorbenen Glauben.

»Und dann«, Zé Maria sprang auf und vergaß für ein paar Sekunden meine Füße, weil ihn die Empörung übermannte, »standen wir in der Kapelle und erlebten den großen Moment wie im Traum, ich zitterte heftig, wie nackt und von aller Schuld befreit, da dreht sie sich plötzlich zu mir, während eines berückenden Bibelverses, und läßt diese Ungeheuerlichkeit los.«

Sie, die süße Missionarin der Liebe, die heitere Heldin der großen Seelenbindungen. Sie zupfte ihn am Arm, während eines berückenden Bibelverses, näherte ihre Lippen seinem Ohr, durchtriebener Engel: »Zé Maria«, flüsterte sie, »hast du schon bemerkt, wie toll meine Schwester aussieht?«

Preciosa

Herr, der König freut sich und jubelt laut,
denn du bist mächtig und gabst ihm den Sieg.
Den Wunsch seines Herzens hast du erfüllt
und seine Bitte nicht abgewiesen.

PSALM 21, 2,3

Ich schüttete Celestes Birnenschnaps in mich hinein und kraulte zerstreut das Hündchen, das sich um mein rechtes Knie geschlungen hatte, hinter den Ohren. Und ich dachte an dieses skandinavische Erlebnis, weil mir nach den Alpträumen, den Schrecken und Weinkrämpfen eines ganzen Tages nur das exakt rekonstruierte Äußere Catarinas in den Sinn kommen wollte, das diese für ihre achtundvierzig Stunden jenseits des Irdischen gewählt hatte. Boshaft beschrieb ich Einzelheiten, von denen ich gar nicht gedacht hatte, daß sie mir aufgefallen waren, die kupferbeschlagenen Wildlederschuhe mit den seitlichen Schnallen, die weiten Hosen mit dreireihigen Taschen und einem kurzen, abgestimmten Jackett, die winzige Änderung der Frisur, die nun über der Stirn länger und hinten kürzer war, was ihr gut stand. Celeste wiegte nachdenklich den Kopf. »Das stimmt«, sagte sie, »Catarina hat wirklich das ideale Gesicht für kurze Haare. Bei mir sieht das grauenhaft aus. Ich sehe aus wie ein Geier. Nein, wie eine Geierin. Sagt man das? Wie nennt man denn die Frau des Geiers?«

»Geier haben keine Frauen, du Eselin«, brummte ich.

»Deshalb sind sie auch Aasfresser«, erwiderte sie.

»Weil es ein Vogel mit höherer Intelligenz ist, eines der wenigen Tiere, die wie die Menschen Hilfsmittel zur Nahrungsgewinnung einsetzen«, schloß ich, die ich in seltenen Momenten eine Enzyklopädie nutzloser Informationen sein konnte.

Als ich Celeste kennenlernte, verliebte ich mich sofort in ihre Haare, die all die Jahr hindurch gleichgeblieben sind, dunkelgrau, glatt und voll, und so perfekt in den Proportionen, daß man manchmal, in Zeiten schlechterer Verfassung, richtig neidisch werden konnte. Knapp unter dem linken Ohr abgeschnitten, verlaufen sie in einer vollendeten Diagonale bis zur rechten Schulter, wobei der zur Seite gekämmte, unregelmäßige Pony ihr Auge in einem Wechselspiel von Licht und Schatten verdeckt und wieder freilegt, was sie sehr geschickt einzusetzen versteht. Als Joana noch ihren Lebensunterhalt damit verdiente, daß sie zwischen Azambuja und dem Tal von Sorraia Pferde aus dem Marschland striegelte, die für die Guarda Republicana bestimmt waren, stand unser Projekt in der staatlichen Viehzuchtbehörde noch ganz am Anfang, und damals beschloß das Fernsehen, eine halbstündige Reportage über den genauen Ablauf und die Befremdlichkeiten der künstlichen Besamung zu machen, und mir wurde die heikle Mission übertragen, den breiten Massen in groben Zügen ihre enorme Zweckmäßigkeit nahezubringen.

»Deshalb«, wiederholte ich am Vortag eifrig vor dem Spiegel, »können aus dem Ejakulat eines normalen Zuchtstiers ungefähr zweihundert dieser Röhrchen gewonnen werden, in denen das in flüssigem Stickstoff tiefgefrorene und haltbar gemachte Sperma aufbewahrt wird, und ein einziges dieser Röhrchen reicht aus, um eine Kuh zu befruchten.« Jetzt muß ich noch irgendwie sagen, daß diese Röhrchen ganz billig und einfach anzuwenden sind, ohne daß es wie eine Seifenreklame klingt: »Und so ist es möglich, Sperma zu selektieren... nein, nicht Sperma, das hab ich ja schon gesagt. Also, Material der besten Zuchtexemplare zu selektieren, der Rassen, die für den jeweiligen Zweck am interessantesten sind...« Material? Wie lächerlich. Nur ich gerate in solche Situationen.

»Ich für meinen Teil würde mich bedanken«, flötete der Gitarrist mit den nervösen Augen, der so tat, als höre er nicht zu, dem aber nicht die winzigste Kleinigkeit entging.

Ich ging früh zu Bett, um keine Augenringe zu haben. Am nächsten Morgen erschien ich zehn Minuten vor Öffnung beim Friseur, und, wie nicht anders zu erwarten, beschloß Vera, mir das

Haar zu toupieren, was mich zur unglücklichsten Frau der Welt gemacht hätte, wenn ich nicht die alles zerstörende Bürste eingesteckt hätte, für alle Fälle. Im Institut ging es zu wie in einem Taubenschlag, Dona Benvinda schwenkte ihren Schrubber und beleidigte jeden, der ihr in die Quere kam, vom kleinen Angestellten bis zum Chef. Ich rannte zwei oder drei Stunden lang herum, in weißer Schürze und Gummistiefeln, und versuchte, die Truppe zu disziplinieren und mich zu vergewissern, daß alles an seinem Platz war, während ich gleichzeitig so tat, als ließe mich diese ganze Filmerei völlig kalt, gelegentlich warf ich im Vorbeigehen einen Blick in den Spiegel auf der Toilette. Wenn nur dieses Toupierte sich nicht wieder aufrichtete, dieses Biest hatte ja so viel Haarspray daraufgesprüht, trotz meiner Proteste. Anfangs hegte ich die stille Hoffnung, daß mich eine gute Fee aus dem Filmteam mit einem prachtvollen Make-up verschönern würde, aber die Zeit verging, schließlich war alles bereit, und keine Spur von einer Maskenbildnerin oder der Regisseurin, die zwar mit den anderen gekommen war, von der jedoch keiner wußte, wo sie steckte.

»Celeste?« meinte schließlich der Milchbubi mit dem stachligen Backenbart, der mir später das Mikrofon unter das T-Shirt steckte. »Gerade war sie noch da drin, keine Ahnung.«

Ich betrat festen Schrittes, energisch und dynamisch den Besamungssaal und platzte genau in die Szene, in der Celeste mit diesen Haaren, die mir auf Anhieb gefielen, auf dem Schoß von Senhor Juradinho saß. Der hatte die undankbare Aufgabe, sich rücklings unter das elektrische Phantom zu legen und das Auffanggläschen für das Sperma im richtigen Winkel zu halten, während Senhor Matos und Senhor Carvalhosa die Zuchtbullen über dem künstlichen Fell festhalten sollten, das getränkt war mit chemischen Stimulantien. Die natürlich nur bei Rindern funktionierten.

»Hallo«, sagte ich, und tat so, als hätte ich schon viel gesehen im Leben. »Bist du Celeste? Wenn du willst, können wir jetzt mit dem Filmen anfangen.«

Sie lachte mich an, bestens gelaunt inmitten der Monitore und Zentrifugen. »Ich kann jetzt nicht, meine Liebe«, antwortete sie, »siehst du nicht, daß ich gerade bei diesem Herrn auf dem Schoß sitze?«

Abends gingen wir alle essen zum Spießbraten-Nelson, Tierpfleger und Tontechniker, Analytiker und Skriptleute, voller Genugtuung über die geschaffte Arbeit und die vielen gefüllten Sangriakrüge. Preciosa, die, so gut sie kann, die miserable Telefonanlage in der Kammer neben dem Eingang bedient, erzählte den Kameramännern mit süßer Stimme und ernstem Gesicht Witze über rollige Katzen, und in regelmäßigen Abständen brach dieses Tischende in immer lauter werdendes Gelächter aus. Das Kalbfleisch war saftig, zart gegrillt lag es unter den Lorbeerblättern, voll mit rotem Pfeffer und Zitronensaft, und dann kam es sogar noch zu ein paar Schlachten mit Pommes Frites, die zum Glück nicht ausuferten, denn so etwas macht mich ganz nervös. Als die Kokosplätzchen und die Ananasscheiben serviert wurden, erfreuten Celeste und Senhor Juradinho, von denen sich herausstellte, daß sie sich kannten, weil sie beide aus Alpiarça stammten, das Publikum mit einem halben Dutzend reinrassiger Fados, die *Lanze recken und munter drauf los, ich werd nicht erschrecken, ist der Stier auch noch so groß.* Celeste mit geschlossenen Augen und hochgezogenen Brauen, ihre rechte Hand auf der Hüfte, *und diese Tiere, die Biester, so wild,* Senhor Juradinho senkte schmachtend die Lider, seine treuen Augen schienen mich zu grüßen. Wir sangen inbrünstig mit, *einst sagte ein Mann, berühmt als Torero hier: mehr Stöße versetzt der Hunger als ein entlaufener Stier.* Plötzlich waren wir auf dieses Wettsingen verfallen, und als ich steckenblieb, weil mir der rettende Reim auf ...*det* fehlte, wurde Preciosa erneut zum Mittelpunkt. Mit einer Durchtriebenheit, die uns neu an ihr war, rief sie mir über den Tisch zu: »Frau Doktor wenig tut, doch sehr viel redet!« Der Mann zu ihrer Linken saß schon fast auf ihrem Stuhl. »Haben Sie schon mal jemanden erlebt, der nicht besser ist in Worten als in Taten?«

»Wollen Sie meine Telefonnummer?« fragte der Mann.

»Schon gut, Junge«, sagte sie, ohne sich ihm zuzuwenden, »du kannst mir viel erzählen.«

Dona Benvinda und Dona Visitação mußten früher gehen, weil ihre Familien in einem abgelegenen Vorort auf sie warteten, und mit strahlend geröteten Gesichtern verabschiedeten sie sich unter Küßchen und ständigen Beteuerungen, daß ich im Fernsehen noch viel hübscher sei. Zu dieser Stunde war mein Kampf gegen die toupierte Frisur bereits gänzlich gewonnen, und es schien mir, daß die Reportage trotz des Geschreis, der Schnitte, der technischen Pannen und des allgemeinen Durcheinanders intelligent gemacht war, daß sie verschiedene Lesarten zuließ und alle Voraussetzungen erfüllte, die Leute sowohl zu fesseln als auch zu informieren. Wir gingen hinaus in den kühlen Wind und planten bereits unser nächstes Wiedersehen, bei dem wir eine ganz den Kühen gewidmete, grundlegende Serie vorbereiten wollten, dann jedoch mit angemessener Vorbereitungszeit. Celeste fuhr mich nach Hause, da mein Auto in der Inspektion war, und wir redeten vor der Haustür noch bis zwei Uhr nachts.

»Und was will Catarina jetzt machen?« fragte sie. »Sich gänzlich dem berühmten ToPê hingeben und nach zwei Jahren versöhnt ins eheliche Bett zurückkehren?«

»Ich glaube, ja«, sagte ich.

»Ich hasse die Frauen«, sagte sie.

Ich erklärte, daß für Catarina, soweit ich ihre Beweggründe richtig verstünde, alles besonders schwierig sei, da sie ihren Töchtern schlimme Szenen ersparen wolle.

»Ihr Mann behauptet, daß er ohne sie nicht leben kann«, sagte ich ohne große Überzeugung, »und daß ihm alles, so traurig und erniedrigend es auch sein mag, lieber ist als die Trennung, was die Sache für sie nicht leichter macht.«

Celeste zuckte die Schultern. »Und sie stützt sich auf diese Entschuldigung, damit sie nie mehr der Wüste ins Auge blicken muß, denn eine Sache zu zerstören tut immer höllisch weh, findest du nicht?«

»Und es ist einfacher, die Augen zu verschließen und das Wochenende in einem Häuschen zu verbringen«, antwortete ich, die ich über alles, nur nicht über den Schmerz einer Trennung reden wollte.

Sofia

Nimm Schild und Waffen,
komm und hilf mir!
Zücke die Lanze, versperre den Weg,
daß meine Verfolger mich nicht erreichen!
Gib mir die Zusage, daß du mir hilfst!

PSALM 35, 2,3

Als ich von der Existenz des Häuschens erfuhr, war gerade der Frühling angebrochen, das erste Storchenpaar hatte sich auf dem Kamin der verlassenen Ziegelei niedergelassen, die Flußniederung war mit weißen und gelben Blumen übersät. Das Wasser glänzte in der Sonne, wenn sie für Momente das ziehende Heer der Märzwolken durchbrach, es roch nach modrigem Holz, nach feuchter Erde, man hörte es zwitschern, trällern, glucksen, die Frösche quakten, und alles war schön. Wir waren gerade für eine Woche unterwegs, um den Rinderbestand der Region zu erfassen, nach Sorten, Stückzahlen und Problemen, machten unzählige Notizen auf fotokopierten Formularen und versenkten mehrfach den Jeep in Schlammlöchern. All dies liebten wir, die Landwege mit den länglichen, weißgestrichenen und sehr niedrigen Katen, die verstreuten Korkeichen, den wolkenverhangenen Himmel über den Bauernhäusern, deren Kalkanstrich grün und blau abgesetzt war, die Traktoren und Überlandbusse, die schläfrigen Hunde und die Männer mit Schirmmützen vor dem Wirtshaus, das nur fünf Tische und ein winziges Fenster hatte. Wir hielten am Dorfplatz und klopften den Schlamm von den Stiefeln, bürsteten uns gegenseitig ab, setzten uns mit Vorliebe in die Ecke neben der Tür zur Küche und bestellten gegrilltes Fleisch, Salat, Pommes Frites, Hartkäse und Oliven, und was für einen Wein haben Sie?

pflegte Joana zu fragen. Das war der Augenblick, da wir uns in Erwartung des Mittagessens zurücklehnen, eine Zigarette anzünden und zur Ruhe kommen konnten, nach einem Vormittag zwischen Einzäunungen und Rinderherden. Schau mal einer die studierten Fräuleins an, meinte manchmal ein zahnloser Alter, wenn er hereinschlurfte, sich an die Theke stellte und ein großes Bier bestellte, und wir lachten ihn an. Joana versuchte, dem geprügelten Hund Kunststückchen beizubringen, der sich, die Schnauze erwartungsvoll erhoben, neben unseren Stühlen niedergelassen hatte. Wir liebten es, uns anzusehen und, wenn das Brot kam, die Butterportionen aufzumachen, einfach dazusein, mit dem Kickfußball im Rücken, den Kühen, den Vögeln und den Bäumen, der Flußmündung, die da draußen auf uns wartete. Joana hatte den Schlüssel und die Landkarte mit den Erklärungen dabei.

»Wir sollten besser gleich hinfahren«, sagte sie, die die angeborene Höflichkeit besitzt, mir immer zuerst aufzutun, wenn die Platte kommt, was ich zwar sehr nett finde, mich manchmal aber auch ärgert, wenn ich bereits ein anderes Stück Fleisch ins Auge gefaßt habe, »zumindest um unsere Sachen hinzubringen, denn wenn mich nicht alles täuscht, werden wir uns noch ganz schön verfahren, da diese Karte nicht gerade das Genaueste ist, was mir bisher in die Hände gekommen ist. Und ich glaube kaum, daß uns nachts so viele Frauen mit einer Hühnerschar über den Weg laufen, die wir fragen könnten.«

Also irrten wir nach dem Mittagessen ein wenig durch die Gegend, mit Gelächter und einigen Abstechern auf den Randstreifen, vielleicht hätten wir etwas sparsamer mit dem Mandellikör umgehen sollen. Tatsächlich begegneten uns Frauen inmitten ihrer Hühnerschar, und dann standen wir vor dem gelben Tor. Die Jagdbehörde hatte das Häuschen im Vorjahr hergerichtet, es sollte ursprünglich ein Stützpunkt für die Kontrolleure und Organisatoren der Treibjagden sein, nun stellten sie es für Feldforschungen wie die unsrigen zur Verfügung. Und gelegentlich sogar für »spielerische Zwecke«, hatten sie Joana erzählt, als sie den Schlüssel abholte, aber nur ganz selten, unter Kollegen, ganz im Vertrauen.

»Übrigens«, erklärte sie feierlich, als sie mit dem Schloß kämpfte, »vielleicht sollte ich dich vorwarnen, es gibt hier kein warmes Wasser.«

»Na ja«, sagte ich resigniert, »was tut man nicht alles für Benfica.«

Joana, die, so ungern ich es zugebe, Fan von Sporting ist, schüttelte den Kopf und sah mich nur mitleidig an. Inzwischen hatte endlich die Sonne den dichten Wolkenteppich durchbrochen, ich zog den Pullover aus, ein Duft von warmen Gräsern erfüllte den Wind, und die Insekten in Gebüsch und Schilf spielten ihre inbrünstige Schäfersymphonie. Ich sah aus dem Fenster, das auf einen zementierten Hof ging. In den Rissen wucherten Klee und Ringelblumen, zwei niedrige, krumme Feigenbäume schmiegten sich an die bröckelige Mauer, und ich spürte, daß eine in meinen geheimsten Phantasien verborgene Saite angeschlagen wurde. An so einem Ort, an so einem Tag. Ich und ein Mann ohne Namen und Gesicht, der mir in dieser Geschichte, die nichts mit meinem wirklichen Leben zu tun hatte, besonders wichtig war, ein einziges und letztes Mal für kurze Zeit uns selbst überlassen und dem immer gleichen Bild der Flußmündung hinter den roten Stämmen der Korkeichen.

»Hör mal, der nette Kleine, der immer die Koffer vom Jeep runterholt, hat heute frei«, rief mir Joana von der Tür aus zu.

»Ich komm ja schon«, sagte ich verwirrt.

Es wäre Sommer, und wir beide wunderschön, sehr braun und mit wirrem Haar, barfuß und vor Gesundheit strotzend, voll überschäumender Leidenschaft in der hinreißenden Irrealität einer mit allen Sinnen erlebten Lust, genau so, ohne Einschränkung oder Scham, und mit ganz vielen Verzierungen. Manchmal würden wir uns abends schön machen und mit dem Auto in eins der nahe gelegenen Städtchen fahren, uns unter die Leute mischen, uns über dem Tisch die Hand halten und so das Schauspiel unser Andersartigkeit noch erregender machen. Wir würden vage oder kluge Sachen sagen oder gar nichts, uns nur anschauen und verwundert lächeln, geblendet von so viel Liebe für jede einzelne unserer Gesten. Außer uns würde niemand dorthin gelangen, wo wir gerade waren, und niemand würde auch nur den Versuch wagen, sich vorzustellen, was wir empfanden und wie sehr wir es empfanden, denn es war zu viel, und wir wollten immer noch mehr. Wir lehnten uns an die in Sternenlicht getauchte Mauer, erfüllt vom Brausen der Nacht, und atmeten langsam die Wonne eines vollkommenen Glücks, er strich langsam mit dem Finger über meine Schulterlinie und sagte, daß es nie wieder eine solche Zeit geben würde.

Am nächsten Tag schlief ich auf der Terrasse ein, nach einem Vormittag am See und einem wunderbaren Mittagessen in einem weißen, sehr weiten, sehr offenen Hemd. Es ist unglaublich, wie viele Details immer in unseren Phantasien auftauchen. Die Phantasie von den Schultern kam nicht von ungefähr, denn ich liebe diesen hervorstehenden Knochen, der klassisch und streng den Winkel zwischen meinem Hals und meinen Armen bestimmt. Anfangs beschloß ich sogar, mich Sofia zu nennen, kam aber später davon ab. Meine Knie zum Beispiel werden sorgfältig ausgespart aus diesen verführerischen Situationen, denn sie sind immer rund und breit geblieben, wohl aus einer unerträglichen Anhänglichkeit an kindliche Bauformen. Ich hasse meine Knie. Ich male mir die detailliertesten Szenen mit Füßen, Knöcheln, Schenkeln aus – übrigens auch etwas, was ich hasse, das Wort Schenkel –, aber nie mit Knien.

»Ach ja«, sagte Joana, als ich ihr am Abend die Träumereien beichtete, die mich für den Rest des Nachmittags beschäftigt hatten, inmitten von Erhebungen, Statistiken und Kälbergewichten. »Ein weißes Hemd, du bist ja ganz schön verwegen.« Sie lächelte geheimnisvoll, als sie die Flasche Jeropiga sah, die wir in einem der Küchenschränke entdeckt hatten. »Ich hatte auch mal eine tolle Phantasie«, gestand sie mir, »in der ich eines Freitagsnachts einen Mann traf, mit dem ich mal eine große Romanze gehabt hatte, aber ein paar Jahre zuvor, und den ich danach nie mehr wiedergesehen hatte. Wir machten also was ganz Verrücktes und beschlossen, einfach loszufahren, ohne Fragen und ohne Umschweife, und verbrachten das Wochenende an einem paradiesischen Ort am Strand. Da kamen wir also an, und hier gibt es dann eine elegante Auslassung ... wie in einem Film, weißt du, einen Schnitt, und in der nächsten Szene, bereits am nächsten Morgen, da kommt dann mit aller Wucht meine praktische Veranlagung durch.«

Sie sah mich aus ihrer leuchtenden Haarpracht heraus an und leerte ihr Glas. »Denn am nächsten Morgen,« fuhr sie fort, »er schlief eng an mich gekuschelt, ein wundervoller Morgen, weißt du, das Meer und die Möwen, und all das, stand ich behutsam auf, um ihn nicht zu wecken, gab ihm noch einen Kuß vor dem Gehen – sie sind ja so süß, wenn sie schlafen, findest du nicht? –, ging dann über die Straße, und alle Leute blieben stehen, so schön war ich, und ich«, sie lachte los, »ging eine Apotheke suchen, um eine Zahnbürste, Hautcreme und Lidstrich zu kaufen! Ehrenwort, genau so war es, auf dem Höhepunkt meiner Phantasie. Nun sag schon, daß das noch besser ist als dein weißes Hemd.«

»Ach, Liebes«, sagte ich.

»Ich mag dich so gern, Kleine«, sagte sie.

Wir umarmten uns in einem Anfall von Zärtlichkeit, draußen riefen die Käuzchen, und ganz hinten am Horizont glitzerte der Fluß im Mondlicht.

»Aber hätte Joana nicht auch zu diesem Essen kommen sollen, bei dem ToPê in die Gesellschaft eingeführt wurde?« fragte mich Celeste, die mit dem Leeren der Aschenbecher und dem Stapeln von Papieren beschäftigt war, als wollte sie mir bedeuten, daß es schon spät war, selbst für ihre Begriffe.

Ich zuckte die Achseln und spürte, daß mir die Klauen des Unglücks erneut und mit vermehrter Kraft den Hals zuschnürten. Setz mich nicht vor die Tür, Celeste. Alle lassen mich im Stich.

»Ich habe heute erst am Spätnachmittag im Institut vorbeigeschaut«, sagte ich, von einem erneuten Hustenanfall geschüttelt, »und als ich dort ankam, war Joana schon weg. Sie hat durch Preciosa ausrichten lassen, daß sie nicht zum Essen kommen kann. Mehr weiß ich auch nicht.«

»Das mit dem Lump läuft auch gar nicht gut, was?« meinte Celeste. »Das liegt am Winter, weißt du. Im Winter verstehen sich alle Leute schlecht.«

»Ach was, im Frühjahr verstehen sie sich auch nicht besser«, antwortete ich, plötzlich ganz streng, denn, obwohl mir niemand Mangel an Leichtfertigkeit vorwerfen kann, ertrug ich es in diesem Fall nicht, daß man nicht ernsthaft darüber sprach, »und es ist so ungerecht, daß ich große Lust hätte, den lieben Gott aufzusuchen und ihm eins reinzuschlagen.«

»Meine Liebe«, fiel sie mir ins Wort, »wann wirst du endlich lernen, daß dies hier keine Erbauungsgeschichte ist? Das ist das Leben, hast du verstanden?« Sie stellte sich in Pose und machte eine leichte Verbeugung. »Das Leben ist eben so. José de Oliveira Cosme«, sie erhob ihren Zeigefinger, »der hat das gesagt.«

Im Gegensatz zu mir, die ich, noch bevor ich Fernando Jorge sah, viel für ihn übrig hatte und ihn immer Piu-Piu nannte, hatte

Celeste ihn nie gemocht und nannte ihn immer den Lump. Ein gutes Jahr war es erst her, und jetzt schien es so lange. Eine riesige Entfernung hatte sich zwischen uns und die Zeit geschoben, als wir, ohne es zu wissen, noch leichtfertig und verantwortungslos waren. Wir hielten das Loch mit dem Finger zu, bis wir erkennen mußten, daß der rauschende Strom, der auf der anderen Seite den Deich sprengte, nicht aufzuhalten war. Wir können am Anfang nie sagen, wie viele Schichten Unschuld uns noch umhüllen und von uns abfallen werden. Dann schauen wir zurück und verstehen auf einmal, wie naiv wir waren, wie jung, es ist noch gar nicht lange her, und verstehen es erst jetzt, da wir die Gewißheit haben, daß alles vorbei ist. Vor etwas über einem Jahr hatte ich Joana blaß und ergriffen zum Altar schreiten sehen, ich war Trauzeugin, stand in der ersten Reihe und versuchte nicht zu weinen wegen meiner in verschiedenen Pastellfarben abgetönten Schminke, die mich eine gute halbe Stunde Konzentration vor dem Spiegel gekostet hatte.

»Ah, die liebe Gevatterin«, sagte der alte Onkel gerührt, der aus Galicien gekommen war, nur um Trauzeuge zu sein, und drückte mir dann die ganze Zeit mit erstaunlicher Kraft den Ellbogen.

Wir trugen das gleiche Kleid, wobei ihres beigefarbene und meines blaue Streifen hatte, und beide trugen wir ein Seidentüchlein in der Jackettasche. Außerdem hatte uns Veras Tochter als Zeichen der Zusammengehörigkeit weiße, sehr feine und enge Handschuhe genäht, mit drei Korallenknöpfen an der Manschette, die für Verwirrung sorgten im kritischen Moment des Ringetauschens. Die Armen, Gott laß sie glücklich werden. Joana verheiratet, das mochte keiner glauben, am Vorabend tanzten wir bis in den frühen Morgen und anschließend zogen wir unter Gelächter ans Flußufer, um den Sonnenaufgang zu betrachten, schön und siegreich, tolle Frauen, schrien die Fischverkäuferinnen, tolle Frauen. Wir zeigten auf unsere gefährliche Blondine, die umwerfend aussah in einem wassergrünen Smoking, die Haare mit Gel nach hinten gekämmt. Und wir sagten, sie ist es, sie ist es, die heiraten wird. Ach die Arme, meinten die Fischverkäuferinnen. Gott laß sie glücklich werden. Und ich wußte, war vollkommen davon überzeugt, daß meine beste Freundin sehr glücklich werden würde.

Manuela

Eine Verbrecherbande hat mich umstellt,
diese Hunde lassen mir keinen Ausweg.
Sie zerfetzen mir die Hände und Füße.
Sie stehen dabei und gaffen mich an.
Schon losen sie um meine Kleider
und verteilen sie unter sich.

PSALM 22, 17, 18, 19

»Ach, Mädchen«, unkte Celeste, als die beiden zum ersten Mal mit mir bei ihr waren, »das wird doch nichts Rechtes, diese Laus, dieser Lump, den sie da abgeschleppt hat, einer, der die Leute nicht mal richtig anschaut. Arme Joana, sie ist so verknallt, daß sie nicht mehr klar sieht.«

Aber ich wünschte mir für Joana einfach nur alles, was es an Gutem und Vollendetem gab. Es ging ihr so gut. Er schien so gut zu ihr zu passen, war so ruhig und zurückhaltend und gleichzeitig so weich und voller Zärtlichkeit. Und vor allem war es so bewegend gewesen, als ich das erste Mal von ihm erfuhr. Ich war gerade nach Hause gekommen, da erschien Delfina an der Fahrstuhltür und sagte sehr ernst zu mir, daß das Fräulein Joana angerufen habe, ihr Vater sei gestorben. Ich stieg sofort wieder ins Auto und fuhr zu ihr, überall schlichen seufzende und miteinander flüsternde Verwandte herum, die ich nicht kannte, Joanas Augen wirkten noch größer als sonst. Die galicische Großmutter umarmte mich an der Tür, winzig und zerbrechlich, verletzt in ihrer Würde, wie es bei schweren Verlusten oft vorkommt.

»Er sah so schön aus, mein Sohn«, sagte sie, aber eigentlich sprach sie zu sich selbst. »Gelächelt hat er, ganz friedlich.«

»Wir haben ihr letzte Woche erst gesagt, was er hatte«, erklärte Joana, ganz Hausherrin. »Wir haben sie nach Lissabon geholt, zu meiner Patentante, und haben es ihr gesagt.«

Sie strich die Haare aus dem Gesicht, befestigte sie mit einem blauen Band, und plötzlich, als gerade niemand im Zimmer war, zog sie mich zu sich heran. »Süße, weißt du was«, teilte sie mir in verblüffend gleichgültigem Ton mit, »ich glaube, ich bin schwanger.«

Ich erstarrte, denn ich haßte den Freund, den sie damals hatte, und sie ahnte wohl, was ich dachte. »Nein, mit Heitor habe ich Schluß gemacht. Es ist Fernando Jorge, der Fernando Jorge von der Werbeagentur, weißt du? Ich bin so verliebt, nachher erzähl ich dir mehr.«

Ich verlor sie aus den Augen, als einige Tanten sich mit ihr unterhalten wollten, und ging in die Küche, um mir diskret einen Pulverkaffee aufzubrühen. Offensichtlich war sie in den letzten Tagen nicht benutzt worden, denn alles war makellos aufgeräumt und beherrscht von einem unwirklichen Fehlen der alltäglichen Handgriffe, so wie es auch im Schloß von Schneewittchen gewesen sein muß, als der Prinz eintrat, um sie mit einem Kuß zu erlösen, mit seinem Schwert, an dem frisches Drachenblut klebte. Neben dem Kühlschrank lag ein runder Stapel, mit Silberpapier bedeckt, und da meine Neugier stärker war als meine gute Erziehung, hob ich eine der Ecken hoch und schaute, was darunter war. Es waren wunderschöne, glänzende Mandeltorten, acht an der Zahl, alle mit einem lila Kärtchen versehen, auf das mit Filzstift und mit unsicherer Hand das Datum gemalt war. Die letzte war am Vortag eingetroffen, die anderen waren ihr Tag für Tag vorausgegangen, Mutterliebe, die nicht mehr anders hinausgeschrien werden konnte. Mein lieber Sohn, hieß es auf jedem Kärtchen, hier also deine Mandeltorte. Mit den besten Genesungswünschen und einem dicken Kuß von deiner Mutter und Freundin, Manuela.

»Ich wäre gern alt«, behauptete Celeste, »richtig alt, steinalt, uralt. Es muß wirklich großen Spaß machen, eine verrückte Alte zu sein.«

Sie erzählten ihr, was er hatte, und sie weinte nicht und stellte auch keine Fragen, mein Sohn wird sterben, und ich kann ihn nicht einmal in den Armen wiegen. Ich kann nichts tun, also backe ich ihm die Mandeltorte, die ihm so gut schmeckt. Jeden Tag, bis zum letzten, tat sie es, diese runzlige Alte, die im Wohnzimmer stand und langsam mit dem Kopf nickte. Ein so bescheidener, zuckriger Abschied, so traurig, und nun lagen sie dort unausgepackt auf der Küchenbank gestapelt. Ich schlich auf Zehenspitzen hinaus, mit dem Gefühl, ein Geheimnis verletzt zu haben, und ging nachsehen, ob in Joanas Zimmer, das im ersten Stock war, Zigaretten lagen. Ich öffnete die Tür und sah die Mutter mit roten Augen und schwarzen Kleidern, ein Bild des Jammers, in den Armen der Tochter, die ihr über das Haar strich. Und sie flüsterte ihr etwas ins Ohr, was ich nicht verstand, aber ich hörte die prompte Antwort der Mutter, mit vom Weinen heiserer Stimme, die altbekannten Worte von Millionen Müttern vor ihr und nach uns. Ich hörte, wie ihre Stimme sich plötzlich erhob aus der Tiefe der Traurigkeit, wo der Körper ihres verstorbenen Gatten lag. Und sie sagte, in kaum mehr als einem Atemzug, aber voller Energie: »Oh, Mädchen, um Gottes willen. Das hast du nur getan, um dich an Heitor zu rächen.«

»Nein, Mutter«, erwiderte Joana sanft, schmiegte sich an sie und küßte sie, »glaub mir, es geht mir sehr gut, ich werde sehr glücklich sein.«

Ich war begeistert von Fernando Jorge und der Größe des Augenblicks, den wir seinetwegen in seiner Abwesenheit erlebten, Joana war schließlich doch nicht schwanger, es war nur eine Verzögerung, die Nerven. Ich nannte ihn immer Piu-Piu und wurde Trauzeugin, sie sollten sehr glücklich sein, aber sie waren es nicht. Wir kauften Vorhänge und strichen die Wände der Ferienwohnung in Praia das Maçãs, trotteten mit Staubsaugern und Bilderrahmen durch das Treppenhaus, kürzten den Saum der Überdecken, stellten zwanzigmal die Pflanzen um. Nebenbei erzählte Elsa, hochschwanger und so zerzaust wie nie, die blutigen Geschichten ihrer schrecklichsten Motorradunfälle.

»Toll siehst du aus«, sagte ich. »So frisch, so gut. Ich hab richtig Lust, dich zu ohrfeigen.«

»Ah, die großen Helferinnen«, rief der Möbelpacker.

Joana öffnete ab und zu ihren Overall, um sich zu vergewissern, daß die knallrosa Kombination, mit der sie ein paar Stunden später bei einem Mittagessen mit seiner Familie erscheinen sollte, nicht knitterte. Um zehn Uhr morgens gingen wir alle wie richtige Möbelpacker, nur mit einigen durch die kantigen Regale verursachten blauen Flecken, in die verschlafene Kneipe am Ende der Straße und ließen Bier, sechs Schnitzelsandwichs, ein Tellerchen Tremoços und Stockfischkroketten kommen. Wir seufzten erleichtert, saßen einfach da und redeten über Reitschulen und mißliche Situationen mit Männern, alles unter dem interessierten Blick der Wirtstochter, die ganz still hinter dem Tresen stand.

»Jetzt, wo ich hierher ziehe, werde ich mit dem Ratola ausmachen, daß wir die Fohlen in den Wald bringen, meint ihr nicht?« fragte Joana, die richtig glühte vor Anstrengung, der Aussicht auf ein unendliches Meer von Glückseligkeit und der Stärkung durch das erste Sandwich.

»Den Ratola«, brüllte Elsa, die schon beim zweiten war, »den Ratola find ich stark. Der wird mich irgendwie rausziehen aus dieser Motorradgeschichte, wir haben schon den großen Coup geplant, mit einem Mechaniker in Chelas, der die Maschine auf dem Bürgersteig abstellt. Wir mieten dann ein Auto mit Vollkasko, und irgendein Typ, der noch nicht registriert ist, fährt dann drauf auf mein Prachtstück, damit die Versicherung zahlen muß, kapiert ihr? Diese Prachtmaschine war nämlich die Investition meines Lebens, echt wahr. Und es ist wirklich ein Scheiß, daß Besuguinha jetzt sagt, daß er ein Freund von ihm ist.«

»Wer?« fragte ich, weil ich wußte, daß sie die Frage erwartete, und ich war ganz in der Stimmung, bei allem mitzuspielen, solange mir nicht das Bier oder die Tremoços ausgingen.

»Besuguinha«, wiederholte Elsa, während sie sich zum dritten Mal Senf nahm, »das war der, der den Unfall gebaut hat, aber eigentlich war es für ihn Pech, denn es waren sieben Typen, die mir das Motorrad geklaut haben, und alle sind sie damit die ganze Nacht lang rumgedüst, und dann knallt der letzte, der sich beim Klauen nicht mal groß beteiligt hat, auf 'ne Mauer, baut 'nen Totalschaden und bleibt liegen. Bescheuert muß man sein. Ich bin dann völlig außer mir im Krankenhaus angekommen, habe gebrüllt, laßt mich rein, damit ich ihm die Fresse einschlagen kann, und da meint doch dieser Bulle, lieber nicht, Fräulein, die ist schon eingeschlagen. Der arme Kerl, ich hab richtig Mitleid gekriegt, als er zu heulen anfing, es war doch nur, oh Mann, tut mir leid, tut mir leid, ich hab doch nichts gemacht, ich bin doch ein

Freund von Ratola. Ehrenwort, er war wirklich ein Freund von Ratola. Stellt euch das vor. Alles eine Clique, glaub ich jedenfalls.«

»Und jetzt erzähl das Ganze mal in vernünftigem Portugiesisch für die Kleine da drüben, die möchte auch was davon haben«, sagte ich, und die Wirtstochter versteckte sich kichernd.

»Ach, ihr Lieben«, seufzte Joana und ergriff unsere Hände, »glaubt ihr, daß wir glücklich werden?«

»Natürlich«, antworteten wir im Chor.

Wir schmiedeten Pläne und machten uns gegenseitig Versprechungen, packten Kaffeekannen und Porzellangeschirr aus, hielten plötzlich inne und umarmten uns, in der sicheren Erwartung langwährender Dinge. Und dann, ein paar Monate später, als ich überraschend mit meinem geheimen Agraringenieur dort auftauchte, der Rugby spielte und der wollte, daß ich alles aufgebe, um ihn zu heiraten, war Joana allein und halb am Durchdrehen, mit schreiend lauter Musik und geschwollenen Augen. Fernando Jorge war abgehauen und hatte einen unverständlichen Brief hinterlassen.

»Was?« höhnte Celeste, »er weiß nicht, wer er ist, weiß nicht, was er will, hat sich noch nicht gefunden? O wie schön ist's doch mit fünfzehn!«

»Junkie«, befand Elsa fachmännisch. »Junkie und was Besseres. Was glaubt er denn, wen er da betrügt?«

»Ach Kinder«, schnurrte Cereja durchtrieben, »was habe ich da hinter mir gelassen!«

Später tauchte er wieder auf, verschwand erneut, unberechenbar und ruhelos, dieser Lump, meinte Celeste. Joana, die störrisch wie eine Mauleselin war, brüllte Celeste an, wartete auf ihn und schluckte Tabletten, sie haßte ihn fast, aber wenn er reumütig an die Tür klopfte, vergaß sie den Schmerz und den Groll. Versuchen wir's noch mal von vorn. In letzter Zeit hatte sie ihr Herz und ihre Seele dem, wie sie schwor, allerletzten Versuch verschrieben, und es war alles so häßlich und schmerzlich, daß ich ihr kaum noch erzählte, was mit mir los war, fast war ich erleichtert, als Preciosa mir sagte, daß sie nicht mitkommen könne zum Essen mit Catarina. Da ich mich auch nicht fähig fühlte, mit irgend jemandem zu reden, schloß ich mich im Computerraum ein, gab es dann aber auf, ich hatte einfach nicht den Kopf dafür. Schließlich schlug ich die Zeit im Shopping-Center gegenüber tot, der Zug kam erst um halb neun an, ich hatte noch viel Zeit, furchtbar viel Zeit. Ich ging in die Parfümerie Tuxa, um Wimperntusche zu kaufen und hoffte inständig, daß mich niemand sähe. Es machte bestimmt einen sehr schlechten Eindruck, wenn man nach solch einem Drama Wimperntusche kaufte, aber meine war fast alle, und ich hatte nichts zu tun. Ich konnte nichts tun.

»Diese hier ist sehr gut«, sagte die Frau an der Ladentheke, »sie pflegt zugleich, und sehen Sie, sie hat zwei Bürsten, eine große für die Wimpern oben und eine kleine für die unteren Wimpern, das ist sehr praktisch. Und außerdem ist sie wasserfest«, sie lächelte mir vertraulich zu, »Sie können sogar weinen, ohne daß sie verschmiert.«

»Ah«, sagte ich, »das ist genau das, was ich brauche.«

»Oh, meine Liebe«, sagte spontan die Frau aus der Parfümerie, die mich noch nie zuvor gesehen hatte, und sah mich mit großen Augen an, »kein Mann auf der Welt verdient es, daß man seinetwegen leidet, hören Sie?«

Delfina

Wie einer, der um seine Mutter trauert,
ging ich umher, gebeugt und voller Kummer.

PSALM 35, 14

»Dem geht's gut«, sagte Celeste und blickte auf das Hündchen, das an mich gekuschelt tief und fest schlief und sehr zufrieden aussah. »Hat er einen Namen?«

»José de Oliveira Cosme«, antwortete ich und dachte zum ersten Mal darüber nach.

Aber Celeste konnte wirklich nichts mehr überraschen. »Was tut man nicht alles für sein Benfica«, seufzte sie.

»Alles nur für Benfica«, fügte ich automatisch hinzu.

»Nun ja«, sagte Celeste, »ein Glaube muß ja wenigstens heil bleiben auf dieser Welt.«

Als Cereja mir zum Geburtstag ein Albino-Wellensittichpärchen schenkte, kaufte ich ihnen einen weißen Käfig und nannte sie die Weißen Vögel des Gehirns, aber anfangs hatte ich noch Gewissensbisse und bat Cereja um Erlaubnis.

»Du sollst alles tun, was dein Herz dir gebietet, so schmerzlich es auch für die Köpfe der anderen ist«, sagte sie, die immer schon eine Schwäche für praktische und beispielhafte Leitsätze hatte.

»Oh, Mädchen«, gackerte ich, ohne Verständnis für die großen Dinge, während ich den Vögeln, die ihre Köpfe zur Seite legten, Grimassen schnitt. »So große Worte für so kleine Tierchen.«

»Meine Großmutter«, begann Cereja sogleich, in einer Feierlichkeit, mit der Parabeln gedeutet werden, »war ein sehr hübsches Mädchen, das dazu erzogen wurde, völlig unnütz und eine sehr gute Ehefrau zu sein, und die spätere Ehe mit einem zehn Jahre älteren Cousin war schon in ihrer Kindheit ausgehandelt worden. Dann verliebte sie sich nach der Kirche in einen Jungen, der nicht dem Bekanntenkreis angehörte, und er sich in sie, aber sie taten nie etwas anderes, als qualvolle Blicke und zwanzigseitige Briefe auszutauschen. Eine Woche bevor sie heiratete, als sie gerade mit ihren beiden jüngeren Schwestern im Garten war, hielt hinter der Mauer der Geliebte in einer Kutsche, verstehst du, schön, rebellisch, verrückt vor Liebe, um sie zu entführen und für immer glücklich zu sein. Geh, geh, sagten die Schwestern, aber sie schaffte es nicht und rannte in ihrer Verzweiflung ins Haus. Sie hat ihn nie wiedergesehen, und nie hat sie meinen Großvater, dem sie fünf Kinder und ein perfektes Heim geschenkt hat, geliebt. Dann, kurz vor ihrem Tod, als ich an ihrem Bett saß und ihr übers Haar strich, sagte sie plötzlich zu mir, mach die untere Schublade auf, die linke, und behalte das Medaillon, das unter den Unterröcken liegt. All die Jahre, Mädchen, hörst du, ihr ganzes Leben lang, hat sie unter den Unterröcken das Bild des Mannes versteckt, für den sie nicht den Mut aufgebracht hatte, sich der Weltordnung der anderen zu widersetzen. Und sie sagte: Cerejinha, mach nicht den gleichen Fehler wie ich. Du sollst alles tun, was dein Herz dir gebietet, so schmerzlich es auch für die Köpfe der anderen ist. Das war das letzte, was sie mir gesagt hat, verstehst du jetzt?« Sie schüttelte ihre Locken und senkte den Blick.

»Alles, was ich heute bin, verdanke ich meiner Großmutter«, sagte sie hintersinnig.

So wurde die Namensgebung der Wellensittiche gefeiert, Weiße Vögel des Gehirns mit roten Augen, die Leute taten sich schwer, wenn sie den Namen erraten sollten. Ein paar Monate später, als ich den Käfig säuberte, entwischte das Weibchen, und das plötzlich seines identitätsstiftenden Partners beraubte Männchen überlebte noch lange Zeit ohne Namen, außer für Delfina, die sowieso nie so recht mitmachen wollte bei diesem neumodischen Kram und ihn daher Silvestre nannte. Aber letzten Montag, als ich schon im Gehen und viel zu spät dran war, kam Delfina mit dem ernsten Gesichtsausdruck, den sie bei Katastrophen an den Tag legt, ins Wohnzimmer und platzte ohne Vorwarnung heraus: »Fräulein, Silvestre ist gestorben.«

Ich erstarrte und sah sie an, ohne zu wissen, was ich tun sollte. Diese weißhaarige Frau, die mir mit einem toten Vogel in der

Hand gegenüberstand, durchbohrte mich mit einem vorwurfsvollen Blick, im Käfig war kein Wasser, kein Futter, und die Sonne, die er das ganze Wochenende über abgekriegt hat, daran ist er gestorben, der Arme. Alles stirbt, dachte ich, konnte es ihr aber nicht sagen. Ich konnte ihr nicht sagen, daß wir uns gestritten hatten, daß wir uns unzählige Male verletzt, verziehen, versöhnt hatten, beim geringsten Anlaß erneut explodierten, daß wir uns ins Auto setzten und wieder ausstiegen, ohne auch nur vom Bürgersteig heruntergefahren zu sein. Wie oft habe ich die Tür zugeschlagen, wie oft bin ich zur Telefonzelle gegenüber gegangen und habe ihn angerufen, ohne daß er mich gehört hat, bis ich schließlich umkehrte und mir verzweifelte symphonische Musik entgegendröhnte. Seine Augen sehr rot, sein Platz im Bett plötzlich leer mitten in der Nacht, was machst du da, laß mich in Ruhe, aber was willst du denn, was willst du denn noch. Und wir schliefen erschöpft ein, geplagt von bösen Erwartungen, wachten auf und waren immer noch nicht frei. Unser Alptraum, den wir leise genährt hatten, Steinchen für Steinchen, Monat für Monat, ereilte uns bei Tageslicht, um endgültig wahr zu werden. Ich konnte Delfina nicht sagen, daß unser unaufhaltsamer Tod nun gekommen war und ich Silvestre in seinen Rachen geworfen hatte, armer Silvestre, der sonntagsmorgens immer trällerte, ein Zeichen von Leben, ein Trällern der Beständigkeit. Arme Illusion, in der Sonne erstickt, hinter verschlossener Tür, und wir da drinnen am Streiten, Streiten, Streiten.

»Celeste«, sagte ich schließlich, »ich kann nicht nach Hause gehen.«

Es war zwanzig vor fünf, und mir waren die Zigaretten ausgegangen.

II

Cereja

Herr, du bist zornig auf mich und strafst mich.
Laß es genug sein; hör auf, mich zu schlagen!
Hab Erbarmen, Herr, mir ist so elend!
Heile mich, Herr, meine Kraft ist zu Ende!
Ich weiß keinen Ausweg mehr.
Wie lange noch, Herr?

Laß ab von deinem Zorn! Rette mich!
Hilf mir, wie du es deinem Volk versprochen hast!
Wenn ich tot bin, kann ich dich nicht mehr preisen.
Dort unten bei den Toten dankt dir niemand.

Ich bin müde vom Stöhnen.
Ich weine die ganze Nacht,
mein Bett ist durchnäßt von Tränen,
meine Augen sind schon ganz geschwollen –
und das alles wegen meiner Feinde.

PSALM 6

Cereja hatte Encarnación letzten Sommer kennengelernt, bei einer riesigen Demonstration in San Sebastián, wo offensichtlich Frauen verschiedenster Nationalität und Militanz zu einem gemeinsamen Protest gegen Vergewaltigung oder so etwas in der Art zusammengekommen waren. Ohne recht zu wissen wie, trafen sie sich in der Hitze des Gefechts und hielten plötzlich die beiden Enden eines Spruchbandes. Sie marschierten Schulter an Schulter in der Menge der anderen Schultern über Brücken und Straßen, stimmten inbrünstig ein in die allseits bekannten Refrains und gereimten Slogans, hielten an, um eine Coca-Cola zu trinken, hatten staubige Schuhe, schmerzende Füße und naßgeschwitzte Hemden. Am Boden sitzend begleiteten sie mit Applaus und Geschrei die heftigen Reden und pathetischen Bekundungen, sie tauschten Blicke, die ersten Blicke. Dann, als es bereits spät wurde und die Demonstration sich allmählich auflöste, lächelten sie sich an. Und schließlich, im Licht der Straßenlaternen, die wie gelbe Kugeln über dem Schweigen der verlassenen Straßen hingen, griffen sie zu ihren Gitarren und gingen zum Strand hinunter. Also dann, singen wir, bis unsere Stimmen versagen.

Hasta la victoria, versprach Encarnación. *Siempre.*

Singen wir, bis die Welt vergeht im Schaum der Brandung, im Salz der Fluten, heute ist es soweit. Alle Lieder, die ich gelernt habe, alle Akkorde, die ich erfunden habe, jetzt weiß ich, daß sie für dich waren, für dich in dieser Nacht, an diesem Strand, den ich nicht kenne, aber ich kenne den Himmel, der ihn überspannt. *Oh die braune Schlange,* sang Encarnación, *Das Wort Sehnsucht,* sang Cereja, sie sangen füreinander, mit allem Gefühl, das sie in ihre Stimmen legen konnten, *die Wellen des Meeres sind weiß, und in der Mitte sind sie gelb.* Sie griffen mit unruhigen Fingern in die Saiten, ließen spanische und portugiesische Akkorde zu Harmonien verschmelzen, *wehe dem, für den es heißt, zu sterben in ihrer Mitte.* Sie senkten in einem beglückten Schamgefühl die Lider und brachten sich gegenseitig Refrains und Modulationen bei, bewacht von Kassiopeia und dem kleinen und dem großen Wagen, den unveränderlichen Nordkonstellationen, *fünf Sinne haben wir, sie sind uns geblieben. Fünf Sinne verlieren wir, wenn wir uns verlieben.* Als der Horizont über den braunen Algen, die beim Rückzug des Meeres auf dem Sand liegengeblieben waren, sich grau zu färben begann, als sie in der Ferne den ersten Schimmer eines sich wandelnden, erst weißen, dann rosigen, dann goldenen Lichtes erahnen konnten, als sich von Osten her ein kalter Wind erhob, der den Morgen verhieß, waren Cereja und Encarnación verliebt, und in ihrer Freudenfeier schmetterten sie zweistimmig und aus vollem Hals alte, nasale Mariachi-Lieder. *Die großen Romanzen, mit all ihren Nuancen, die lieb ich so sehr.*

»Glaubst du, daß wir glücklich werden?« fragte Cereja.

»Soweit das möglich ist, ja«, antwortete Encarnación.

Schließlich gingen sie eine Eisbude suchen, die schon offen war, rannten lachend über die Bürgersteige, aus den Häusern kamen Leute in Trainingsanzügen, mit ihren Hunden an der Leine, und dann, als sich das Protestheer gegen die Vergewaltigung aufgelöst hatte, kehrten sie gemeinsam nach Lissabon zurück. Sie schickten uns aus Miranda do Douro zwei Merinoschafe mit einer unwahrscheinlichen Wolle und einer unbezwinglichen Bösartigkeit. Sie schienen uns aus schlitzförmigen Pupillen zu drohen und machten keine Anstalten, uns bei der Spermagewinnung entgegenzukommen, und so durchlebte ich standhaft einen absoluten Horrorvormittag. In der Hitze des Gefechts stellte mir Preciosa das Gespräch ohne Vorwarnung in den Operationssaal durch.

»Große Neuigkeiten!« drang es durch das Rauschen der Leitung. »Hörst du mich? Willst du's wissen? Bist du bereit? Also: ich bin vierzig geworden.«

Das war eine Anspielung auf Joana, die ständig verkündete, daß sie nicht dumm sterben wolle und daher, wenn sie vierzig würde, mit einer Frau ins Bett ginge. Die neue Situation bereicherte unser Vokabular mit einigen hübschen baskischen Ausdrücken und unsere Allgemeinbildung mit vier oder fünf Geschichten aus dem Privatleben Herri Batasunas, der am Ende doch die Erwartungen des Volkes enttäuscht hatte, und wir besuchten fortan regelmäßig die Kellerbar in Alcântara, wo Cereja und Encarnación nun dreimal pro Woche für ein Publikum von Nachtschwärmern sangen, auf einem metallisch glitzernden Podest vor einer unebenen Wand, an der riesige Schwarzweißfotos von Winterlandschaften hingen. *Als ich in deine Straße bog, machte ich oh, und der Boden tat sich auf. Oh, machte der Sternenhimmel und verschwand, und die Sonne der Liebe nahm ihren Lauf.* Die Leute stellten ihre Gläser ab und hielten gerührt inne, ohne zu wissen weshalb.

»Willkommen an Bord«, sagten die beiden.

Es war ein entwaffnendes Schauspiel. Cerejas wunderbare Locken, die ihr über die Stirn und die Schultern fielen, das glatte und kurze Haar Encarnacións mit dem feinen Zopf hinter dem rechten Ohr. Die schwarzen, leuchtenden und langwimprigen Augen der beiden Sängerinnen, die, sehr klein, sehr zierlich, Porzellanpüppchen auf hohen Hockern, die Gitarrenleiber an ihre Körper gepreßt hielten.

»Sie sind doch wirklich süß, findest du nicht?«, schwärmte Joana voll Mutterinstinkt.

Cereja trat als erste vor und lächelte, das maliziöse Schneewittchen mit kristallklarer Stimme. Sie zog ein wenig die Augenbrauen hoch, biß sich leicht auf die Lippen, senkte für eine Sekunde die Lider und begann zu singen, zart und jungfräulich, Madame Butterfly der unsagbaren Sphären, *über die Flure so sanft, fliegt er dahin, mit Flügeln wie Samt, in Schwarz, Rot und Grün.* Encarnación näherte sich von hinten, die Hände in den Taschen, stellte sich neben sie und stimmte mit ihrem dunklen und kräftigen Alt in den Gesang ein, *ach, wie gern würd ich fliegen, wie der Schmetterling zart. Um die Rosen zu lieben, ohne die Dornen so hart.*

»Encarnación!« schrie Joana auf spanisch, wie immer, wenn sie in Fahrt war. »Du bist Spitze! Ich find dich affenscharf!«

Das ahnungslose Publikum applaudierte, ohne genau zu wissen, was sich da abspielte und wie ihm geschah, Cereja sang von Leidenschaften und Freuden, sie trällerte wie die spitzbübische Nachtigall, an bestimmten Stellen zwinkerte sie uns zu, und, ohne daß es jemand merkte, wiederholte sie nur für uns altvertraute Verse mit einer ganz persönlichen Bedeutung. *Wer hierher kommt, dich zu sehen, liebt dich bereits sehr.*

»Jetzt«, verkündete sie den Zuschauern, »überlasse ich Sie den Liedern von Encarnación, die aus dem Baskenland zu uns gekommen ist.«

Sie stellte die Gitarre ab, ging, begleitet von neugierigen Blicken, zur Bar und holte sich einen Kognak, während die schwere Stimme der Freundin den Raum mit den bizarren Silben einer geheimnisvollen Sprache erfüllte, und setzte sich neben mich. »Deine Haare sehen toll aus, Kleine«, flüsterte sie mir zu.

Cerveja richtet sich in ihrem Leben nach genau definierten Prinzipien, die sie ganz ernsthaft verteidigt, eines davon ist, daß

Frauen sich gegenseitig nicht *mula*, Mauleselin, nennen dürfen. Einmal kam sie viel zu spät zur Probe des gregorianischen Chors, weil sie auf der Treppe mit Elsa eine Diskussion darüber angefangen hatte, ob es eine unverzeihliche Schande sei, den Ausdruck »einen Typ vernaschen« zu verwenden. Ich meinerseits hatte allerdings auch einmal guten Grund, über sie empört zu sein, als ich nämlich beschlossen hatte, an einem Videofilm mitzuarbeiten, der Schulkinder für die Geschichte und die ungeheure Bedeutung der Haustiere interessieren sollte. Und für die vielen Rassen, die man auf ganz verschiedene, nicht selten kuriose Weise züchtete. Das alles wollten die Produzenten vermittelt haben. Ich weiß nicht, warum ich sie nicht gefragt habe, ob sie auch noch das Frühstück ans Bett haben wollten. Meine gute Erziehung muß es mir verboten haben, aber wegen Cereja habe ich wirklich sehr gelitten. Nur mit großer Mühe und mit der Hilfe der Mutter, die es sogar fertigbrachte, daß sich Holdstein auf Frankenstein reimte und das Ganze dann noch einen Sinn ergab, gelang es mir schließlich, einen ziemlich kindlichen, aber einigermaßen wirkungsvollen Text zu fabrizieren, den ich anschließend Cereja gab, damit sie ihn vertonte und im Studio aufzeichnete. Es vergingen Wochen und Monate, die Videocrew verzweifelte wegen der Verzögerung, und unser Engelchen raufte sich noch immer die Haare, denn es fielen ihr, wie sie behauptete, nur abgedroschene Melodien ein.

»Es muß doch nichts Dolles sein, es ist doch nur ein kleines Kinderlied, verstehst du das nicht?« flehte ich sie schließlich an, schon fast ohne Hoffnung.

Aber was hatte ich da gesagt! Ich mußte gleich einen feierlichen Vortrag über mich ergehen lassen, je kleiner, desto feiner, meinte sie, ja, ja, gerade weil es für Kinder sei, müsse die Qualität um so höher sein, wie könnten wir nur diese Barbarei akzeptieren, daß kindliche Ohren mit seelenlosen Banalitäten vollgedröhnt werden, und so weiter. Nur ein Kinderlied, also ehrlich, was für ein Irrglaube.

Später sang unser Chor einmal auf Madeira, und ein unglaublich nervtötender Mensch lauerte uns in der Vorhalle des Hotels auf. Er wollte unbedingt mit uns die satanische Mystik des mit weiblichen Stimmen wiedererstandenen gregorianischen Chores diskutieren, obwohl die Mutter ihm schon zweimal erklärt hatte, daß die einzige lebendige Mystik die von Benfica sei. Getreu ihren Prinzipien weigerte sich Cereja entschieden, bei solchen Neckereien mitzuspielen. »Das können wir nicht machen«, beharrte sie. »Wenn er mit uns reden will, dann müssen wir ihm auch eine Antwort geben. So kann man doch nicht mit den Wünschen anderer Menschen umgehen.«

Die Menschen, Mädchen.

»Ich hatte meine Mähne satt«, antwortete ich ihr, während Encarnacións Stimme sich mit unserem Flüstern im metallischen Halbdunkel der Kellerbar vermischte.

Sie lächelte mich verständnisvoll an. »Und du hattest das Bedürfnis, dich anders zu fühlen, nicht wahr?«

»Merkt man das so deutlich?« fragte ich.

»Ach Süße«, sagte sie verschmitzt.

Und wir unterdrückten ein Lachen, gerade als alles in Applaus ausbrach und Encarnación *gracias, muchas gracias* sagte. *Gora Euskadi.*

Vera

Meine Verfehlungen haben mich eingeholt,
ich kann nichts anderes mehr sehen,
ich habe mehr davon als Haare auf dem Kopf.
Darum habe ich allen Mut verloren.

PSALM 40, 13

Celeste war mit dem Aschenbecher in der Hand stehengeblieben, hatte eine Sekunde gebraucht, um zu begreifen, was sie bereits geahnt hatte, als sie mich mit dem schlafenden Hündchen im Korb kommen sah, und setzte sich dann neben mich. »Und jetzt?« fragte sie. »Was machst du jetzt?«

»Was weiß ich. Meinst du, ich soll mir die Haare schneiden lassen?«

»Der Zeitpunkt ist günstig wegen des Mondes. Laß dir einen Pony schneiden. Ich finde dich mit Pony ganz toll.«

So beschloß ich am nächsten Morgen, nachdem ich mich bei Françoise in Pflege gegeben hatte, zu Vera zu gehen. Ich weiß nicht, woher wir diese Vernunft nehmen, diese verbissene Alltagsroutine, die uns in die Normalität zurückstößt, wenn es doch absurd erscheint, daß hinter dem Haus die Hähne krähen und die Sonne aufgeht, wenn sich bis zum Horizont nur das bleierne Meer einer nicht zu vertreibenden Angst erstreckt. Wir sind aus einer Betäubung erwacht, die kein Schlaf war, und dann ist plötzlich das, worin wir verstrickt waren, kein Traum mehr, es ist wirklich wahr, daß alles verloren ist. Alles ist kaputt, aber nichts ist zu Ende, von all dem, was ich leben wollte, blieb nur ein Ruinenfeld übrig, meine armen, riesigen Ruinen, was mache ich nur mit euch, wo mir doch gar nichts mehr gehört. Wir öffnen die Augen, und das böse Tier vom Vorabend starrt uns noch immer an, von seinem Wachposten am Fußende des

Bettes, es gibt keinen Waffenstillstand und keine Befreiung, wohin das Auge reicht, nur die Minenfelder diffuser Schmerzen und unentrinnbarer Einsamkeiten. Wir setzen uns übernächtigt auf, die Füße sind vor Trostlosigkeit ganz kalt, es lasten Jahrhunderte auf uns. Und wir denken: Ich werde sterben. Aber erst trinke ich einen Kaffee. Wir sind zur Hölle hinabgestiegen, doch selbst in der Hölle ist Samstag. Ich begrüßte sie in gewohnter Weise mit einem Zwinkern, und ohne ihr Zeit zu lassen, mich zum tausendsten Mal zu fragen, ob wir die Haare heute ganz kurz schneiden würden, erklärte ich ihr in einem Atemzug, daß ich sie alle auf Schulterlänge geschnitten haben wollte, entkrausen, verstehen Sie, glatt und gerade, und dann mit ein paar helleren Strähnen, nur vorne, und vielleicht einer ganz kleinen an der Seite, zur Abstimmung.

»Und dann möchte ich gern einen Pony haben«, fügte ich hinzu, »aber machen Sie ihn gut stufig, mit verschiedenen Längen übereinander, damit er lockerer wirkt, ja?«

Sie legte den Fön beiseite, sah mich in einer schrecklichen Vorahnung an, beugte sich vor und senkte diskret die Stimme. »Aber was ist denn passiert?«

Das reichte aus, um meinen schwachen Widerstand zu brechen. Vor mir stand diese Frau, die mich nur daher kannte, daß ich in regelmäßigen Abständen vor ihrem Spiegel saß und über die Eigenwilligkeiten meiner Haare schimpfte oder ein halbes Dutzend Erfolgsgeschichten über die künstliche Besamung von Kühen erzählte, und sie bemerkte mit einem einzigen Blick die Katastrophe, die stärker war als ich, die Angst, die eine deutlichere Sprache sprach als meine überstürzten Anweisungen für eine radikale Veränderung meines Äußeren. Und die vielen schlaflosen Nächte, der schwarze Wuschelhund in meinem Arm, ach, was für ein süßer Hund, meinten die Frauen und die Mädchen beim Friseur. Auch Vera mußte mich, wie am Vortag Catarina und Celeste und wie an diesem Morgen auch Françoise, nur anblicken, um sogleich festzustellen, daß mit mir etwas Einschneidendes passiert war.

»Sagen Sie bloß nicht, daß Sie sich getrennt haben.«

»Ach Vera«, seufzte ich und hatte gleich wieder Tränen in den Augen.

»Ging es von ihm aus?« fragte sie mit der Stimme aller Frauen dieser Welt.

Ich ging seit drei Jahren zu ihr, anfangs eigentlich nur deshalb, weil der Friseurladen genau gegenüber der Wohnung im dritten Stock lag, in der wir das Zentrum eingerichtet hatten und wo ich damals meine ganze Freizeit verbrachte, und weil er zudem den Vorteil hatte, daß er von morgens acht bis nachts um zehn Uhr geöffnet war, sogar am Wochenende. Vera fiel mir gleich beim ersten Mal auf, aber als mich das Mädchen an der Kasse fragte, ob ich zu jemand bestimmtem wollte, war ich sehr verwirrt, denn ich mochte sie auf Anhieb, aber ich wußte ja nicht einmal ihren Namen und konnte doch nicht antworten, daß ich zu dieser wunderschönen Mulattin dort am vierten Platz von hinten wollte. Doch das Schicksal hat überirdische Kräfte, und manchmal kommt es uns zu Hilfe. Vera ist gerade frei, wenn Sie wollen, sagte das Mädchen und wies mit dem Kinn auf die wunderschöne Mulattin, und ich wollte ja nichts anderes, nie mehr etwas anderes. Mit der Zeit erfuhr ich einiges über ihre Jugend in Moçambique, die verfrühte Ehe mit dem stattlichen Piloten der TAP, die Scheidung nach zahlreichen Affären, die inkonsequenten Versöhnungen kurz nach der stürmischen Ankunft in Lissabon, genau zu der Zeit, als das Kolonialreich zerfiel. Bald schon duzte ich ihre dreizehnjährige, rebellische Tochter, die zwar nicht gern zur Schule ging, über die aber der heilige Geist in Gestalt von Feuerzungen kam, sobald sie ein Stück Lycrastoff zuschnitt, um einen Bikini zu nähen, und von da an war sie in diesen Dingen unsere Privatschneiderin. Nach und nach erfuhr ich von ihren meist folgenlosen Affären, die immer mit einer aufsehenerregenden Veränderung der Frisur abgeschlossen wurden.

»Wellen?« fragte ich, während ich in meiner Tasche nach dem Feuerzeug kramte. »Haben Sie mir letztes Mal nicht gesagt, daß er Sie so gern mit Bubikopf sieht?«

»Der?« zischte sie und schaute auf die andere Seite. »Der ist längst über alle Berge. Marschiert er doch tatsächlich mit einem Mädchen im Arm unter meinem Fenster vorbei. Ich hab's ihm gleich heimgezahlt, und zwar mit dem Erstbesten, das können Sie mir glauben.«

Eines Tages gerieten wir richtig in Rage, als wir mit grausamer Strenge und Genauigkeit all die kleinen Ärgernisse aufzählten, die das Zusammenleben vergiften, an erster Stelle die Zahnpastatuben, die, ohne Deckel, nicht da liegen, wo sie hingehören. Und die Barthaare im Waschbecken, ich glaube, daß sie das nicht mal sehen, also ich weiß auch nicht, sie sind einfach anders. Das mit dem Fernseher und dem Radio, wo den ganzen geheiligten Nachmittag zwei Sportsendungen gleichzeitig laufen, halte ich ja noch aus, aber auch nur am Anfang. Und das mit den Schuhen, ich meine die Schuhe, die drei Tage lang auf dem Abtreter rumstehen, also, seine Jacke habe ich ihm nicht aufgehängt, nur um zu sehen, wie weit es geht. Dann habe ich ihm gesagt, wenn das so sei, dann würde ich auch keinen Finger krumm machen, um das Rollo reparieren zu lassen, und Ehrenwort, das war vor einem Jahr, und das Rollo ist immer noch kaputt. Das geht doch nicht, das geht wirklich nicht!

Da sie mich schon einmal nach Ladenschluß bedient hatte, schaute sie, als sie mich sah, auf die Uhr und bedeutete mir mit Blicken, ich solle mich bei den Waschtischen hinsetzen und an der Kasse nichts sagen, danach fuhr ich sie nach Hause, und wir vertrauten uns noch ein paar bittere Dinge an. Sie hatte am Vortag einen Schlußstrich unter eine sehr unangenehme Affäre mit einem verheirateten Mann gezogen und fühlte sich hundeelend, haßte sich, wie weit lassen wir es nur kommen, wenn das die Kleine wüßte. Sie lehnte den Kopf gegen die Scheibe, es regnete.

»Und jetzt müßte ich eigentlich erleichtert sein«, sagte sie langsam, das war damals, als sie auf der rechten Seite eine fast weiße Strähne über die ganze Länge ihrer Haare hatte. »Aber ich denke immer, daß er es wenigstens noch einmal hätte versuchen können, nur damit ich seine Stimme noch einmal hätte hören können, um dann noch einmal nein zu sagen, was weiß ich, um zu spüren, daß es ihm was ausmacht, so wie es mir was ausmacht. Es war alles so einfach, und es bleibt ein so großes Loch. Es war erst gestern, wissen Sie, und ich weiß schon nicht mehr, wo er zur Zeit gerade ist.

Damals erwiderte ich ihr Vertrauen mit einer ausführlichen Schilderung meiner Feuerprobe mit einem verheirateten Mann, den das Schicksal mir vor einiger Zeit beschert hatte, und wir fühlten uns beide besser. Aber diesmal gab es keine Antwort, die meinen Schmerz gelindert hätte, kein Trostpflaster in Form von feststehenden Tatsachen, ich konnte mich nicht an ihrer Schulter ausweinen, weil er eine andere hatte, und konnte ihr nicht einmal nach einigen Anstandsminuten gestehen, daß es da in Wahrheit schon seit Monaten einen anderen gab. Ich hatte nichts zu sagen.

»Nein«, erklärte ich schließlich, »nein, es war nicht er, es war nicht ich, verstehen Sie, ich weiß auch nicht, es mußte sein, es ist aus, und das ist alles.«

Ich holte tief Luft, schluckte die Tränen hinunter, und sie legte mir die Hand auf die Schulter.

»Und ich möchte auch nicht mehr darüber erzählen, Vera, okay?«

Sie stellte sich, professionell, sofort darauf ein. »Ist gut. Dann machen wir uns also an die nächste Aufgabe, ja?« Sie griff zur Schere. »Und als erstes nieder mit der Löwenmähne.« Sie griff das erste Haarbüschel, hielt jedoch mitten in der Bewegung inne und sah mich im Spiegel an. »Also«, erklärte sie in abschließendem Ton. »Es geht mich ja nichts an, ich möchte nur, daß Sie eines wissen: Meine Wohnung ist zwar nichts Großartiges, aber wenn es sein muß, dann paßt da schon noch jemand rein.«

Als ich ging, mußte ich einen erneuten Heulanfall unterdrücken, ich warf ihr von der Tür aus ein Küßchen zu und fragte das Mädchen an der Kasse, ob ich telefonieren dürfe. Ich ließ es elfmal klingeln, aber Joana, falls sie zu Hause war, wollte anscheinend nicht abnehmen.

Tatão

Denn alles, was ich in der Stadt gesehen habe,
ist Zwietracht und brutale Gewalt,
die Tag und Nacht die Runde machen.
Und im Innern der Stadt sind Unheil und Elend,
das Verbrechen breitet sich in ihr aus,
ihr Markt ist ein Schauplatz
von Betrug und Unterdrückung.

PSALM 55, 10,11,12

»Ach«, sagte Cereja verzückt, als sie, ihre Hand auf der meinen, die eigenwillige Silhouette Encarnacións auf der Bühne betrachtete. »Es gibt doch so viele Frauen, warum bloß ist es immer nur eine auserwählte, die man bewundert, was meinst du?« Sie drehte sich zu mir um. »Darüber willst du nicht reden, was?« fragte sie mich unvermittelt.

»Weißt du denn nicht mehr, wie es war?« begann ich voll Bitterkeit und ohne Rücksicht auf Erziehung und Anstand. »Hast du die Gespräche, die ewig gleichen Gespräche von früher ganz vergessen, hast du nicht auch, bevor du vierzig wurdest, das alles in- und auswendig gekannt?«

»Oje, jetzt krieg ich aber was ab. Ich bin so nett, und dieses ordinäre Weib beschimpft mich.«

»Entschuldige«, sagte ich, »aber du weißt es doch noch, oder? Wie diese Zeiten sind. Daß wir ihnen schon alles gesagt haben und dann euch auch noch alles sagen müssen?«

Sie senkte die Lider, aus Liebe zu mir schluckte sie die aggressiven Ausbrüche, die nur meiner Schwäche zuzuschreiben waren.

»Ach, Süße«, seufzte sie noch einmal mondän, »wovon habe ich mich da befreit.«

Was hätte ich auch sagen können, was nicht schon gesagt worden wäre, ich wußte sehr gut, wie alles gekommen war und wie sich, ausgehend von einem ersten Schweigen, erbarmungslos der Wüstensand über alles gebreitet hatte. Ich hatte diesen Augenblick, der heimlich immer näherrückte, im Traum klar vor mir gesehen, ohne je zu wagen, ihn mir real vorzustellen. Ich war es so leid, darüber zu reden, so leid, nur daran zu denken. So alltäglich war es für mich geworden, mit Senhor Juradinho Tremoços-Kerne um die Wette zu spucken und plötzlich mitten im Lachen zu spüren, wie es mir die Kehle zuschnürte. Oder meine Freunde ausgezeichnet zu bewirten, ein Krebssoufflé auf den Tisch zu zaubern, das sie zu Applaus und genüßlichen Seufzern veranlaßte, und plötzlich nur abhauen zu wollen, weil doch alles Lüge war, was aber niemand außer mir wissen konnte. Ich war so unsagbar erschöpft von dem geistigen Aufruhr und dem nächtelangen Wachliegen im Dunkeln, erbärmliche, namenlose Nostalgie, während draußen der Regen auf die Dunstschwaden über dem Strand fiel. Im Wohnzimmerkamin brannte noch immer das Feuer, aber über uns, unseren Ängsten und Phantasien lastete bereits das Gewicht der Langeweile. Wie oft hatte ich mich im Bett auf die andere Seite gedreht, als merkte ich nichts. Wie sehr hatte ich mich angestrengt, wirklich nichts zu bemerken, wie sehr, wie sehr.

»Danke«, klang in meinen Ohren die Erinnerung an seine Stimme nach, die aus einer Zeit kam, an die ich mich nicht mehr erinnern wollte, und ich verschloß einen Kuß in meiner Hand. Verschwinde, du nichtsnutziges Gespenst. Bleib mir um Himmels willen vom Leibe.

»So hübsch«, beharrte das Echo aus glücklichen Zeiten.

Vor ein oder zwei Jahren, ich weiß es nicht mehr genau, aber es kann eigentlich nicht länger her sein, sah mich meine geliebte kleine Schwester plötzlich mit schreckerfülltem und hilfesuchendem Blick an und sagte leise, sie habe keine Lust, nach Hause zu gehen. Ich wollte es nicht hören, weil mir eiskalt dabei wurde, es mußte so traurig sein, so bitter. Es muß eine empfindsame Seele tief schmerzen, wenn es Nacht wird über den Dächern der Stadt und die Spatzen auf den Bäumen der kleinen Plätze verstummen, wenn die Menschen um uns herum friedlich zu Hause sitzen, in Pantoffeln und Pyjama wohlig seufzen vor dem Fernseher, und wir plötzlich aus heiterem Himmel keine Lust haben, ganz eindeutig keine Lust haben, nach Hause zu gehen. Wenn wir nicht mehr wissen, was wir dort sollen, wenn es nichts mehr zu sagen gibt, jetzt, da wir uns nichts mehr vormachen können. Jetzt, da uns niemand mehr zu Hilfe eilt, ist dies nicht der Ort. Und wie oft habe ich selbst später den Motor und das Licht vor Joanas Haustür abgeschaltet, das Radio leiser gedreht und in krampfhafter Verzweiflung geredet, manchmal geweint, der Müllwagen kam vorbei, und wir saßen noch immer in dieser schützenden Kapsel, die das Wiedersehen mit der Welt hinauszögerte, und rieben uns vor Kälte die Hände an den Schenkeln.

»Es gibt keine ideale Liebe, Kleine«, sagte sie immer wieder, ihr Gesicht dem meinen sehr nahe. »Das Leben ist kein Blumenbeet. Aber du bist so dickköpfig, so dickköpfig.«

Wie oft. Ich völlig aufgelöst, sie strich mir über das Haar, zündete mir die Zigaretten an, Joana, es ist grauenhaft. Das kann doch nicht wahr sein, ich muß mich irren. Es muß ein glückliches Ende geben für meine Verlassenheit, das war es doch nicht, was ich gesucht habe. Rette mich, falls du es kannst. Ob ich es will oder nicht, Joana, zieht mich hier raus! Ich habe keine Lust, nach Hause zu gehen. Katzen sprangen von den Mauern, ein Auto mit jungen Leuten, die von einer Fete kamen, bremste ab, als es an uns vorbeifuhr. Sieh nicht hin, sagte Joana. Wie oft. Wie viele unsagbare Geständnisse, wie viele Faustschläge auf das Lenkrad, wieviel hundert kurze Blickwechsel zwischen den Reagenzgläsern, was soll aus mir werden. Ich hatte schon so viel geredet, so viel gesagt, so viele Briefe geschrieben, so viele andere Wege und ebenso viele Versöhnungen ausprobiert, und am Ende war immer alles nur kalt, leer und unbefriedigend, wenn es ernst wird mit der Wahrheit, vertragen sich unsere Geheimnisse nicht. Wir lächeln und umarmen uns, wissen aber bereits, daß über uns nicht das Wunder der Fröhlichkeit gekommen ist, alles, was wir gewonnen haben, ist Zeit, ein bißchen Zeit, mehr nicht. Am Ende blicken wir entwaffnet und todmüde zur Seite. Wir legen die Hände über die Augen, seufzen, was gäben wir dafür, weit weg zu sein. Am Ende fragen wir langsam, heiser vor Verbitterung: »Wozu bist du überhaupt gekommen?«

»Meinst du, daß man es nie schafft?« fragte ich sie, völlig durcheinander, sie war älter, sie mußte es wissen. »Findet man denn nie einen normalen Menschen, mit dem man glücklich sein kann?«

»Ach, meine Kleine«, sagte Celeste gerührt, »siehst du nicht, daß all diese armen Menschen völlig normal sind? Nur wir sind es nicht. Und die Anormalität ist wunderbar, aber sie vergißt nie, ihre Rechnung zu präsentieren.«

Und seltsam, schon als ich selbst noch nicht sehen wollte, was ich für unsichtbar hielt, mußte sich der Umriß meiner sterbenden Illusionen bereits mit aller Klarheit vor den unparteiischen Augen der anderen abgezeichnet haben. Als ich zum ersten Mal mit der Mutter sprach, fand in ihrer Galerie die Vernissage eines Malers statt, der ein guter Freund von Zé Maria war. Deshalb ging ich hin, auch weil ich allein in Lissabon war, es August war und ich Lust auf Leute hatte, mit einem blauen Satinrock, der an der Taille sehr eng anlag und von der Hüfte bis zu den Knöcheln plissiert war. Sie sehen wirklich ganz bezaubernd aus, sagte die Mutter, die gerade mit einer anderen Dame sprach und lediglich ihren einschmeichelnden Mezzo-Sopran etwas lauter werden ließ, als ich an ihr vorbeiging. Zé hat mir so viel von Ihnen erzählt. Ich lächelte ihr hinter meinem Glas zu, selbstsicher und im Bewußtsein der Wirkung meiner flachen Sandalen, die mit dem gleichen Stoff wie der Rock gefüttert waren. Aber die Selbstsicherheit sollte nicht lange anhalten. Denn die andere Dame fügte in einem Ton, als spielte sie Klavier und spräche Französisch, hinzu: Als ich in Ihrem Alter war, habe ich es genauso gemacht, wissen Sie, aber später interessieren sie einen nicht mehr. Die Mutter in ihrem weißen, sehr weiten Kleid lächelte flüchtig, sie sahen mich schon nicht mehr, und ich hatte sie nie zuvor gesehen. Später wird man dreißig und dann interessieren sie einen nicht mehr, wie wahr. Ich setzte mich ins Auto, fuhr zu meinem heimlichen Agronomen und dachte, so eine dämliche Frau. Man macht schon einiges mit. Aber ein paar Tage später brachte ich dann Teresinha de Jesus zu Vera, und damals wußte sie nicht einmal, wie man ein U-Bahn-Ticket am Automaten löst.

»Ich weiß das auch nicht«, blökte Elsa in ihrer wilden Art. »Aber wenn du willst, zeige ich dir einen Trick, wie du alle Münzen rauskriegst, die drin sind.«

Sie hatte mir gesagt, sie wolle eine Dauerwelle haben, Ju und Didi hätten ihr das empfohlen, und meine erste Reaktion war blankes Entsetzen. Eine Dauerwelle, schrie ich, und die Wände des Zentrums, das damals noch sehr spärlich möbliert war, ließen meinen Horror widerhallen. Was wissen denn diese Ziegen! Wenn du so werden willst wie alle anderen, dann mach's, laß dir eine Dauerwelle legen. Ist doch deine Sache. Aber bist du wirklich sicher, daß du dich in die anonyme Masse einreihen willst, siehst du nicht, wie schön deine Haare sind, so glatt, siehst du nicht, daß dir das den besonderen Charme einer asiatischen Madonna gibt, meine Nerven! Diese dämlichen Ziegen. Sie haben überhaupt keine Ahnung, und du, dein kritischer Geist, was hast du mit deinem kritischen Geist gemacht? Wo ist der abgeblieben, Perle des Orients? Ich hätte diesen Vortrag noch eine halbe Stunde fortsetzen können, aber sie stellte sich in die Ecke und zog einen Schmollmund, sie sind doch so dünn, jammerte sie. Und fallen nur glatt runter, sieht aus wie bei einer Ratte. Irgend jemand hatte ihr hinter meinem Rücken diesen Unsinn eingeredet. Ich wollte noch weiter dagegen wettern, aber sie hatte die Arme vor der Brust gekreuzt, mit so unglücklichem Gesicht, daß es mir das Herz brach, also zwang ich sie, am Samstag um sieben Uhr aufzustehen, und setzte sie in unseren Frisierstuhl, bevor wie üblich die Gattinnen der Herren Ingenieure kamen.

»Ich übergebe Ihrer Obhut die unglaublichste Liebesgeschichte, die jemals aus dem Reich der Mitte nach Europa gelangte«, erklärte ich. »Diese junge Dame kommt mir hier erst wieder raus, wenn sie so hübsch ist, daß es einen anwidert.«

Vera untersuchte den Fall eine Sekunde lang und erklärte ohne Zögern, daß das Ideale ein Jessica-Lange-Schnitt wäre. Die aus dem Film »The Postman Always Rings Twice«, verstehen Sie, und sie begann, mit dem Kamm und den Fingerspitzen Grafiken auf ihrem Kopf zu entwerfen. Ich war ernstlich beunruhigt, aber Teresinha de Jesus hatte schon ganz rote Wangen vor Begeisterung, ach, Vera, gehen Sie nicht weg. Erlösen sie mich von diesem Rattenhaar, machen Sie mich schön, schön, schön. Ja, wie Jessica Lange, genau so. Ich zuckte die Schultern und gab verbittert auf, wo war nur die Vernunft der Leute geblieben, gütiger Gott. Ich quetschte mich in die Kabine von Tatão und brüllte, daß ich die Haare an den Beinen, die Haare an den Armen, die Haare unter den Achseln weghaben wollte, daß ich die Bikinizone für den Tanga ausrasiert haben wollte, und wenn sie sonst noch ein haariges Bollwerk entdecken sollte, dann möge sie es mit Wachs attackieren, denn ich wollte so lange wie möglich dort drin bleiben, um nicht dem Massaker beiwohnen zu müssen, das sich draußen abspielte. Damals versuchte ich gerade mein Glück mit irgendwelchen Mittelchen, die man direkt nach der Enthaarung gegen die Haarwuchsrichtung einmassieren mußte und die uns angeblich nach regelmäßiger Anwendung für immer unbehaart und glatt machen würden wie in einem Märchen, das endlich wahr wird. Und Tatão erklärte, während sie mit einer der Einwegspritzen, die ich ihr immer aus dem Labor mitbrachte, die Flüssigkeit abmaß, daß sie Jessica Lange sowieso schon immer für einen erbärmlichen Bluff gehalten habe, fertig aus.

»Ich dachte, das galt nur für Inés de la Fressange«, sagte ich, die ich ihre Abneigungen und ihre Galerie von schwarzen Schafen sehr gut kannte, wie zum Beispiel dieses Modell für die Büste der französischen Marianne, aber die Frau ist ja spindeldürr, so weit ist es schon gekommen.

»Die Arme«, klagte sie mit ihrer praktischen Vorstadtmentalität, »immer mit diesem ausgehungerten Gesicht herumlaufen zu müssen.«

Da ich auch weiß, daß auf der Gegenseite ihres Spektrums Figuren wie Gianninna Faccio, Maria Carlos Sottomayor stehen, »das sind die Richtigen, finden Sie nicht, *doutorinha*?«, pflege ich mich klugerweise von ihren Verallgemeinerungen zu distanzieren. Aber unter den waltenden Umständen gab ich ihr aus vollem Herzen recht, und wir überhäuften Jessica Langes Haupt mit Verachtung und Ekel. Natürlich war es ein wenig so wie bei Teenagern, die, nachdem sie »Die Traumfrau« von vorne bis hinten, von hinten bis vorne und in Zeitlupe gesehen hatten, zu der übereinstimmenden Meinung gelangten, daß Bo Derek einen kleinen Fehler am linken Lid habe, aber die Vorstellung einer völlig unglücklichen Teresinha de Jesus, die sich unter dem Sitz verkriecht, wenn Vera die Verwandlung für beendet erklärt, hielt meinen Widerspruchsgeist wach. Mir hatte es schon beim letzten Mal gereicht, als ich vor der Tür dieser verdammten Toilette im Shopping-Center Wache stehen mußte, während sie unter dem Wasserhahn ihre aufwendige Punkfrisur wieder zerstörte, die ihr irgendein Zauberlehrling verpaßt hatte.

»Und das Geld, das man dafür ausgibt«, sagte die praktische Tatão.

»Es geht nicht ums Geld«, erwiderte ich, so laut ich konnte. »Es geht ums Prinzip.«

»Aber, aber«, rief Vera von der anderen Seite, »warum denn so aristokratisch? Das paßt gar nicht zu Ihnen.«

Wer ihren Händen durch ein Wunder entgangen ist, kann gar nicht ermessen, wie groß der Schmerz ist, die Erniedrigung, die schreckliche Verzweiflung, mit der wir vom Friseur kommen, wenn es nicht gut gelaufen ist. Niemand wird unseren Verlust ernstnehmen können, aber wir fühlen uns in diesem Augenblick vollkommen wertlos. Wir wollten so gern schöner werden, und nun führen wir der Welt die schlimmste aller Niederlagen vor, müssen eine Tür öffnen und uns den unangenehm überraschten oder belustigten Leuten zeigen, müssen mit gequältem Herzen und verletztem Stolz so tun, als hätte uns das alles nichts ausgemacht, als gehe es uns gut, danke. Wir haben Angst, einen Blick in den Spiegel zu werfen, wir werden es, wenn niemand hinsieht, mit Tricks und Kniffen versuchen, aber wir wissen bereits, daß das nicht funktioniert, wir verlieren das Selbstvertrauen, unsere Gesten werden kraftlos, und das Schlimmste, das Allerschlimmste ist, daß es noch viele Tage so sein wird, viele Wochen, es können sogar Monate vergehen, bis die Tragödie gänzlich verwunden ist.

»Der Unterschied zwischen einem guten und einem schlechten Haarschnitt sind einundzwanzig Tage«, brachte es Joana kurz und knapp auf einen Nenner.

Wenn wir am nächsten Tag jemanden wiedersehen wollen, den wir von allen Menschen auf der Welt am liebsten wiedersehen, dann spüren wir mit schöner Regelmäßigkeit, wie in der Nacht ein roter, noch kaum wahrnehmbarer Fleck an unserem Kinn immer dicker zu werden beginnt. Wenn wir auf ein Podium steigen, um einen Vortrag zu halten, dann ist zu erwarten, daß ausgerechnet dann, wenn wir schon fünf Minuten zu spät dran sind, das Jackett, das wir am Vorabend vorsichtig aus der Plastikhülle genommen und über die Stuhllehne gelegt haben, plötzlich einen verfänglichen Fleck an der rechten Schulter hat. Dies sind die Erfahrungswerte des Lebens, mit denen wir, so gut es eben geht, umzugehen lernen, unter Zuhilfenahme von Pickelstiften und panikartig durchwühlten Kleiderschränken. Aber die Zerstörungen des Friseurs können nicht korrigiert werden, denn in einem Rückfall in kindliche Naivität erwarten wir immer wieder alles von ihm, welch ein Hohn für die häßlichen Entlein, die heftig schlucken müssen, bevor sie nach Hause gehen. Als meine kleine Schwester einmal eine Hautkur machte und ihr ganzes Gesicht in einer heftigen Allergie gegen die DNA- und Collagen-Maske entflammte, habe ich gelitten, als sei es ich selbst, die mit Sonnenbrille und gesenktem Blick herumlaufen mußte. Und als Joana mich zwei Wochen vor ihrem Hochzeitstermin in Tränen aufgelöst anrief, durchfuhr mich ein heftiger Schreck, denn mir wurde bewußt, daß ich sie in den vielen Jahren nie hatte weinen hören.

»Preciosa«, rief ich im Vorbeigehen, die Schlüssel in der Hand und den Trenchcoat schon halb angezogen, »wenn jemand nach mir fragt, ich bin am Nachmittag wieder da, ja? Sagen Sie, es ist ein Notfall, eine Familienangelegenheit, ich mußte weg.«

Ich klopfte an ihre Tür, noch immer ohne die geringste Ahnung, was passiert sein konnte, aber als sie aufmachte, bedurfte es keiner Erklärungen mehr. Sie war vierzehn Tage vorher zum Friseur gegangen, um böse Überraschungen zu vermeiden, und damit das Haar seine Natürlichkeit zurückgewänne, die es durch das Schneiden immer verliert. Eine leichte Dauerwelle legen, nur damit es fülliger wird. Die Spitzen schneiden, oben etwas ausdünnen. Ein klein bißchen aufhellen, aber kaum merklich. Und dieser Dudu, der eigentlich schon seit ihrer Jugend ohne größere Probleme über die Schönheit ihrer goldenen Lockenpracht wachte, mußte ausgerechnet an diesem Tag durchdrehen und ihre Stirn mit einem stacheligen Flaum bekränzen, der aussah wie bei einer gerade der Gosse entschlüpften Ratte. Es war passiert, es half alles nichts, und das wußte sie. Zwei Wochen würden niemals ausreichen, um ihr die verlorene Unschuld zurückzugeben. Ich werde heiraten, Liebes, schluchzte Joana mit verquollenen Augen, und sehe grauenhaft aus, so grauenhaft. Sie hatte nicht einmal zur Arbeit gehen können, so verunstaltet wie sie sich fühlte. Ich erfand eine Ausrede, gab ihr, so gut ich konnte, Rückendeckung und sagte keinen Ton, als alle sich darüber beklagten, daß es in dem Album des großen Tages so wenige Fotos von der Braut gab.

»Tatão«, erklang hinter dem Vorhang Veras siegesbewußte Stimme. »Ist die Alte aus Restelo noch da drin? Sie soll mal kommen und sich das hübscheste chinesische Täubchen aller Zeiten anschauen.«

Es stimmte, und ich mußte meine Vorbehalte aufgeben. Teresinha de Jesus konnte natürlich nie wie Jessica Lange aussehen, und sie sah einfach bezaubernd aus, mit einem unerwartet frechen Zug, der in der mandelförmigen Sanftheit ihrer Augen aufblitzte, und den weichen Locken über den Ohren, die die Vollendung ihrer Züge noch unterstrichen. Wir traten überglücklich in das gleißende Licht des Sommers hinaus, sie blickte immer wieder verzückt in den Rückspiegel, und dann aßen wir auf der Terrasse des Marineclubs zu Mittag, um den Triumph mit Weißwein und kleinen fritierten Sardinen, zu denen es speziell zubereitete Bohnen gab, zu feiern. Keine von uns wurde an diesem Nachmittag zu Hause erwartet, wir fühlten uns leicht wie am letzten Schultag, der Fluß war voll bunter Segel und Rudermannschaften, es gab keine Eile und keine Pflichten, und die Fischchen waren so, wie sie sein müssen, aber nur selten sind, ganz frisch und direkt vorher fritiert. Olivenöl, Essig und Petersilie und ganz viel kleingeschnittene Zwiebeln. Auf unser Wohl, Hua Li. Auf Lissabon. Auf die Liebe. Als ich das Auto vom Bürgersteig herunterfuhr, fragte ich sie, ob ich ihr schon meine Boxer-pants aus Satin gezeigt hätte, aus Kanada mitgebracht, ganz toll, mit grünen und violetten Dinosaurieren drauf. Ich hob meinen Rock hoch, um sie ihr zu zeigen, wir lachten schallend, und plötzlich stellten wir fest, daß die ganze Zeit der Zug neben uns herfuhr und sich schon einige interessierte Gesichter an den Fenstern zeigten. Ich wechselte überstürzt auf die Gegenfahrbahn, zog mit einer Hand den Rock hinunter, während ich den Wagen mit der anderen um Haaresbreite am Kotflügel des Gemüseautos vorbei manövrierte, das dann hinter mir zu hupen anfing, und ohne zu wissen wie, hörte ich mich plötzlich in diesem Durcheinander mit angsterfüllter Stimme sagen: »Ach, Teresinha de Jesus. Meinst du, daß ich mich trennen werde?«

Sie riß die schwarzen Augen weit auf, wurde augenblicklich ernst und nickte entschieden mit dem Kopf.

»Trink noch einen, heute geht's auf meine Rechnung«, sagte Cereja und winkte dem Kellner mit den sterblichen Überresten meines zweiten Drinks. »Der Hund trinkt nichts?«

»Der Hund hat einen Namen«, protestierte ich.

»Hör mal, Kleine, kann ich dir irgendwie helfen?« fragte sie.

Sie hatte mir bereits gesagt, daß sie niemals eine wehrlose und so kleine Kreatur José de Oliveira Cosme nennen würde. Klar, wenn man mir bei der Geburt mit dem Brenneisen ein unerträgliches Maria da Madre de Deus zur Erinnerung an irgendeine verstorbene Großtante eingebrannt hätte, wäre ich heute auch vorsichtiger mit den Taufnamen für die Tiere, die mir in den Schoß fallen. Ihr kam zugute, daß sie am ersten Juli geboren war und überall auf den Straßen Kirschkarren herumstanden, daher ihr Name Cereja, die Kirsche.

»Sag, ich mag dich«, bat ich.

»Ich mag dich«, sagte sie und legte mir die Arme um den Hals.

Ich schloß die Augen, Encarnación sang gerade auf spanisch Vierzeiler über Eifersucht und Messer in Strumpfbändern. *Hasse mich, hasse mich, hasse mich, ich bitte dich darum.* Und ich dachte, daß ich Cereja nicht sagen konnte, nicht einmal ihr sagen konnte, daß ich schon gar nicht mehr wegen der entzweigegangenen Beziehung Trost brauchte. *Hasse mich, hasse mich, hasse mich erbarmungslos.* Der Schmerz hatte sich seit dem späten Nachmittag verändert, ich war nicht mehr verletzt, war nicht mehr verloren, denn nun war ich vor allem, mehr als alles andere, beunruhigt. *Selbst wenn du mich haßt, ist meine Liebe groß.* Aber ich wußte noch nicht, woher der Schrecken kam, der mich plötzlich ergriffen hatte. Ich wußte auch nicht, welche Ausreden ich erfinden sollte, um nochmals bei Joana anrufen und mit einem Seufzer der Erleichterung feststellen zu können, daß diese ganzen Merkwürdigkeiten nur ein Traum waren.

Maria Amélia

Die Angst schnürt mir das Herz zusammen,
tödlicher Schrecken hat mich überfallen,
und kaltes Grauen steigt in mir hoch.

PSALM 55, 5,6

Ich war noch nie in diesem Haus gewesen, aber alles war mir irgendwie vertraut, die funktionalen und langweiligen Möbel, das niedrige, beige-braune Sofa in dem weitläufigen, hellen, aber unaufgeräumten Wohnzimmer, der Teppichboden, der einen zweifelhaften Geschmack verriet, und die Vorhänge mit großblumigem Muster. Ich erkannte zwei oder drei Nippesfiguren, die nicht mehr nebeneinander standen, zwei oder drei Gegenstände, die nicht an ihrem Platz waren, es war wie in einer Vorabendserie in Grautönen, mit bestelltem Gelächter und Applaus aus der Konserve. Mein Mann war der frühere Ökonomiestudent, ich rief ihn jedoch beim Namen des Gitarristen mit dem ausweichenden Blick, als ich, die Haare zu einem Pferdeschwanz gebunden, die Katze im Arm, aus der Küche kam, die in einen aluminiumgerahmten Wintergarten überging.

»Niemand versteht mich«, sagte ich zu ihm und war ernsthaft verbittert, weil mich wirklich niemand verstand.

Er legte die Zeitung nieder und lächelte mir väterlich zu.

»Niemand versucht auch nur, mir zu helfen«, klagte ich, in dem traurigen Bewußtsein, daß sowieso alles sinnlos war, denn es würde sich nichts ändern an der Haltung meiner Familie. »Weder du noch die Kinder, niemand versteht, wie wichtig es für mich ist, und niemand will mich dabei unterstützen.«

»Ach Liebes«, erwiderte er sanft, »sei doch nicht dumm, was hast du denn?«

Da kam José de Oliveira Cosme ins Wohnzimmer gefegt, mit seinen unproportionalen Pfoten und den weit aufgerissenen Augen, die kleine Tiere oft haben. Er stellte sich neben mich und bewegte seinen Körper im Rhythmus des wedelnden Schwanzes, seine Zunge hing heraus, und er schien mich anzulachen. Siehst du, sagte ich zu meinem Mann, siehst du, wie sie sich alle vertragen können, wenn wir uns nur Mühe geben. Mein Mann lächelte verständnisvoll, José de Oliveira Cosme witterte mit gespitzten Ohren und mit kindlich neugierigem Blick die Nähe des Kätzchens, sie können Freunde sein, sagte ich. Aber plötzlich reckte sich das Kätzchen in meinen Armen, verwandelte sich in eine dämonische Zeichentrickfigur, fauchte mit einer gnadenlosen Wildheit, schlug mit den Krallen nach dem wehrlosen Hund und hatte ihm in weniger als einer Sekunde die rechte Pfote von oben bis unten aufgerissen. Ich war starr vor Entsetzen, während das Blut auf den Teppichboden tropfte. José de Oliveira Cosme, getroffen von der verborgenen Schlechtigkeit der Welt, legte den Kopf zur Seite und rührte sich nicht mehr. Der Kater griff ein zweites Mal an, und jetzt war alles voll Blut, mein Mann knirschte wutentbrannt mit den Zähnen, und ich versuchte ihn mit flehentlichen, aber unnützen Bitten zu beruhigen, nein, Liebster, bitte nicht bös werden, schau mich nicht so an, bitte, um Gottes willen. Wir werden den Hund behandeln lassen, werden die Katze töten lassen, nein, nein, hasse mich nicht, bitte, bitte. Dann brach er schließlich in zorniges Geschrei aus und legte die Hände um meinen Hals. Nein, schrie ich. Und wieder rief ich ihn beim Namen des anderen.

»*Mais alors, queridinha*, was ist denn los?« fragte mich Françoise, die gerade mit dem Befeuchter und den Kompressen aus dem Nebenraum kam.

»Es ist nichts«, sagte ich verwirrt, ich lag ziemlich schief auf der Pritsche, das Herz tat mir weh, weil es so heftig geschlagen hatte. »Ich glaube, ich bin eingeschlafen und habe geträumt.«

Sie strich mir übers Haar und wickelte es in einen gelben Turban, passend zu ihrer Schürze und den Vorhängen des Salons.

»Ach, Kleine«, sagte sie bereits zum dritten Mal an diesem Morgen. »So geht das nicht, warum denn so verspannt? Wenn Sie sich nicht lockern, komme ich nicht einmal bis zur fünften *couche*.«

Die fünfte *couche* ist ein Snobismus von Françoise, die eigentlich Maria Amélia heißt, von ihren Freunden Mimi genannt wird, aber das Diplom der *esthéticienne*, das eingerahmt an der Wand hängt, in Paris gemacht hat und damals sogar für die Werbekampagne von Citröen DS posierte, mit Nerzmantel und Perlenkollier und einem auf die glanzvolle Zukunft erhobenen Sektglas, nur gab es leider nie eine Zukunft. Als ich das erste Mal mit Joana zu ihr ging, auf einen Tip meiner älteren Schwester hin, erfuhren wir sogleich, daß dies der Ort sei, wo sich unsere Schwachpunkte in einem magischen Knoten konzentrieren.

»Sie haben sehr gut daran getan, schon in so jungen Jahren für Ihren Körper zu sorgen«, sagte sie und baute bereits eine ansehnliche Galerie von Cremes und Lotions auf der Marmorbank auf. »Aber glauben Sie bloß nicht, daß das jetzt den ganzen Sommer vorhält, den Po zusammenkneifen und das wär's, verstehen Sie?«

»Oh, oh!« Sie griff sich eine Lupe und untersuchte mit gerunzelter Stirn den geheimen Zustand meiner Poren. »Die Zellulitis, meine Lieben, sieht am Anfang ganz harmlos aus. Aber wenn sie zur fünften *couche* vordringt, oh, là, là!« Sie richtete ihre Lupe auf Joanas Haut und schnalzte mit der Zunge. »Zut alors. Diese Haut will wirklich ein bißchen verwöhnt werden, Joana. Sehen Sie, wie sie sich hier oben schuppt. Manchmal sieht äußerlich alles gut aus, aber die Entzündung liegt drinnen, breitet sich innerlich aus, und dann wird sie zum Problem.«

Ich betete zu Gott, daß Joana nichts sagen würde, aber natürlich hätte nicht einmal er sie zurückhalten können bei solch einer Gelegenheit.

»Warum?« hörte ich sie fragen, denn sehen konnte ich nichts mehr wegen der in Mandelöl getränkten Wattebäusche auf meinen Augen. »Wegen der fünften *couche*?«

Mir rutschte das Herz in die Hose, aber Françoise antwortete ihr mit größter Ernsthaftigkeit. »Sie können sich das gar nicht vorstellen«, sie senkte die Stimme zu einem konspirativen Flüstern. »Wenn die Entzündungen zur fünften *couche* vordringen, oh, là, là!«

»Sag mal, Mädchen«, flüsterte Joana, als Senhora Maria Amélia die Vorhänge hinter sich zugezogen hatte, eine Kassette mit Andenmusik aufgelegt und erklärt hatte, sie werde nun die Lehmmaske vorbereiten. »Was machen wir eigentlich hier?«

»Ich kann jetzt nicht reden«, murmelte ich, denn mein Gesicht war mit einer warmen Masse bedeckt, die nach Seetang roch und sich ständig bewegte. Darüber war Silberfolie gespannt, befestigt mit einer Binde, die eng um meinen Hals gewickelt war, was mich ziemlich beängstigte, denn ich war immer noch nicht frei von der nächtlichen Angst meiner Kindheit, daß zwei im Dunkeln lauernde Hände mich jeden Augenblick erwürgen könnten.

»Hauen wir ab?« schlug sie vor.

»Das geht nicht«, sagte ich.

Unsere Beine steckten zwischen vier Metallplatten, die mit einer klebrigen Flüssigkeit eingeschmiert und an einen summenden, grün blinkenden Apparat angeschlossen waren, der uns etwas verabreichte, was wohl einige Elektroschocks pro Sekunde sein mußten.

»Was machen wir denn jetzt?« fragte sie.

»Sieh zu, daß du wenigstens dein Gesicht wahrst«, sagte ich, schon ein wenig nervös, weil ich für alles verantwortlich war und mich ungern so in Frage gestellt sah.

»Mein Gesicht?« krächzte sie. »Bei den lila Haaren und orangefarbenen Fingernägeln?«

»Meine Schwester hat gesagt, daß sie sehr gut ist«, probierte ich als letzte Ausflucht.

»Gut bin ich selber«, verkündete Joana und fluchte, weil sie versucht hatte, ihre Stellung zu verändern, was die Elektroschockmaschine übel vermerkte.

Aber wir gingen nach einer Woche wieder hin und alle darauffolgenden Wochen ebenfalls, ergeben und gläubig, Françoise, Françoise, Dona Mimi, ora pro nobis. Damit wir nie einen Hängepo bekämen, damit unsere Schenkel nicht in einer Gallertmasse zerflössen, damit für immer und ewig die Pölsterchen über den Knien und unter dem Kinn verschwinden würden. Daß kein Augenfältchen uns bedrücke, keine Falte sich von den Nasenflügeln zum Mundwinkel eingrabe, Lehmmasken, Ginsengkompressen, lasset sie kommen. Erlöse uns für Jahrhunderte, bei allem, was wertvoll und vergänglich ist in dieser Welt, erlöse uns von den Zerfallserscheinungen am Initiationsaltar der fünften *couche.*

»Herzchen«, fragte mich Joana, mit Handschuhen, die noch feucht waren von den Innereien der Kühe, »nimmst du mich morgen mit zu unserer Heiligen?«

Françoises Welt war eine Religion, unergründlich hinter der weißen, mit goldenen Nägeln beschlagenen Tür, sie wurde zelebriert zwischen Porzellantiegelchen mit alchimistischen Essenzen und war in unserem Fall besonders unwirklich, weil die Zeremonien sehr früh stattfanden, nämlich bevor wir arbeiten gingen. Sie stand extra vor Tagesanbruch auf, nur um die Sonderwünsche der schrecklich beschäftigten Leute zu erfüllen, machte den Heißluftofen an und erwartete uns mit einem frischgepreßten Orangensaft. Wo mußt du denn hin, fragten mich meine Liebhaber verwundert, wenn sie sahen, daß ich den Wecker auf sechs stellte, und ich schlug sofort einen Ton an, der keine Widerrede duldete, das geht dich nichts an. Was sich dort abspielte, gehörte mit zorniger Ausschließlichkeit uns allein, dies ist ein Beichtstuhl, versicherte uns Françoise, Sie machen sich keinen Begriff. Sie mußte ihre fünfzig Geburtstagskerzen schon vor Jahren ausgepustet haben, und sie färbte ihr sehr glattes Haar mit dem direkt über den Augenbrauen abgeschnittenen Pony rabenschwarz. Sie trug nur maßgeschneiderte, selbstentworfene Kleider und fuhr mit dem Bus quer durch die Stadt, um die Stoffe zu einer Dame zu bringen, die in Colina do Sol wohnte und in der Straße Almirante Reis Zeitungen verkaufte, aber einmal mit einem kostenlosen Schneiderkurs belohnt worden war, weil sie ihre alte Singer gegen eine neue eingetauscht hatte, und sich jetzt ein wenig hinzuverdiente. Ich ging sogar ein paarmal mit, als nämlich auf dem Markt von Carcavelos ein paar Stoffe von tropischer Üppigkeit zu Schleuderpreisen verkauft wurden, und begab mich, ohne mit der Wimper zu zucken, in die unmögliche Situation, mich in der Toilette des gegenüberliegenden Cafés zur Anprobe einzuschließen: besagte Senhora mit dem Mund voller Stecknadeln und ich zitternd vor Kälte im flackernden Licht.

»Gehen Sie nur rein, ich sage, daß besetzt ist«, sagte die offensichtlich eingeweihte Putzfrau.

Françoises zwitterhafte Ausdrucksweise faszinierte mich, wenn sie, ihr wunderschönes Goldkettchen in den schlanken Fingern drehend, mit aller Ausführlichkeit die Fleischfüllungen und Gemüsearten beschrieb, mit denen sie sich, zusammen mit ihrem Mann und ein paar befreundeten Ehepaaren am letzten Sonntag in einem Keller in Loures den Bauch vollgeschlagen hatte. Keiner außer ihr wäre in der Lage gewesen, aristokratische

Ausdrücke mit falscher Grammatik zu kombinieren, wie sie es tat, und mir ist auch nie wieder jemand begegnet, der große internationale Schönheitskongresse in Lausanne mit Heiligenbildchen von Padre Cruz in Verbindung gebracht hätte.

»Ich habe richtig Angst bekommen, Liebes, weil alle Autos vor uns den Kofferraum aufmachen mußten«, erzählte sie und stellte meine Tasche auf den Stuhl, denn sie war es leid, mir immer wieder sagen zu müssen, daß es Unglück bringe, die Tasche auf dem Boden stehen zu lassen, wohingegen die offengelassene Tasche Geld bringe, »und da ich sehr fromm bin, habe ich also folgendermaßen gebetet: Lieber Padre Cruz, du weißt, daß diese Produkte, die ich hier im Auto versteckt habe, nur guten Zwecken dienen, deshalb mache mit deiner unendlichen Gnade, daß ich nicht den Kofferraum öffnen muß. Und stellen Sie sich vor, als wir an der Reihe waren, winkten uns die Grenzpolizisten durch, salut, und es war überhaupt kein Problem.«

Ich machte die Augen zu.

»O je«, bemerkte sie, »heute geht es Ihnen gar nicht gut, nicht wahr?«

Joana, die niemandem von ihren spiritistischen Sitzungen zur Beschwörung der heiligen Königin Isabel erzählt, doch in anderen Dingen ungemein offen ist, vertraut Françoise alles mögliche an und wirft mir dagegen vor, daß ich wie eine tote Fliege sei. Lieber eine tote Fliege als eine Fliege im Rahm, pflege ich zu erwidern, denn ich habe nie den Schwarm von Verwandten vergessen, die am Tag meiner Erstkommunion verzückt um mich herumstanden, während ich mich in meinem weißen Engelsgewand schämte und ein Gesicht zog. Alles, bloß das nicht.

»Nein, Françoise«, antwortete ich, »es ist … es war was im Institut, nicht weiter wichtig.«

»Wollen Sie vielleicht einen Tee?« fragte sie, die sich nicht so leicht täuschen ließ. »Schön heiß, mit viel Zucker, das wird Ihnen guttun.«

»Na schön, aber ohne Zucker«, sagte ich, aus der Tiefe meines Elends.

Sie sah mich nicht an, blieb nur stehen, eine Hand auf der Türklinke, die andere Hand mit dem Topasring streckte sie aus, um das verschlafene Gesichtchen von José de Oliveira Cosme zu streicheln.

»Liebes«, sagte sie so sanft, als wollte sie den echten portugiesischen Wasserhund in den Schlaf wiegen, »falls es nötig ist, wissen Sie ja, daß Ihnen mein Haus offensteht.«

Zum Abschied küßte ich sie mehrmals und ging dann zur Telefonzelle gegenüber, um Joana anzurufen. Aber es nahm niemand ab. Ich ließ es nur viermal klingeln, vielleicht war es noch zu früh.

Helena

Ich wünschte mir, ich hätte Flügel!
Dann könnte ich fliegen und eine Zuflucht suchen,
weit weg in die Wüste könnte ich fliehen.
Ich würde schnell zu einem Schutzort eilen,
wo ich sicher bin vor dem rasenden Sturm.

PSALM 5, 7,8,9

Cereja zauste mir mit ihren Fingerspitzen das entkrauste Haar, zog eine zärtliche Grimasse und stand langsam auf, weil Encarnación in C-Dur in die Tiefen eines großen Herzschmerzes hinabstieg. *Hab Mitleid mit dir, du hast doch ein Herz*, das war die Stelle, an der sie wieder auf die Bühne mußte, um eine Oktave höher in den Refrain einzustimmen, *hör, wie sie ruft, meine Seele im Schmerz* . Sie musterte sich kurz in dem großen Spiegel, der hinter dem Tisch an der Wand hing, fuhr sich durch die Locken und streckte sich selbst die Zunge heraus.

»Ich sehe so süß aus«, meinte sie mit Kennermiene. »Nicht hübsch, aber süß. So ein frisches Gesichtchen. Bis gleich, Kleine.« Sie trat einen Schritt vor und drehte sich noch einmal zu mir um, bevor sie ungestüm und glücklich in der Bühnentür verschwand. »Ich mag dich, hast du gehört?« rief sie mir noch zu.

Ich trank den zweiten Alexander in einem Zug und bestellte gleich den nächsten, während ich mich an die ruhige und vertrauensvolle Wärme des schlafenden Hundes kuschelte. Sie sind ganz erstaunlich, finden Sie nicht, haben eine Schwimmhaut wie die Enten, ziehen die Nasenflügel beim Tauchen zusammen, sagte der Bärtige am Nebentisch, um zu testen, ob ich an einer Unterhaltung interessiert war. Anpassung an das Wasser, ein Wunder der Anpassung, und ich nickte, sehr ernst und trocken, sehr abwesend. Wir passen uns an alles an, an Gutes und Schlechtes, ein Überlebensreflex hält unseren Kopf über Wasser, bevor wir überhaupt denken, daß wir uns gar nicht ertränken wollen, atmet, Mädchen, atmet, alles andere wird sich später zeigen. Wir beißen die Zähne zusammen und versuchen zu vergessen, aber dann schlafen wir ein, und unsere Träume springen uns aus dem Dunkel an, um uns zu verraten. Wir sind unschuldig, wenn wir träumen. Aber wir sind auch wehrlos. Ich will nicht, daß ein böser Kater dich heute nacht noch einmal blutig kratzt und ich mit einem Mann verheiratet bin, den ich mit dem Namen eines anderen anrede, José de Oliveira Cosme. Auf der Bühne ließ Cereja gerade wieder ihren übermütigen Sopran los, und die Freundin warf ihr zur Begrüßung eine Kußhand zu.

»Nach dem Kuß kommt der Genuß«, dichtete sie, denn das Publikum war schon für alles zu haben.

»Und wer ihn gibt, dich herzlich liebt«, ergänzte Encarnación in gebrochenem Portugiesisch, während sie die Gitarre für das nächste Lied vorbereitete.

Ich hatte schon einmal die Unbarmherzigkeit der Träume kennengelernt, als ich überraschend meinen heimlichen Agronomen verlor, der vom ersten bis zum letzten Tag mit einer selbstzerstörerischen Ausdauer, die einen Waffenstillstand zwischen uns unmöglich machte, gegen Sturm und Wind ankämpfte und einfach nicht geheim bleiben wollte. Ganz im Gegenteil, beharrte er in allen erdenklichen Tönen, er wolle öffentlich sein, wolle bekannt sein, wolle nur Gewöhnlichkeit und seinen Frieden, Gott im Himmel. Mit mir essen gehen und danach ins Kino wie alle Leute, mich auf der Straße in den Arm nehmen und ganz gemütlich Hand in Hand vor dem Fernseher sitzen, ich bin ein normaler Mensch. Ich bin ein normaler Mensch, verstehst du das, ich bin nicht irgendein Kapitel aus deiner Mädchenbibliothek. Aber damals hatte er mich schon mit verhohlener Erwartung sein Haus bewundern lassen, das er in einer neuen Vorstadtsiedlung aus identischen Einfamilienhäusern, gelegen mitten in einem Tannenwald, baute, vorn eine kleine Terrasse und hinten ein kleiner Garten. Und ich erinnerte mich ständig an den Tag, als Celeste mir mit einem halben Lächeln ohne Arroganz oder Stolz gestand, was ihrer kurzen Begeisterung für einen Dichter namens Augusto den Gnadenstoß gegeben hatte.

»Es ist schrecklich, ich weiß«, sagte sie und blickte auf die Brücke, deren Lichter am nächtlichen Horizont glitzerten. »Ich weiß, daß ich ein Monster bin und daß ich einsam sterben werde. Aber ich konnte die Tatsache, daß er Augusto heißt und in Reboleira lebt, nie verwinden.«

Eines wunderschönen Junimorgens, an dem alle Leute die Fenster aufmachten und die Kassettenrekorder im Auto lauter stellten, klingelte ich sehr früh bei Leonor, die mit Eifer die genetische Abteilung im ersten Stock leitet. In der übrigen Zeit widmet sie sich mit viel Kampfgeist ihrer Rolle als geschiedene Mutter, indem sie erfolgreich drei Jugendliche mit tiefer Stimme erzieht, die einen Kopf größer sind als sie, und an Tagen mit besonders guter Konjunktion trifft sie sich manchmal mit Joana zu langen Séancen, bei denen sie die heilige Königin anrufen. Isabel, Isabel, erscheine uns aus den Tiefen der Jahrhunderte, lenke mit fester Hand die Trance meiner Pinsel auf der Leinwand. Danach essen die beiden Riesenstücke eines köstlichen Schokoladenkuchens, den nur das Mädchen, das dort montags, mittwochs und freitags arbeitet, zustande bringt. Ich mochte Leonor immer schon gern, ihre breiten Hüften voll geballter Mütterlichkeit und ihren nördlichen Akzent, der den einfachen Kampfgeist, mit dem sie sich dem Leben stellt, besonders eindringlich macht. Aber seit wir telefonisch einen lustigen Betriebsausflug organisiert hatten, war sie in meiner Achtung noch weiter gestiegen.

»Ich werde eine Baskenmütze aufsetzen, weißt du«, sagte sie fröhlich und mit großen Augen. »Wenn ich eine Baskenmütze trage, fühle ich mich immer ganz verwegen.«

Wir hatten ausgemacht, daß ich, sobald es ging, bei ihr vorbeikäme, um die Tabellen mit den in Odemira gesammelten Daten abzugeben. Danach, und das war das Geheimnis, das mich im süßen Juniwind über dem Boden schweben ließ, würde der Agronom in dem Café an der Ecke auf mich warten, einen von der Kritik einhellig gelobten Roman lesend, neben sich die geleerte Espressotasse. All das stand seit über einer Woche fest, er hatte an einem Kongreß in der Algarve teilgenommen und war heute zurückgekommen, wir würden dann an den Strand gehen, erfüllt von Sehnsucht und dem Wunsch, die verlorene Zeit nachzuholen. Leonor öffnete mir, und ich stand vor ihr mit leuchtenden Augen, die Haare zu einem losen Zopf gebunden, mit Muschelringen im Ohr und einem winzigen gelben Baumwoll-T-Shirt, das meinen Bauch frei ließ und auf das in Schwarz etwas aufgedruckt war, das Russisch sein sollte.

»Ach«, begann sie nachdenklich, bevor sie überhaupt guten Tag sagte, »ihr werdet heute gleich so geboren, was? Wir zu meiner Zeit sind mit kurzen Beinen und dickem Hinterteil auf die Welt gekommen, wie sollten wir also jemals ... na ja, egal, hast du alles dabei?«

Sie blätterte zerstreut die computergeschriebenen Seiten durch, ließ eines der Lesezeichen fallen und streichelte mir noch einmal zärtlich über das Gesicht, bevor ich im Aufzug verschwand. »Du bist so hübsch«, sagte sie lächelnd, »wie die Sonne.«

In der triumphierenden Grausamkeit, die manchmal mit dem Glück Hand in Hand geht, fand ich es nicht einmal nötig, eine Gefühlsregung zu zeigen, schenkte ihr keine liebevollen Worte und küßte sie auch nicht zum Abschied. Ich schwebte lediglich ein paar Zentimeter höher über dem Boden und entfernte mich unter den Klängen eines Sieges-Chores in Richtung des Cafés an der Ecke. Ich wußte sehr gut, wie kostbar die Momente sind, in denen uns natürliche Schönheit zuteil wird, eine Schönheit, die von innen kommt und die wir nicht einmal pflegen müssen vor dem Spiegel, weil ein Mann uns dies alles empfinden läßt. Ich wußte in diesem Moment auch genau, und darüber gab es keinen Zweifel, daß ihm eine Frau niemals wieder so erscheinen würde, in brutal perfektem Glanz, weil es ein Morgen war, weil es Juni war und weil es ihn gab. Alles brach zusammen, als er seinen Blick auf mich richtete, ohne auch nur die Sonnenbrille abzunehmen.

»Na?« fragte er in todernstem Ton, der schon ein klarer Hinweis war. »Geht's dir gut?«

»Was ist passiert?« fragte ich, bereits mit hängenden Schultern, aber immer noch im Glauben, daß das, was kommen würde, nur einer der üblichen Anfälle von Unzufriedenheit und Liebesbedürfnis sei.

»Hör mal«, begann er und fixierte angestrengt die Tischplatte. Er preßte die Hände aneinander, holte tief Luft, und ich wußte, was passiert war, wollte es aber nicht wahrhaben.

»Ich habe sie in der Algarve kennengelernt«, sagte er schließlich atemlos, um nicht den Mut zu verlieren, »und sie hat mich sehr glücklich gemacht, sie will mich anbeten und angebetet werden, sie liebt mich, und das reicht ihr, daher verzeih mir, verzeih mir, verzeih mir, ich wollte dich nicht verlieren, aber ich möchte ihr alles geben. Ich muß jemandem alles geben, das hab ich dir doch schon gesagt, verstehst du? Verstehst du?«

Ich bejahte, und er redete nicht mehr darüber, begann gleich, mir alles mögliche über den Kongreß zu erzählen, als wären wir plötzlich gute Freunde und als wäre alles nicht so wichtig, und ich wünschte mir nur, daß das Schicksal mir zumindest erspart hätte, diese Situation mit entblößtem Bauchnabel überstehen zu müssen. Als er sah, daß ich im Begriff war, mich völlig erschöpft zu erheben, um diesen Ort zu verlassen, beugte er sich zu mir herüber und begann noch einmal von der einzigen Sache, die ihn wirklich interessierte. »Sie heißt Helena«, verriet er mir stolz und erleichtert.

Ich dachte, daß ich nicht einmal Joana eine solche Niederlage eingestehen konnte, aber als ich gerade mitten in einer zensierten Version der Ereignisse war, verlor ich jegliche Haltung und brach an ihrer Schulter in Tränen aus.

»Ach, mein Dummerchen«, tröstete mich die schönste Blondine Lissabons, die mich mit der treuen Solidarität der verachteten Seelen fest im Arm hielt. »Hör zu: Einmal hat mir ein Paar grüner Augen, die ich sehr geschätzt habe, wegen einer anderen den Laufpaß gegeben, stell dir vor, wegen einer der Roquete-Schwestern, der mit der komischen Lippe. Das hat sich in einem Restaurant abgespielt, mit Meerblick und Languste, wo zu allem Überfluß auch noch lauter glückliche Paare an den Tischen saßen. Ich hatte Wachtel *vol-au-vent* bestellt, war aber so verzweifelt, daß es mir den Magen zusammenzog und ich nichts mehr essen konnte. Ehrenwort, es war nicht gespielt, ich konnte wirklich nicht. Willst du nichts essen, fragte er, und ich, die ich mit dem letzten Rest guter Erziehung der Sintflut widerstehen wollte, sagte ganz leise nein, nein, ich kann nicht. Und dann«, sie warf sich ungestüm nach hinten und machte sich von mir los, damit ich ihr Gesicht richtig sehen konnte, »und dann, weißt du, was er geantwortet hat, Kekschen?«

»Nein«, murmelte ich, völlig ermattet.

»Er hat gesagt: Wenn sie es einwickeln würden, könnte er es zumindest dem Kiff mitnehmen. Und für den Fall, daß ich noch immer nicht verstanden hätte, erklärte er, daß Kiff ihr Hund sei, ein ganz lieber, und stell dir vor, er liebt Wachteln, und wie er sie liebt! Ach mein heiliger Padre Cruz, wie die andere sagen würde. Unter feinen Leuten verstehe ich was anderes. Kopf hoch, deine Freundin ist immer an deiner Seite.«

Als wir an diesem Nachmittag das Institut verließen, besuchten wir endlich die Amerikanerin, die in ihrem Koffer dutzendweise unanständige Anleitungen für die Aerobic-Stunden mitgebracht hatte, genannt Santa Cruz Boardwalk. Joana umgab mich mit einem geschlossenen Wall von Fröhlichkeit, ich beendete den Artikel über die Methoden zur Qualitätsprüfung des Spermas, wir gingen in durchsichtigen Kleidern in die Oper, und am ersten Sonntag nach der Tragödie gestand ich ihr stolz, daß ich mich so gut fühlte, wie ich es kaum für möglich gehalten hatte, es war wirklich leicht gewesen. Aber nach ein paar Wochen erholten sich meine Träume von der Überraschung und organisierten die Rache. Der Agronom erschien mir Nacht für Nacht in den verschiedensten Szenarios, die allesamt darauf angelegt waren, mich zu erniedrigen und zu besiegen, alle Frauen hießen Helena, alle Leute sahen zu, und nie gab es ein dunkles Loch, in das ich mich hätte flüchten können, ich wachte mit einem bitteren Geschmack im Mund auf und hatte Angst, wieder einzuschlafen. Wenn ich auswärts Kühe behandelte, legte sich die Unruhe, aber kaum war ich zurück, begehrte mein Unterbewußtsein wieder auf, warum, warum, wie konntest du mich aus deinem geheimen Garten vertreiben. Monate und Monate, so lange braucht der Schmerz, bis er überwunden ist, wenn wir ihm ausgeliefert sind.

Ein Leid mehr ist für mich wie ein Tropfen Wasser im Ozean, schloß Encarnación und ließ langsam die letzten Töne ausklingen, während Cereja eine ganze Tonleiter von Lalalas sang, die das Publikum erschauern ließen.

»Schlaf«, sagte ich zu José de Oliveira Cosme, der ganz plötzlich sein Schnäuzchen hochreckte. »Ist schon vorbei. Die Bösen sind wieder weg.«

Wir wollten so gerne glücklich sein. Unter Trommelwirbel brachen wir auf, den Urwald zu erkunden und strebten mit fünfhundert Fado-Gitarren im Gepäck zu neuen Ufern. Wir starteten, vier drei zwei eins Null, Bahn frei, auf einem prächtigen Schiff, wir wußten den Weg, es ging immer hinauf, hinauf, hinauf. Und jetzt stehen wir am Strand und sehen die Barkasse ziellos auf den Wellen treiben, dort wird das Geisterschiff unseres Lebens umhergestoßen, seine Segel sind verbrannt, das Steuer ist zerbrochen, es ist verloren in der Strömung und hat keine Überlebenden an Bord. Ach, niemals, niemals, niemals werden wir zum Mond gelangen. Dort zumindest wollten wir hin. Meine Lieben, singen wir ein anderes Lied. Dieses hier ist alt und bitter.

»Jetzt werde ich eine sehr gute Freundin dazu bringen, hier mit mir zu singen«, kündigte Cereja ganz unerwartet an. »Es ist unser Lieblingslied, und sie hat es mir beigebracht.«

Sie winkte mir, und alle Blicke richteten sich auf mich.

»Komm schon, Kleine«, sagte sie gebieterisch. »Hier hoch, wir singen jetzt das Lied von den sieben Sternen.«

Ich wollte mich weigern, und gleichzeitig war mir zum Heulen, aber es klatschten schon alle, und keiner hätte meine Weigerung akzeptiert, ich legte den Hund auf den Schoß des Bärtigen und stieg mit zugeschnürter Kehle zur Bühne hoch. Ich kann das nicht, sagte ich leise zu den beiden, und sie lächelten mütterlich und erfahren, du kannst es, du kannst es, klar kannst du es. Meine Patentante ist vor einem Jahr gestorben, weil im Jahr zuvor ihr Mann gestorben war, davor war ihnen die Mauleselin weggestorben, und das Leben im Dorf hatte für sie keinen Sinn mehr. Ihr Mann saß immer an meiner Seite und rauchte, die Worte kamen nur mühsam aus der Tiefe seiner Brust, denn im Alter war alles schwer geworden, starr saß er auf dem Holzbänkchen, rührte sich kaum noch, und sie war es, die ihn am Leben hielt mit der Pflege, die man Kindern zuteil werden läßt, seine Augen waren leer, denn er sah nichts mehr. Sie erzählte mir, daß er früher, als er bereits blind war, alle Leute an der Stimme und an den Schritten erkannt hatte. Aber jetzt gab es nur noch Unbekannte an seiner Tür, seine Weltordnung war aus den Fugen geraten, und nicht einmal mehr die Jahreszeiten waren so, wie es sich gehörte. Sie hatten sich mit Blicken, die sie sich zwischen den Weinstöcken zuwarfen, ineinander verliebt, er hatte am Weg auf sie gewartet und sie dann auf Armen getragen. Sie kämpften gegen ihre Familien, die nicht wollten, daß zwei arme Schlucker zusammen noch mehr Armut anhäuften, und zogen drei Kinder groß, die, als sie volljährig wurden, in irgendeinem deutschen Industriegebiet verschwanden. Sie gaben sich gegenseitig Halt und wurden alt zwischen Katzen und Karnickeln, unter dem Blick der Mauleselin, die immer da war und die alles verstand, was man ihr sagte, geh schon, *mula*, langsamer, *mula*, sie war die erste, die das Zeitliche segnete. Dann, eines Morgens, als die Patin gerade Kohlsuppe zubereitete, rief er sie vom Bett aus, Weib, ach Weib. Sie beugte sich über seine trüben Augen, er ergriff ihre Hand mit seinen vom Frost und vom Holzhacken rissigen Fingern. »Weib«, gib mir einen Kuß, denn es ist der letzte, den ich dir geben kann.«

Die Patin hatte meine Mutter von der Wiege an großgezogen, und fünfunddreißig Jahre später stieg sie mit mir im Arm zum Taufbecken empor. Später bestickte sie truhenweise Taschentücher und Bettlaken für meine Aussteuer, denn sie konnte es nicht hinnehmen, daß sich anscheinend niemand um die Handarbeiten für meine Mitgift kümmerte. Als ich die Prüfung am Ende der vierten Klasse bestanden hatte, schenkte sie mir einen alten goldenen Ring, dessen Stein schon seit Generationen fehlte. Als sie meinte, ich sei bereits in dem Alter, in dem man über ein gewisses Grundverständnis verfügt, gab sie mir eine beachtliche Anzahl typisch portugiesischer Witze weiter, sie nannte mich voller Stolz Frau Doktor, kaum daß ich das Gymnasium beendet hatte, und begutachtete mit unerbittlicher Strenge und untrüglichem Erinnerungsvermögen meine Freunde. Ich schlug die Augen nieder, wußte nicht, was ich sagen sollte, murmelte schließlich, nein, Patin, es ist schon wieder aus. Wir haben uns getrennt. Sie drückte meinen Arm, sie kannte die menschlichen Schwächen.

»Sieh dir gut an, wie er lebt, Kind, denn oft treiben sie nur ihr Spiel mit uns.«

Als einer der Korbträger bei der Weinernte scherzend meinte, ich wechsle die Männer wie er seine Hemden, warf sie ihm einen so vernichtenden Blick zu, daß eine halbe Stunde lang niemand mehr auf dem Hof den Mund aufzumachen wagte. Sie erklärte mir, daß das Muster der Untersetzer, die sie mir, an ihrem schattigen Plätzchen sitzend, gerade häkelte, Liebesmuster hieß, denn wenn man eine Schlinge falsch machte, ging alles kaputt. Und wenn ich am Spätnachmittag mit aufgeschürften Knien von meinen Fahrradabenteuern zurückkam, brachte sie mir bei, wie man bei dem Lied über die sieben Sterne die zweite Stimme singt.

»Das ist eigentlich ein Geheimnis«, erklärte Cereja dem erwartungsvollen Publikum. »Aber heute werden wir es mit euch teilen, weil heute ein besonderer Abend ist.«

Sie schlug die Gitarre an, Encarnación stimmte am Ende des ersten Taktes ein, sie senkten gleichzeitig den Kopf, um mir meinen Einsatz vorzugeben. *Sieben Sterne fielen herab, fielen an das Ufer des Sees.* Wie oft hatte ich diesen Vierzeiler gesungen, zu Ehren dessen, was beständig und sicher war in der einfachen Welt der Kinder. Wie oft hatte ich ihn später mit meinen Freunden wiederholt und davon geträumt, ihn einmal auf der Bühne für eine geliebte Person im Publikum zu singen, der ich die Liebe noch nicht gestanden hatte. *Sieben Sterne fielen herab, fielen an das Ufer des Sees.* Über mir die Lichter, und plötzlich würde ich ihm in die Augen sehen, unmerklich lächeln, mein Herz würde schneller schlagen, aber niemand würde es merken, es wäre ein Geheimnis zwischen mir und ihm. Ich liebe dich, hörst du? Ich liebe dich sehr. *Sieben Sterne fielen herab, fielen an das Ufer des Sees.* Ich würde lächeln und ihn schließlich an meine Lippen fesseln. *Wer hierher kommt, dich zu sehen, liebt dich bereits sehr.* Mit diesem Lied wollte ich immer meine Liebe erklären, und nun stand ich da, in einer Kellerbar in Alcântara, um halb drei Uhr morgens. Und sang allein für eine riesige Einsamkeit. Mein Zuhause war verloren, und man hatte mir gestohlen, was dieses Zuhause von innen erleuchtete. *Wer hierher kommt, dich zu sehen, liebt dich bereits sehr.* Aber auf der anderen Seite war niemand. Joana, Joana, Joana.

Madalena

Doch ich bin kaum noch ein Mensch,
ich bin ein Wurm, von allen verhöhnt und verachtet.

PSALM 22, 7

Manchmal erleben wir Augenblicke der Erkenntnis. Ich erinnere mich zum Beispiel, daß Gonçalo mir einmal gesagt hat, ich weiß gar nicht mehr, in welchem Zusammenhang, daß ihm Frauen mit Brille sehr gefielen; und ich hörte ihm zu wie jemand, dem plötzlich ein Licht aufgeht bei einer Sache, die eigentlich offensichtlich war, jedoch nie wahrgenommen wurde. Wieso nur bin ich nicht früher darauf gekommen? In der Nacht ging ich mit der angenehmen Aussicht ins Bett, reichlich Stoff zum Nachdenken zu haben, ich wollte mir klarwerden über die Auffassung, daß bei bestimmten Frauen die Ausgewogenheit, die ihre Schönheit definiert, in der Brille liegt. Und für den Fall, daß diese These mit einem Beispiel belegt werden muß, hat Gott Madalena erschaffen. Ich habe nie wieder eine Brille gesehen, die so genau für ihren Augenwinkel und ihre Frisur gemacht schien und die sich so wunderbar einfügte in die Geometrie ihres Gesichtes.

»Nanu«, fragte sie, gleich als sie die Tür öffnete. »Was ist denn passiert?«

»Ach, sie sind abgeschnitten und entkraust; einen Pony und Strähnchen hab ich mir machen lassen.«

»Es sieht ganz toll aus«, befand sie. »Aber Ihr Katastrophengesicht, das beunruhigt mich etwas.«

Ich lächelte unsicher. »Die letzten Tage waren nicht einfach«, deutete ich vorsichtig an.

Sie goß Kaffee in zwei blaue Tassen und versuchte, den Ernst der Lage abzuschätzen. »Wenn Sie wollen, können wir es auch auf einen anderen Tag verschieben.«

»Nein, nein«, sagte ich schnell und öffnete auf dem runden Glastisch bereits meine Aktentasche. »Es geht mir bestens. Das heißt, ich bin völlig fertig, aber nicht krank.«

In seinen Anfangszeiten war das Zentrum eine sehr private und idealistische Angelegenheit gewesen, entstanden aus der stets unbefriedigten Phantasie von Leuten wie mir, der Mutter, Gonçalo, Zé Maria und anderen. Das Ganze hatte begonnen in einer langen und schwülen Nacht intellektueller Delirien, in der ich fast das Klavier die Treppe hinuntergeworfen hätte, weil unser Komponist sich in den Kopf gesetzt hatte, er müsse einen Vers von Cesário Verde glaubwürdig vertonen, *wo gelblich die Hunde wie Wölfe schienen.* Wir tranken Wein von den Azoren, alle Fenster standen offen für den Wind, der vom Fluß her wehte und bei Tagesanbruch eingesetzt hatte, da kam einer von uns auf diese Idee, und die anderen klatschten Beifall: Wir könnten doch eine Art gemeinnützige Institution gründen ... eine Gesellschaft ... ein Zentrum vielleicht, ja, das klingt besser. Ein Zentrum, das sich um die Finanzierung von privaten Studienprojekten bemüht, Projekte von Leuten mit interessanten, aber ungewöhnlichen Ideen, die wir von einer klugen und sachverständigen Jury beurteilen lassen, nachdem wir selbst mit den Kandidaten der engeren Wahl diskutiert haben, auf welche Art ihre Arbeiten der Öffentlichkeit zugänglich gemacht werden können. Wäre das nicht wunderbar? Als wir diese Phase der Ausarbeitung erreicht hatten, begann draußen bereits der morgendliche Verkehr, und Gonçalo erklärte, daß die Idee zu gut sei, als daß er ruhig sitzenbleiben könne. Er müsse sich bewegen, deshalb wolle er in die Küche gehen und Kaffee kochen. Wir verlangten einstimmig, daß er uns dann auch eine Riesenmenge Scones machen müsse, was er sehr geschmacklos fand, Scones mit Kaffee, und dann noch zu so früher Stunde. Wir weigerten uns, seine ästhetischen Bedenken zu akzeptieren, und fuhren mit großem Eifer fort, unseren grundlegenden Beitrag zur Förderung der Intelligenz des Landes zu strukturieren.

»Ich liebe die Intelligenz, warum, weiß ich auch nicht. Ich liebe sie«, sagte die Mutter, die in ihrer pragmatischen Art gleich einen

Block geholt hatte und Punkt für Punkt aufschrieb, was aus unseren privilegierten Köpfen sprudelte.

»Ich liebe das Gras«, entgegnete sogleich Zé Maria, der sich bei solchen Anlässen mit angeborener Eitelkeit den Krawattenknoten lockert und die Ärmel hochkrempelt, damit er noch hübscher wird. »Wir müssen unserer *doutorinha* eine große Doktorarbeit über die Philosophie der Kühe finanzieren.«

Das Geld sollte über Spenden, Mitgliedsbeiträge, Firmenstiftungen oder von reichen Philanthropen kommen, falls es die überhaupt noch gäbe. Und von Wohltätigkeitsveranstaltungen bedeutender Künstler, da ja jeder anständige Mensch ungemein daran interessiert sein mußte, mit uns zusammenzuarbeiten. Es ist eine Prestigefrage, brüllte Zé Maria begeistert, und bei diesen Gelegenheiten merkte man doch, daß er aus Braga kam.

»Aber es muß auch Einschränkungen geben«, wand ich ein. »Mutter, schreiben Sie auf: Einschränkungsklauseln. Falls irgendein Erleuchteter Reflexionen darüber anstellen will, wie *die flinken Füßchen der Ziege* vertont werden können, müssen wir sehr deutlich machen, daß das Zentrum kein Irrenhaus ist.

Ich wich so gut es ging dem Kissen aus, mit dem mich Zé Maria bewarf, und Gonçalo, der mit den Scones wiederkam, stieß das schmerzliche Stöhnen der tödlich verwundeten Zivilisation aus. Es war ein Kissen mit englischer Stickerei, grandios gearbeitet von Elsas Großmutter, das er zu einem seiner zahlreichen Kultobjekte gemacht hatte. Er legte es zurück und brummelte etwas wie: das kommt davon, wenn man das Volk zu sich einlädt, und Zé Maria, der in dieser Nacht eindeutig von der Seele Cesário Verdes besessen war, baute sich mit der Hand auf der Brust am Fenster auf und deklamierte für die morgendlichen Hunde, die dort unten bellten: *Volk! Aus groben, zerriß'nen Hemden leuchtet, so dünkt mich, die Fahne hervor!*

»Zé«, befahl die Mutter ganz geschäftsmäßig, »kommen Sie besser her und beruhigen Sie sich, wir müssen jetzt die Aufgaben verteilen.«

Begeistert widmete ich unserer Idee alle Zeit und Energie, die ich hatte und nicht hatte, um sie Gestalt annehmen zu sehen. Ich ertrug es, tagelang in hochhackigen Schuhen herumzulaufen, weil ich am Spätnachmittag mit wichtigen Leuten verabredet war, bestach Preciosa, damit sie mich unterstützte, und trotzdem kam ich mit Listen von vierzehn unerledigten Telefonaten nach Hause. Und jedesmal, wenn ich wieder nach Kanada oder Dänemark fuhr, fügte ich meinen früheren Missionen eine weitere hinzu, nämlich die, in Kreise einzudringen, die mir bis dahin fremd gewesen waren, um Satzungen ähnlicher Organisationen und Studien über die praktische Realisierung mitzubringen, Tips, Tricks, Kataloge, Publikationen, alles, was mir in die Finger kam und so aussah, als könnte es nützlich sein.

»Ich werde nie verstehen, was an Dänemark so interessant sein soll«, meinte Gonçalo verächtlich und setzte die halbmondförmige Brille auf, um noch einen Stapel der sorgfältig ins Englische übertragenen Literatur zu lesen.

»Dänemark ist unser großes Vorbild, Onkel Gonçalo«, erklärte ich. »Hundert Prozent der dänischen Kälber kommen durch künstliche Besamung zur Welt, verstehst du?«

»Gott steh uns bei, so gut er kann«, betete er, der Sancho Pansa mit den polierten Nägeln und dem grauen, ordentlich gestutzten Bart.

Schließlich eröffneten wir das Zentrum in jenem dritten Stock gegenüber der Domäne von Vera und Tatão, gewannen Publikum, und unsere Feuerprobe bestanden wir letztes Jahr, als unserer eher alternativen Organisation EG-Gelder größeren Umfangs zugesprochen wurden, die jedoch an strenge Auflagen geknüpft waren. Unser Werk ging in staatliche Hände über, in einer nachmittäglichen Zeremonie mit abschließendem Portwein und einer Reportage im Telejournal ein paar Stunden später. Wir durften es nicht mehr »Werke der Mütter« nennen – die erste Taufe, die in den Morgenstunden der großen Offenbarung gefeiert worden war –, denn von nun an sollte das Zentrum eine seriöse Angelegenheit sein, und es mußte eine Vertrauensperson aus dem Ministerium eingesetzt werden, die über die Projekte wachte. Die natürlich von uns gutgeheißen werden mußte, klar. Es war das erste Mal, daß ich von Madalena hörte, und die Mutter, die alle Leute kennt, hätte sich nicht enthusiastischer für sie einsetzen können. Mir gefiel zuerst ihre Brille, danach gefielen mir ein halbes Dutzend eleganter Gesten und schließlich, bei einem Gespräch über meine kleine Schwester, die häufig wegen der Veröffentlichung ihrer anthropologischen Studien in Madalenas Büro kam, gab ich meine Vorbehalte vollends auf. Madalena begeisterte sich jedesmal über deren strahlende Schönheit, ach, sie kam herein mit noch ganz nassen Haaren, sie sah so bezaubernd aus. Und Madalena interessierte sich auch für ihr Privatleben, natürlich nur im genau abgesteckten Rahmen der Diskretion.

»Das ist alles sehr kompliziert«, sagte ich das eine Mal. »Ich weiß, daß sie ihn sehr gern mag, aber ich weiß auch, daß es mit Sicherheit nicht er ist, mit dem sie eines Tages so etwas wie ein stilles Glück erleben wird, Frieden, das, was wir alle brauchen, zumindest irgendwann einmal. Das Problem ist, daß das für Außenstehende sehr viel eindeutiger ist. Und man braucht ja auch einigen Mut, um die Anzeichen dafür, daß eine Beziehung hoffnungslos ist, als solche zu erkennen, und den hat man mit fünfundzwanzig noch nicht.«

Sie nahm die Brille ab und fixierte mich mit ihren ernsten grauen Augen. »Ach Keks, was sagen Sie da«, meinte sie mit einer Ruhe, die ihre innere Unruhe fast nicht erkennen ließ. »Ich bin neununddreißig.«

Eine andere witzige Sache bei Madalena war, daß sie mich Keks nannte, weil sie gehört hatte, daß ich bei der Mutter so hieß, und sie mußte wohl angenommen haben, daß es ein allgemein gebräuchlicher Kosename war und nicht ein Zeichen von Zärtlichkeit zwischen der Mutter und mir. Manchmal wurde er auch von Joana verwendet und ganz selten von anderen Freunden, aber wirklich nur in Ausnahmefällen.

»Sieh mal, wie sie sich freuen«, sagte Cereja, als die Bargäste meinen Klagegesang über Schmerz und Verlassensein beklatschten. »Bleib hier, Kekschen, es tut dir gut, noch ein bißchen zu singen. Es gibt kein besseres Mittel gegen die Angst.«

»Nein, ich will nicht«, stammelte ich, bereit, wieder im Hintergrund zu verschwinden und im Vorbeigehen an der Bar noch einen Alexander zu bestellen. »Da ich schon nichts anderes mehr genießen kann, laßt mich wenigstens meine Angst genießen.«

Als ich an diesem Nachmittag ins Zentrum kam, quälte mich eine Frage der Moral, und sie überschattete alle anderen Probleme, die ich mit mir herumtrug. Ohne jemandem etwas davon zu erzählen, vermutlich in der diffusen Vorahnung des Scherbenhaufens, in den sich über kurz oder lang mein Leben verwandeln würde, hatte ich einige Monate zuvor, zum letztmöglichen Termin und damals schon mit schlechtem Gewissen, mein Forschungsprojekt und meine Bewerbung für das erste der Sonderstipendien eingereicht. Wohin du auch gehst, die Scherben werden dich begleiten, tönte aus der Ferne immer wieder die Stimme des Agronomen, der mir niemals ganz verziehen hatte, daß ich seinetwegen nicht alles aufgegeben hatte. Aber ich ignorierte die Warnung, weil ich glaubte, daß eine gute Dosis Eigennutz dabei war. Und außerdem hatte ich, so unglaublich es klingen mag, richtig Lust, für ein Jahr meine Alltagsroutine aufzugeben, um den Kurs bei dem Weisen mit den Armeestiefeln zu besuchen. Bei einem der letzten Kongresse in Kanada hatte es geschneit, und da ich nicht in der Kälte auf die Straße gehen mochte, hörte ich mir, eher aus Not als aus wissenschaftlichem Interesse, an, was er zu sagen hatte, und kam stumm vor Verblüffung und Bewunderung wieder heraus. Jetzt wollte ich unbedingt meine Analysefähigkeit im Zusammenhang mit den Translokationen der westlichen Kultur zwischen Glauben und Technologie vertiefen, das war es nämlich, was der Weise in akrobatischen und meisterhaften Syntheseübungen lehrte. Über das Thema der Abschlußarbeit, die allen abverlangt wurde, hatten wir uns bereits brieflich verständigt, ich würde den Symbolgehalt, der den Haustieren in der traditionellen Religiosität zugeschrieben wird, untersuchen. Die Idee gefiel mir immer besser, ich begann, fieberhaft zu lesen und seitenweise hermetische Labyrinthe zu unterstreichen, Notizen zu machen über das, was andere bereits an Wissen erarbeitet hatten. Als das Chaos in Lissabon gerade seinen Höhepunkt erreicht hatte, sah ich mich manchmal in Vancouver mit dem Fahrrad zur Vorlesung fahren. Ich stellte mir die Bibliothek in dem Park mit den Eichhörnchen vor, ein großer, durchscheinender Marmorwürfel, und dachte, daß es unter Umständen auch ganz schön sein konnte, sehr weit weg und sehr allein zu sein.

»Und was macht deine große Romanze mit dem Wissenschaftsphilosophen?« fragte mich Joana, die naßglänzend und mit geschlossenen Augen, träge von Sonne und Sand neben mir lag. »Hast du sie dir schon in allen Einzelheiten ausgemalt? Natürlich nur im übertragenen Sinne.«

»Nein«, protestierte ich aufrichtig. »Das ist eine Phantasie über den Wegfall der Alltagsroutine.«

»Schon gut, Mädchen«, erwiderte sie träge und hielt mir ihren gebogenen Zeigefinger hin. »Beiß da rein.«

Dann begann ich zu ahnen, daß vermutlich bald eine Zeit kommen würde, in der eine Luftveränderung sehr angebracht wäre, ich fand, daß das Programm der künstlichen Besamung selbständig weiterlaufen konnte, und so schrieb ich also, wenn es niemand sah, den Projektantrag. Du siehst dich in Vancouver wie die Marie Antoinette im Trianon, sagte Joana, die beunruhigt über meine tieferen Beweggründe war. Aber ich versicherte ihr, daß ich mir sehr wohl darüber im klaren war, was mich erwartete, und verschrieb mich mit wachsender Dickköpfigkeit meinem Ziel. Was mich bei der Ausarbeitung der verschiedenen Entwürfe bremste, war das vage Gefühl, daß es nicht ganz anständig war, ein solches Sonderstipendium in Anspruch zu nehmen, weil dessen Vergabe genaugenommen mein Verdienst gewesen war, Frucht meiner Hartnäckigkeit im Kampf mit der EG-Bürokratie, ein Glückstreffer, der sich noch in der Erprobungsphase befand. Ohne Zweifel war das der denkbar schlechteste Moment, mich selbst zu bewerben.

»Am besten erzählen Sie es nicht herum«, war der einzige Kommentar Madalenas, die es immer irgendwie schafft, sich herauszuhalten.

Unter dem Vorwand, ich wolle nur sehen, wie das ausgehe, und in dem Wissen, daß zur Gewährleistung einer unparteiischen Entscheidung die Projektvorschläge unter einem Pseudonym abgegeben werden sollten, unterzeichnete ich mit Guilherme Frederico Mendonça und wagte es schließlich, meine moralische Lauterkeit aufs Spiel zu setzen. Aber nachdem innerhalb weniger Tage alles kaputtgegangen war, hatte sich mein Dilemma zugespitzt, und nun ging es nicht mehr darum, mir ein hübsches Szenario auszumalen. Jetzt mußte ich verzweifelt die Koffer packen und den Abstand suchen, der zwischen hier und der Küste Kanadas auf der anderen Seite lag. Die Jury sollte an diesem Wochenende tagen. Ihre Mitglieder wußten nicht, wer wir waren, aber Madalena wußte es, sie war es, die die Projektvorschläge entgegengenommen und die ersten Gespräche geführt hatte, bevor sie sich zur Schweigsamkeit verpflichtete. Und eine hinterhältige Stimme flüsterte mir ein, daß es nur eines Wortes bedurfte, einer kleinen Andeutung. Könnte Madalena nicht, im Wissen um mein

Unglück, bei der Jury etwas durchblicken lassen? Nein, so etwas tut man nicht. Natürlich nicht, aber alle tun es. Vielleicht ist es gar nicht nötig, das Geld wurde erst im allerletzten Moment bewilligt, es gab fast keine Werbung, vielleicht hat sich niemand sonst gemeldet. Du gehst hin, sagst Madalena, daß du das Stipendium willst, und basta.

Wir diskutierten ausführlich alle anstehenden Punkte, draußen wurde es bereits dunkel, die Straßenlaternen gingen an, ich schluckte mehrmals schwer, meine Hände wurden einige Male feucht, aber ich schaffte es nicht, etwas zu sagen. Endlich, als wir schon alles zusammenräumten und sie sich die Abschlußzigarette ansteckte, machte ich die Feststellung, wie wenig doch das Stipendium publik geworden war, um bestätigt zu finden, daß nur ich mich beworben hätte.

»Vielleicht ist es für das erste Mal gar nicht so schlecht, denn es bringt die Jury dazu, die Bewerbungen wirklich gründlich anzusehen«, sagte Madalena, die sich für die zwei Minuten Pause in ihrem Sessel zurückgelehnt hatte. »Beide Anträge sind meiner Meinung nach sehr gut, sowohl Ihrer als auch der Ihrer Freundin.«

»Welcher Freundin?« fragte ich sofort, mit diesem ungewollten Entsetzen, das die Augen vor Überraschung ganz rund werden läßt.

»Sagen Sie bloß nicht, ich hätte gerade ein Geheimnis verraten«, sagte sie bedauernd. »Sie reden doch so viel von ihr und sie so viel von Ihnen, daß mir gar nicht in den Sinn kam... ich dachte, Sie hätten es abgesprochen ... natürlich kann ich das nicht wissen, mich geht das ja auch nichts an.«

Ich muß so verzweifelt ausgesehen haben, daß sie sich unterbrach, mich eine Sekunde lang schweigend anblickte und mir dann sehr ernst verriet: »Es ist diese kleine Chinesin mit dem Pessanha... Hua Li Esteves, so heißt sie doch?«

Ich war so durcheinander, als ich in den nächtlichen Regen hinausging, daß mir dadurch der erste klare Gedanke dieses Tages kam. Wenn seit dem frühen Morgen in Praia das Maçãs niemand abnahm, wenn es zwischen Piu-Piu und ihr schlecht stand, dann hatte sich vielleicht ein so großer Wirbelsturm erhoben, daß sie im Haus ihrer Mutter Zuflucht gesucht hatte. Wie dumm von mir, warum habe ich daran nicht früher gedacht. Ich wehrte mich wild um mich schlagend gegen die Brecher meiner eigenen Sturmflut und hätte fast die Höllenqual vergessen, in der sich meine beste Freundin seit einigen Wochen befand. So egoistisch ist die menschliche Natur, wenn ihr niemand auf die Finger schaut. Ich ging in eine Telefonzelle, und ihre Mutter nahm ab. Sie sagte ja, Joana sei zu Hause.

Und dann brach für mich die Welt zusammen.

Isabel

Mein Gott, mein Gott, warum hast du mich verlassen?
Warum hörst du nicht, wie ich schreie,
warum bist du so fern?
Mein Gott, Tag und Nacht rufe ich um Hilfe,
doch du antwortest nicht.

PSALM 22, 2,3

Zacharias wollte Gabriel nicht glauben, als der ihm, auf dem Weihrauch schwebend, verkündete, daß Isabel schwanger sei und einen Sohn namens Johannes gebären würde, von Gott bestimmt, die Völker im Wasser der Flüsse zu taufen, und deshalb wurde er stumm. Aber Isabel hielt sich nicht mit Zweifeln auf, obwohl sie schon sehr alt und zeitlebens unfruchtbar war, sie lobte Gott und ging fünf Monate lang nicht aus dem Haus. Im sechsten Monat empfing sie bei sich ihre Verwandte Maria, die Jungfrau aus Galiläa, die dem Schreiner Josef versprochen war, auch sie vom Engel heimgesucht, der ihr verkündet hatte, der heilige Geist werde Besitz ergreifen von ihrem unschuldigen Leib, und durch das größte aller Wunder werde daraus der Sohn Gottes entspringen, den sie Jesus nennen sollten. Josef war ein rechtschaffener Mann. Er fürchtete sich vor der Tragweite der Verkündigung und wollte Maria verstoßen, bis schließlich Gabriel in seinen Träumen erschien und ihm die Ängste nahm. Es zweifelten also Josef und Zacharias, niemals jedoch Isabel und Maria, die sich vereinten in dem großen Geheimnis des Glaubens, und bald hüpfte Johannes vor Glück in dem erlösten Körper der Alten. Maria, sagte Isabel, meine liebe Base voll der Gnaden, holde Mutter Gottes und Mutter von uns allen, geheiligt seist du unter den Frauen. Unter den Frauen wurde die letzte

Zeit der Unschuld gefeiert, drei Monate lang badeten sie gemeinsam in dem Licht, das sie gesegnet hatte, und alle Völker, sang Maria, werden mich selig preisen. Magnificat. Magnificat anima mea dominum.

»Wer setzt hier immer falsch in die Altstimme ein?« rief die Mutter verärgert.

Aus den Höhen des Soprans streckte mir Cereja die Zunge heraus. Als ich mit dem Hund hereingekommen war, hatte sie mir gesagt, daß sie mich nach der Probe abschleppen würde, nach Alcântara. Sie schnitt mir eine Grimasse und drohte mir mit dem Finger, ich war es, natürlich war ich es. Nicht zur rechten Zeit und auch noch falsch, meine Stimme versagte, mein Atem stockte, ich besang mit schmerzender Kehle und Augen, die vor Verzweiflung und Müdigkeit ganz schwer waren, die Himmelfahrt einer Frau vor zweitausend Jahren, bitte, beachtet mich nicht. Ich senkte den Kopf, biß mir auf die Lippen, magnificat, magnificat. Magnificat anima mea. Und wieder der Aufschrei der angsterfüllten Psalmen, es umgeben mich die Feinde wie menschenfressende Löwen. Ihre Zähne sind wie Speere und Pfeile, ihre Zungen so spitz wie Schwerter. Mein Gott, mein Gott, warum bist du so ungerecht?«

»Ich weiß, daß das Leben nicht gerecht und auch nicht ehrlich ist«, pflegte ich zu Joana zu sagen, wenn das Glück mir nicht hold war. »Aber ich weiß es doch jetzt, habe es vernommen, habe es kapiert, basta. Es wäre doch nicht nötig, immer wieder neue Denkzettel verpaßt zu kriegen.«

Sie sind giftig wie die Vipern; sie verschlossen ihre Ohren wie taube Nattern, die die Stimme des Schlangenbeschwörers nicht erreicht, auch nicht die des weisen Magiers. Magnificat, magnificat, jubiliert, ihr Frauen, denn morgen werdet ihr den Preis für die Wunder bezahlen müssen. Teresinha de Jesus, sei doch nicht dumm, gib dich nicht mit so wenig zufrieden, und der Pessanha, du wirst aus Liebe auch noch den Pessanha aufgeben, als ob du aus Liebe nicht schon genug aufgegeben hättest. Schreib doch einen Projektantrag, wenn du willst, helfe ich dir, bewirb dich bei unseren Stipendien, du hast doch nichts zu verlieren, verstehst du? Du bist die perfekte Kandidatin, perfekt, Perle des Orients. Ducke dich nicht vor dem Angriff. Geheiligt sein wird die Frucht deines Leibes, glaube mir, wenn du nicht stumm werden willst, auf zum Angriff! Später zog sich der Ring um mein Leben zu, und ich sprach nie mehr mit ihr darüber. Ich war aus dem Zentrum wie von Pfeilen durchlöchert weggegangen, Märtyrerin ohne Grund und ohne etwas in Händen zu halten, jetzt, wo die Engel es aufgegeben hatten, uns in unseren Träumen zu besuchen, wie werde ich je diesen Aufruhr beruhigen. Joana. Wo ist Joana.

»Ja, sie ist da«, sagte ihre Mutter, ohne mich irgend etwas anderes zu fragen, wie es mir gehe, wie es meinen Eltern gehe. »Einen Augenblick, bitte.«

Es verstrich ein ewiger Augenblick, ich warf weitere Münzen in den Schlitz. Ich kramte aus meinem Innersten die letzten Reste von Fröhlichkeit hervor, wollte sie empfangen mit der festlichen Wärme, die zwischen uns seit über zehn Jahren herrschte, Liebes! Wie geht's dir?

»Ja«, hörte ich ihre eisige Stimme am anderen Ende. »Was gibt's?«

Ich erzitterte, und mir wurde schwindlig, vielleicht war es nur meine Einbildung. Nein, natürlich nicht, es konnte nicht wahr sein.

»Versteckst du dich, Mädchen?« versuchte ich es noch einmal. »Geht's dir gut?«

»Ja«, antwortete sie.

Es war wirklich etwas Dramatisches passiert, und ToPê hörte mit, dachte ich, eine Schiffbrüchige im Todeskampf in einer Telefonzelle, an einem frühen, von der Novemberkälte durchdrungenen Samstagabend.

»Hör mal«, fragte ich, in dem praktischen Tonfall, zu dem mich das alte Losungswort verpflichtete, »kannst du reden?«

»Reden, worüber?« stieß sie mit einer Härte aus, die ich mir früher bei ihr gar nicht hätte vorstellen können.

»Über dich«, stöhnte ich.

»Mir geht es bestens«, wiederholte sie unbeugsam.

»Ich gehe jetzt zur Probe des gregorianischen Chors«, flehte ich völlig verloren. »Aber danach könnte ich bei dir vorbeikommen, weißt du, es gibt so viel...«

»Nein, ich gehe früh ins Bett«, schnitt sie mir das Wort ab.

»Dann morgen, dann komm ich morgen vorbei«, stammelte ich verzweifelt.

»Ruf vorher an, es kann sein, daß ich nicht da bin.«

Sie legte auf, ohne sich zu verabschieden, und ich hatte noch zwei Münzen. Aber mir war soeben klar geworden, daß ich alles verloren hatte, obwohl ich nicht wußte weshalb, und ohne daß ich irgend etwas hätte tun können.

III

Teresinha de Jesus

Da wankte und schwankte die Erde,
da bebten die Gründe der Berge.
Er neigte den Himmel tief auf die Erde
und fuhr hernieder auf dunklen Wolken.
Er ritt auf einem geflügelten Kerub
und schwebte herab auf den Flügeln des Sturms.
Er hüllte sich ein in Finsternis,
in Regendunkel und schwarzes Gewölk.
Sein strahlender Glanz verscheuchte die Wolken
mit Hagelschlägen und glühenden Steinen.

Dann ließ er im Himmel den Donner grollen,
laut dröhnte die Stimme des höchsten Gottes.
Er schoß seine Pfeile und verjagte meine Feinde;
er schleuderte Blitze und stürzte sie in Schrecken.
Da zeigte sich der Grund des Meeres,
das Fundament der Erde wurde sichtbar,
als du, Herr, deinen Feinden drohtest
und ihnen deinen Zorn zu spüren gabst.

PSALM 18

Teresinha de Jesus verliebte sich gleich auf den ersten Blick in Esteves, als sie schüchtern und neugierig das Klassenzimmer betrat, in ihrer taillierten Jacke, die Aufzeichnungen für die Einführungsstunde in der Hand. Er stellte sich vor, und sie mochte seine Stimme, sie mochte seine Gesten, sie empfand ihn als warm und vertraueneinflößend, und ein unvergleichliches Wohlgefühl erfaßte sie. Sie sagte nichts und dachte auch nichts, stieg zum Lehrerpult hoch und sah ihn aufmerksam zuhören, sie kaute auf ihrem Kugelschreiber, während die Schüler die Schriftzeichen abschrieben, die sie an die Tafel gemalt hatte, und ging dann unmerklich dazu über, ihm außer der Reihe auf Fragen zu antworten, ohne Großtuerei oder System, ganz sanft, wie es ihre Art war. Am Wochenende ertappte sich Esteves dabei, daß er an sie dachte, er führte im Geiste zärtliche und behutsame Gespräche, als er unter der Dusche stand oder Kaffee kochte, erwartete sehnsüchtig den Montag und probierte drei verschiedene Hemden an, bevor er aus dem Haus ging. Jetzt konstruiert doch mal einen Satz mit dem, was ihr bereits gelernt habt, sagte sie, und er kritzelte, so gut er eben konnte, auf das Papier, daß die Lehrerin sehr hübsch sei. Teresinha bekam insgeheim eine Gänsehaut, als sie an jenem Abend die Hausaufgaben korrigierte, am nächsten Vormittag nahm sie allen Mut zusammen und ging in der Pause auf ihn zu.

»Wenn du mir etwas sagen willst, dann sag es mir und schreib es nicht, denn du machst noch viele Fehler«, erklärte sie hastig und schaute ihm mit glühendem Gesicht in die Augen.

»Dann laß uns woanders hingehen«, antwortete er, und als sie an den Strand kamen, küßte er sie, wie er noch nie jemanden geküßt hatte.

»Niemanden, Vögelchen?« fragte ich mit jenem unwiderstehlichen Lächeln, das in Momenten zweifelhafter Gefühlsregungen entsteht. »Nicht einmal mich? Du hast mir doch auch ein paar schöne Küsse gegeben, wenn ich mich recht entsinne.«

»Nein«, widersprach er rührend spontan, wenn auch etwas irritiert. »Das ist nicht dasselbe, verstehst du? Denn sie ist eigentlich keine Frau, sie ist so etwas wie ein See, ein tiefer See voll Ruhe und Geheimnis.«

Filomena

Viele Feinde umzingeln mich,
kreisen mich ein wie wilde Stiere.
Sie reißen ihre Mäuler auf,
brüllen mich an wie hungrige Löwen.

PSALM 22, 13,14

Joana, die sich nie für meine Freunde begeistern konnte, schenkte ihm bei der Fete anläßlich unseres zweijährigen Zusammenseins einen Vierzeiler, der Geschichte machte. *Ich bin ein braver und fleißiger Mann, aus Campo de Ourique in Lissabon, bin jemand, der viel Wein trinken kann, hab aber 'ne Macke davon.* Er rauchte filterlose Zigaretten, besaß einen schwarzen Autobianchi mit Schiebedach und niedrigen Sitzen, in den seine langen Beine kaum hineinpaßten. Die riesige, rot-weiße Aufschrift auf der Motorhaube lautete, wer nicht für Benfica ist, ist kein guter Familienvater, und am Armaturenbrett klebte ein Aufkleber mit einem Schimpansen, der die Arme hinter dem Kopf verschränkt hatte und das Recht auf Faulheit verteidigte. Als wir mit dem Studium fertig waren, spezialisierte er sich auf Tierhygiene, und so kam es, daß er ein paar Jahre später für sechs Monate nach Macau fuhr, um irgendeinen infektiösen Parasiten zu erforschen, der ganz besonders interessant zu sein schien. Natürlich nur für ihn, denn wir ließen ihn nie auch nur den ersten Satz zu diesem Thema ausreden. Nach ein paar Wochen schrieb er sich aus Neugierde, und um eine weniger sumpfige Beschäftigung für den Abend zu haben, in einen Schnellkurs Chinesisch ein, und es fielen Millionen von Sternen auf die Erde herab, als er es wagte, die bebende Haut der Lehrerin zu berühren. Sie liebten sich zärtlich in einem See aus Honig und Seide, bis die Mission, die ihn an die Grenzen des

Kolonialreichs geführt hatte, beendet war und er gebrochenen Herzens die Zeitzonen überflog.

»Und was machst du jetzt?« fragte ich ihn, den Kopf an die Wand gelehnt, die Knie angezogen, sehr professionell in meiner Rolle als verständnisvolle und fürsorgliche Ex-Freundin.

Die Koffer standen noch unausgepackt an der Tür, inmitten eines unordentlichen Arsenals von Sonnenschirmen mit Bambusgriffen und Seidenmalereien mit Seevögeln, die mit ausgebreiteten Flügeln auf schwarzen Klippen saßen. *In der Ferne, schon sehr weit weg, erklang von den Booten, blumengeschmückt, noch immer das Echo des Festes.*

»Ich werde sie vergessen«, gelobte Esteves, unrasiert und mit roten Augen.

»Nein«, protestierte ich, »so eine schöne Liebesgeschichte, damit kannst du nicht so umgehen. Ich mag nur Geschichten, die gut ausgehen.«

»Die laß dir von deiner Mutter erzählen«, sagte er verzweifelt. »Das ist keine Geschichte, kapierst du? Es ist mein Leben, und es ist Schluß, wir wußten ja von Anfang an, daß wir keine Zukunft haben.«

»Aber warum denn«, beharrte ich, als ich seine Hilflosigkeit sah, nahm ihn auf den Schoß und wiegte ihn in den Armen, etwas ungeschickt zwar, aber mit sehr viel Gefühl. »Wieso meint ihr immer alle, daß die ganz besonderen Dinge zu Ende gehen müssen?«

»Was soll ich denn machen?« schrie er wütend. »Willst du, daß ich nach Macau zurückgehe? Willst du, daß ich sie nach Lissabon hole? Was willst du denn?«

»Alles«, verlangte ich.

Und so geschah es. In den ersten Monaten bezahlte er horrende Telefonrechnungen, dann verkaufte er sein Boot, um das Flugticket bezahlen zu können, das ihn für längere Zeit zu seiner orientalischen Geliebten brachte. Er kehrte zurück, in sein Schicksal ergeben, suchte Anwälte, Notare, Diplomaten und einflußreiche Freunde auf, schrieb Anträge, ließ Fotokopien beglaubigen und beraumte Verhandlungen an. Es war ein Martyrium, denn die Angebetete war eine echte Chinesin, die in ihrer Kindheit irgendwie nach Hongkong geflüchtet, in ihrer Jugend illegal nach Macau gelangt war, die Rechtslage war chaotisch, gerade noch tragbar für Opiumhändler, jedoch hoffnungslos im Hinblick auf die große Reise. Esteves fühlte sich wie ein Raubritter, er ließ sich von seinen Aufgaben freistellen, um mehr Spielraum zu haben, wurde zum Spezialisten für Sondertarife der Fluggesellschaften und ruinierte sich trotzdem. Dann bereitete er systematisch den Ruin seiner Mutter vor. In dieser Zeit hing über seinem Schreibtisch ein Riesenfoto von der Kleinen vom See, mit einer Perlenkette, die in subversiver Beziehung zu den beiden dicken und braven Zöpfen stand.

»Diese Frau hat es faustdick hinter den Ohren«, stellte Joana fest, der so etwas immer auffiel.

Die dritte Rückkehr aus Macau ließ fast ein halbes Jahr auf sich warten, denn er hatte sich geschworen, daß er nicht allein nach Lissabon fliegen würde. In China ist die Zeitskala in Jahrtausende eingeteilt, ließ er mir in einem Brief ausrichten. Plötzlich rief er an und wollte mit mir essen gehen und gestand mir zwischen einem Wachtelbein und einer Gabel Mixed Pickles, daß sie schon seit über einer Woche in Lissabon seien, aber alles sei so irreal, so vollkommen verändert durch ihre stille Anwesenheit in Campo de Ourique, daß er bisher nicht fähig gewesen sei, mit irgend jemandem zu sprechen.

»Ich habe die letzten zwei Jahre nur für den absoluten Wahnwitz gelebt«, meinte er, während er um sich blickte, als erkennte er die Welt und die Gegenstände, aus denen sie bestand, nicht wieder, »und bin die Normalität überhaupt nicht mehr gewöhnt, ich habe vergessen, wie es sich lebt ohne eine große Mission, die man zu erfüllen hat. Ich habe meinen Rhythmus verloren, jetzt habe ich dauernd das Gefühl, daß etwas fehlt. Mir fehlt die Verzweiflung, verstehst du. Mir fehlt die Sehnsucht. Es ist so merkwürdig, wenn man plötzlich nach dem Krieg zu einem ruhigen Bürger wird.«

Er vollführte eine ausholende Geste mit der Gabel und deklamierte versunken über den sonnigen Rasen hinweg, auf dem sich lärmende Kinder mit Dreirädern tummelten. »*Ah, ich sah das Licht in einem verlorenen Land*, und dann … wurde ich an die Kette gelegt, ach, was weiß ich.«

Ich fand das sehr bemerkenswert, denn obwohl er mir ausführlich beschrieben hatte, mit welch intellektueller Kühnheit sich die Geliebte dem Werk Camilo Pessanhas widmete, stand mir noch vor Augen, wie er auf dem Viehmarkt von Golegã mit offenem Hemd und goldenem Kruzifix um den Hals die Kühe bei den Hörnern gepackt hatte und die Mädchen vor Begeisterung dahinschmolzen. *Doch so gewunden ist der Pfad der Liebe, die Stiefel und Sporen verzaubert von der säumigen Bratsche der Klepsydra. Weint, Bogenstriche des Violoncellos, gekrümmte Brücken, vom Alptraum beflügelt,* denn das, was in dieser Esteves-Passion zu Staub zerfällt, ist mehr als die Distanz, gemessen in Meeren und Kontinenten, viel mehr als der aberwitzige Mut angesichts der langsamen Torturen der Bürokratie, es ist das ungeheure Wunder der Verschmelzung, das wir nie für möglich gehalten hätten. *Das zerfaserte Licht, das krankhaft erleuchtet die Seelen,* solche Dinge, die nur im wirklichen Leben normaler Leute vorkommen und nie in den mäandernden Schicksalen literarischer Helden. Wegen Hua Li hatte er, ohne zu zögern, all seinen Besitz verkauft, sogar sein Haus, es türmten sich immer noch steilere Barrieren von Stempeln und Visa zwischen den beiden, gesichtslose Drachen, Hüter bizarrer Gesetze spien Feuer in einer unverständlichen Sprache, fürchte dich nicht, Geliebte, ich komme zu dir. *Die falsche Schlange, ich werde sie erwürgen, ich werde sie zerquetschen, gegen den Felsen werfen, über den dein Kopf mit triefendem Haar sich herabsenken wird, ohnmächtig vor Liebe, unter der Glut meiner Jungfräulichkeit und meiner jungen Gladiatorenhand.* Jahr für Jahr hatte sich der junge Stierkämpfer vom Abendbrottisch der Studenten erhoben, die Hände in die Taschen gesteckt und beherzt die alten Lieder der Verführung gesungen, *singt, fadistas, singt, mit euren heiseren Kehlen. Denn der Fado erklingt nun aus einem Mund, der nicht für den Fado bestimmt.* Nun kehrte er siegreich von den Kreuzzügen zurück, verschloß seine Beute in der Straße mit den Straßenbahnen und rezitierte Pessanha, während er Wachteln aß. Das Leben hat immer seine Berechtigung, die Mäßigung nie.

»Oje, wo soll das hinführen mit diesen Menschen«, seufzte Joana, als wir ihn bei seiner ersten, unaufschiebbaren Rückkehr in die fernen Arme der Kleinen vom See zum Flughafen geleiteten und er uns, bevor er in der Abflughalle verschwand, bezaubernd und knabenhaft mit verdrehten Augen gestand, daß seine Seele während der ganzen Zeit in Lissabon niedergeschlagen und wehrlos gewesen sei. »*Flimmernde Sterne, Einsamkeit der Ferne*«, Gott segne euch.

»*Und der Alabaster der Baluster!*« stimmte ich ein.

Arm in Arm gingen wir lachend zum Auto und waren heilfroh, daß wir nicht in einen Neuseeländer verliebt waren.

»Was meinst du, was sie hier machen kann?« fragte mich Esteves mit einer Pomme frite in der Hand.

»Alles, wozu sie Lust hat«, antwortete ich. »Wir leben in einem freien Land.«

»Weißt du«, erklärte er mir geduldig, »sie war auf dieser Jesuitenschule in Hongkong, dann kam sie über die Nonnen zum Portugiesischstudium, sie hatte ihre Arbeit fast fertig, aber jetzt hat sie alles abgebrochen. Und das ist hart, verstehst du, sie beklagt sich nicht, aber ich weiß, daß es hart ist, sie hatte ein so aktives Leben, und plötzlich kennt sie niemanden, gehört nirgends dazu, ist den ganzen Tag zu Hause eingesperrt mit meiner Mutter ... meine Mutter ist ja ganz lieb, aber trotzdem.«

Ich erinnerte mich an Tante Filomena, die an die Tür klopfte mit Tellern voll Zimtplätzchen, wenn wir uns unter dem Vorwand, lernen zu müssen, in seinem Zimmer eingeschlossen hatten. Also führte ich lange Gespräche mit allen möglichen Leuten, die mir nützlich erschienen, malte den Fall in den schillerndsten Farben aus, eine wunderbare Geschichte der Entsagung und Hingabe, unterlegt mit der Metrik der delirierenden Sonette. *Rosige Fingernägel, zerbrochen von der Flut, Zähnchen, verstreut von den Wellen, Muscheln, Steinchen, Knochensplitter*, ich weiß nicht, ob ihr das versteht.«

»Du wirst mir doch nicht weismachen, daß du das alles für diesen verhinderten Stierkämpfer tust«, knurrte Celeste mit ihrem trockenen Zynismus. »Ehrenwort, Mädchen, zu Hause hast du was Besseres.«

»Wenn es also nicht seinetwegen ist«, fragte mich die Mutter verständnisvoll, »wegen wem ist es dann?«

»Was weiß ich, Mutter«, antwortete ich, schon ganz entnervt von den vielen Fragen. »*Vielleicht wegen eines ironischen Vertrages, den ich einmal in anderen, zarteren Sphären abschloß und von dem ich heute nichts mehr weiß*. Was halten Sie davon?«

»Ich glaube, das ist Gomes Leal und nicht Pessanha«, sagte sie, die man einfach nie überrumpeln kann.

Nach einiger Anstrengung und weiteren ironischen Bemerkungen dieser Art gelang es mir trotz des zähen Widerstands der anderen, einen Zeitvertrag für sie herauszuschinden, für die Organisation des Archivs des Zentrums. Ich lieh ihnen für den Umzug in die neue Wohnung meinen Wagen und nahm es auch noch hin, daß die Tante aus früheren Zeiten mich nun am Telefon eiskalt abblitzen ließ, als hätte sie mich nie mit Plätzchen vollgestopft.

»Vielleicht hat sie Angst, daß du ihr den geliebten Sohn abspenstig machst«, grunzte Joana, »das ist doch unglaublich.«

Dann schluckte ich, so gut es ging, die Tatsache, daß ich auf der Liste der Hochzeitsgäste fehlte, wahrscheinlich aus demselben Grund.

»Dann gehe ich auch nicht hin«, rief Joana und richtete den tiefsinnigen Blick auf mich, mit dem Prophezeiungen gemacht werden. »Kleine«, erklärte sie ernst, »du liebst es, Raben zu züchten, die dir dann die Augen aushacken. Gib es auf. Eines Tages wirst du etwas wollen, was die Kleine vom See auch will, und sie stößt dir ein großes Messer in die Rippen, um dir den Vortritt zu lassen. Du wirst schon sehen.«

Ich zuckte die Achseln, bei unserem glorreichen Gott, solche Liebesgeschichten verdienen eben jede Hochachtung. Die Wahrheit ist, daß wir dieses Gespräch wenig später völlig vergaßen, denn die Kleine vom See löste sich in Luft auf, kaum daß wir uns ihr genähert hatten, und an ihrer Stelle erstand die ungeheuer sanfte Teresinha de Jesus, das liebenswerteste Geschöpf, das jemals den Westen betreten hatte, in den zartesten Miniröcken Lissabons. Tolle Beine, nebenbei bemerkt. Und eine sehr wichtige Errungenschaft für unseren weiblichen gregorianischen Chor, ein schöner Timbre, absolutes Gehör. Als ich auf der letzten Probe ihre Abwesenheit bemerkte, fiel mir plötzlich ein, daß sie errötet war, als ich ihr ungefähr eine Woche zuvor anvertraut hatte, was bisher nur Joana wußte. Daß sich nämlich über mir schwarze und bedrohliche Wolken zusammenzögen, aber daß ich mich Gott sei dank um ein Sonderstipendium beworben hätte und mich mit einem bißchen Glück noch vor dem großen Zusammenbruch nach Vancouver absetzen würde. Ich hatte sie schon so oft grundlos erröten sehen, daß ich damals gar nicht darauf achtete, aber jetzt ahnte ich mit schmerzhafter und ohnmächtiger Klarheit, was diese Enthüllung bei ihr ausgelöst haben mußte. Weil ich es damals nicht wußte, aber sie es wußte, und man nichts mehr machen konnte. Wie meine beste Freundin Jahre vorher vorausgesagt hatte, wollten wir beide dasselbe, und nur eine von uns konnte es bekommen.

»Oh«, erschrak sie, als sie mir die Tür aufmachte, dann errötete sie und umarmte mich ganz fest.

»Entschuldige, daß ich so spät bei dir auftauche, aber ich konnte heute abend einfach nicht allein sein.« Ich blickte auf den Hund, denn ich mußte erst noch Mut fassen, um ihr in die Augen sehen zu können. »Und nur du weißt es«, brachte ich heiser heraus. »Das ist so fürchterlich absurd, aber nur du weißt es.«

Sie zog mich herein, löschte das Licht im Treppenhaus, machte drei Schritte zum Wohnzimmer, drehte sich plötzlich um und umarmte mich noch einmal.

Maria do O

Ich weiß nicht mehr aus noch ein!
Darum gehen meine Gedanken zu ihm -
aus der Ferne, vom Land an den Jordanquellen.
Rings um mich tost es und braust es:
Flut auf Flut, von ihm geschickt,
Welle auf Welle rollt über mich hin.

PSALM 42, 7,8

Einst war er gemächlich auf seiner fuchsroten Stute mit der Blesse auf der Stirn zwischen den zwergenhaften Olivenbäumen einhergeritten, die in den Felsspalten des Gebirges krumme Äste trieben, bis zu der Zeit, da man Straßen baute und Kabel verlegte und die jahrhundertealten Entfernungen, wie man sie kannte, langsam schrumpften. Dann überraschte er das Dorf mit dem Keuchen des ersten Autos, und seither begleitete ihn seine Frau bei Sonne und Regen, bei Hagel und Sturm, denn ohne Zügel und Sporen, ohne den Schweiß, der den Sattel schaumig umrandete, überkam ihn eine so bleierne Müdigkeit, daß ihn jemand unterhalten mußte, um die Gefahr des Einschlafens zu bannen. So geschah es, daß eines Tages zu fortgeschrittener Stunde, im Nebel und nach dem Kampf mit den Granitbrocken, die die Straße zum Tunnel blockierten, erst sie einschlief und kurz darauf er. Als sie aufwachten, hatten sie die Bahnschranke niedergerissen, standen mitten auf den Gleisen, und die Lichter des Zuges wuchsen aus dem Dunkeln zu einem monströsen Abgrund. In einem instinktiven Reflex klammerte sich der große Mann, den das Pfeifen des Zuges aus der Betäubung gerissen hatte, an die kleine Frau, die er bedingungslos und über alles liebte. »Wenn ich sterben muß, dann will ich mit dir sterben!«

Offenbar war meine Großmutter, die schon über sechzig war, als sie den Führerschein machte, so geistesgegenwärtig, den Fuß ins Gaspedal zu stemmen und gegen die geschlossene Schranke zu fahren, so entgingen sie in letzter Sekunde dem Tod. Das Auto geriet auf den Seitenstreifen der Gegenfahrbahn und gab dort am Stamm einer alten Eiche seinen Geist auf, während die Überlebenden mit ihrem noch nicht überwundenen, aber zumindest weich gepolsterten Schock in einem nahe gelegenen Heuschober mit Löchern im Dach und Eulen im Gebälk auf den Morgen warteten. Diese Geschichte war stets ein großer Erfolg bei den Familienessen, wo sie ihm stets unauffällig und flink die besten Stücke zuschob, und alle ergötzten sich an der friedlichen Unendlichkeit dieser alten Liebe. Ich blickte auf meinen Teller herab, als merkte ich nichts. Gott sei Dank, sagte meine ältere Schwester. Ich zerkleinerte die Fischkroketten und wußte, daß meine Anwesenheit Gift war, denn damals hatte ich meiner Patentante bereits das Geheimnis des Schreins entrissen.

»Der Großvater hat ihn dort versteckt, damit ihn niemand mehr sieht«, antwortete sie mir mit größter Selbstverständlichkeit, während sie immer noch den Teig von einer Hand in die andere nahm, denn sie wollte nicht riskieren, daß er vorzeitig aufging. Dann würde der Osterkuchen pappig werden, sehr zum Leidwesen der Gäste und zur Schande der Köchin.

»Er hat ihn versteckt?« fragte ich, barfuß, mit gerötetem Gesicht und fleckigen kurzen Hosen. »Warum denn versteckt?«

Der Dachboden war im Sommer von der magischen Hitze eines dunklen Treibhauses erfüllt, riesig und verstaubt und in seiner ganzen Länge mit grauen Spinnweben durchzogen. In eisenbeschlagenen Truhen fanden sich Puppenarme und in vergilbtes Zeitungspapier gewickeltes Geschirr, Möbel ohne Füße und Maschinenteile hielten, an die niedrige Wand gelehnt, Wache, man hörte das Trapsen der Tauben auf dem Dach, das Licht drang in Spiralen durch die runden Löcher und traf wie in einem seltsamen Traum auf alte Bidets und mit kleinen Vögeln bemaltes Steingut. Ganz hinten, und ich mußte die Luft anhalten, um diesen hitzeflirrenden Raum voller Schatten und namenloser Dinge zu durchqueren, standen Bücherregale, und die Buchdeckel waren abgewetzt und mit einer grauen Staubschicht überzogen, auf der ich meine Fingerabdrücke hinterließ, einige Seiten waren lose, und eines der Bücher war mein großes Geheimnis jener Tage.

»Was machst du denn die ganze Zeit da oben?« fragten mich die Mädchen von gegenüber, die gekränkt waren, weil sie für das Taschentuchspiel nicht genug Mitspieler hatten.

»Nichts«, versicherte ich unschuldig. »Ich lese nur ein Buch.«

»Du kleines Luder«, tadelten mich die Erwachsenen.

Es war eine Anstandsfibel für Mädchen, und der Mann, der es geschrieben hatte, verwendete eine sehr bildhafte Sprache, um die Leserinnen zu warnen vor den Tücken des verruchten Charleston, des abscheulichen Foxtrott, vorm Taumel der Gefühle beim verderbten Walzer. Er schrieb, daß er einen tapferen Oberleutnant gefragt habe, warum dieser sich weigerte, eine Frau zu heiraten, die den Tango tanzte, und die Antwort sei gewesen: weil ich ihn tanze. Dann gab es, und dieser Teil war der beste, freie Spalten, in die seine Schäfchen sorgfältig ihre Sünden eintragen sollten.

»Weißt du, was Wollust ist?« fragte ich meine ältere Cousine.

»Dem Klang nach muß es was Verbotenes sein«, antwortete sie.

In der Schönschrift, die mir so vertraut war, gestand dort meine Großmutter, daß sie in der Nacht zuvor ihren Mann begehrt hatte, was ihr vorkam, als hätte sie Unzucht getrieben. In ihrer vagen Bedeutung übten diese Wörter eine gewaltige Anziehungskraft auf mich aus, stärker als die der Romane, die ich aus der Bibliothek meiner Eltern stibitzte und hastig nach unanständigen Passagen und obskuren, mehrsilbigen Wörtern durchforschte. Am Vortag hatte ich das Buch, als ich Schritte auf der Treppe zu hören meinte, hinter einem uralten Teppich verschwinden lassen, auf dem kleine Schäfer der Himmelskönigin huldigten, ich verharrte ganz still und strich die Haare hinter die Ohren, dann war die Bedrohung durch den Eindringling vorbei, und ich wagte es, das Buch wieder hervorzuholen. Da entdeckte ich den Schrein, geschnitzt aus dunklem Holz und mit Nägeln verziert, eine der Türen fehlte, und drinnen fand sich das zerbrochene Bildnis einer seltsam blassen und blauäugigen Heiligen, die ihre linke Hand verloren hatte und schwanger war.

»Das ist die Heilige Frau von O«, erklärte meine Patentante, ohne mit dem Teigschlagen aufzuhören, »sie beschützt die Frauen, die Kinder kriegen, was bringt dir deine Mutter eigentlich bei? Deine Großmutter hat drei Tage und drei Nächte lang um ihren Beistand gebetet, jawohl, hier eingeschlossen, ohne Essen und Trinken, an den Rosenkranz geklammert, bis ihre Knie wund waren.«

»Aber warum denn?« fragte ich fasziniert.

»Weißt du denn nicht, daß deine Tante Virginia nicht eingeplant war?« sagte sie mit mehlbestäubter Brille. »Der Großvater wollte sie nicht, es sei doch eine Schande, was mache das für einen Eindruck, sie beide in dem Alter. Er schimpfte die ganze Zeit vor sich hin, wegmachen solle sie das Kind, aber unsere Dona Marianinha wollte davon nichts wissen. Deshalb schloß sie sich zum Beten ein und sagte, sie würde nur dann aufmachen, wenn er sie das Kind austragen ließe. Drei Tage lang kämpfte er mit sich, bis er schließlich nachgab, und das war's.«

»Aber ohne zu essen und zu trinken, ohne alles?« beharrte ich, noch immer nicht zufrieden.

»Na ja«, meinte sie, schon auf dem Weg zum Küchenschrank, denn sie hatte an Wichtigeres zu denken, und gleich war es Zeit, den Tisch zu decken. »Der Großvater hatte immer einen guten Schlaf, also habe ich mich nach oben geschlichen und ihr was gebracht. Sie stand da, aufs Geländer gestützt, und hat auf mich gewartet. Aber es war nicht viel«, schloß sie.

Die Großmutter schenkte mir meinen ersten Lippenstift, in einer Packung mit blauen Sternchen, er war violett und hatte eine vergoldete Kappe. Und als sie mich ganz frech vor ihren Augen die erste Zigarette anzünden sah, schüttelte sie den Kopf, mußte aber ein Schmunzeln unterdrücken. Ich setzte mich ans Kopfende ihres Bettes und versuchte, ihr zuzulächeln, sie fragte mich, ob es mir gut gehe, und ich sagte ja.

»Und ihm, wie geht's ihm?« fragte sie, die es gelernt hatte, keine Namen zu nennen, um diplomatische Verwicklungen zu vermeiden.

»Großmutter, ich muß dir etwas sagen.«

»O Gott, es ist was Schlimmes«, seufzte sie mit der Intuition und der langsam abbröckelnden Weisheit der Alten kurz vor dem Tode.

Ich verließ die Bar in Alcântara und versuchte zu schlafen, aber in meinen Träumen spielten sich heftige Szenen ab. Ich sah, wie der Sonntagmorgen anbrach, mit dem Nebel über dem Fluß, der sich über das ruhige Gewissen des tausendfachen rhythmischen Atmens in häuslicher Geborgenheit legte, nahm den Hund und ging auf Zehenspitzen hinaus, um Celeste nicht zu wecken. Die Bahnlinie entlang wären es weniger als fünf Minuten zur Straße gewesen, in der Joanas Mutter wohnte, aber bei der ersten Ampel erstarrten mir die Hände am Steuer, und ich machte kehrt. Ich fuhr den Hügel hinauf, überquerte verschlafene Alleen und parkte vor der Konditorei, die geschlossen war. In der Wohnung im dritten Stock, die die Großeltern nach langem Hin und Her gekauft hatten, als sie ihn schon beim Spazierengehen stützen mußte, stand das große Bett mit den Einlegearbeiten, umgeben von Schränken mit ovalen Spiegeln. Dann können wir mehr Zeit mit unseren Töchtern verbringen, erklärte die Großmutter, wobei sie verschwieg, daß sie dann auch mehr Zeit bei den Juwelieren, in den Boutiquen, bei der Hühneraugenfrau und der Friseuse an der Ecke verbringen konnte. Aber sie hörte nie auf, die innere Uhr zu respektieren, die ihr den Rhythmus des Dorflebens vorgab, und erklärte nach der Beerdigung ihres Mannes, daß sie noch ein paar Wochen dort bleiben wolle.

»Trotz alledem«, sagte sie zu meiner Mutter, und plötzlich wirkte sie allzu klein und zerbrechlich in ihrer Trauer, und es schien, als müsse der Septemberwind sie unweigerlich mit sich reißen, »es ist bald an der Zeit, Gelee und Marmelade zu kochen.«

In genau diesem Zimmer, bei dem Straßenlärm, der durch genau dieses Fenster hereinkam, erlebten sie die innigsten Momente ihrer letzten Zeit als glückliches Ehepaar. Sie bereitete ihm warme Fußbäder, und morgens erschien sie würdevoll in Seidenpantoffeln und zog den Gürtel ihres chinesischen Morgenmantels enger, während sie ihr weißes Haar frisierte, das einen violetten Schimmer hatte, zum Entsetzen ihrer Töchter. Der Schrein stand noch immer an der Wand, die ahnungslose Tante Virgínia hatte ihn restaurieren lassen, als Überraschung zur goldenen Hochzeit, die der Großvater schlafend im Rollstuhl verbrachte. Die Heilige Frau von O erhob in grenzenloser Verzückung die Augen zum Himmel, mit ihrer wiedergewonnenen und friedlich auf dem runden Bauch ruhenden linken Hand, keiner der beiden hatte etwas gesagt. Beide wußten, daß die Zeit vorbei war, die dem Geheimnis dieses zerbrochenen und unter dem Teppich versteckten Bildnisses einen Sinn verliehen hatte, der Großvater starb kurz darauf. Nun starb die Großmutter, langsam, ganz langsam. Geräuschlos und ohne Schmerz zerfallen die Bande, unser Leben löst sich aus der warmen Geborgenheit, die kindliche Welt verliert plötzlich ihren Halt.

Manchmal erkannte sie uns nicht, manchmal sprach sie durch uns hindurch, mit Abwesenden, die selbst in meinen ältesten Erinnerungen bereits zu den Toten gehört hatten, längst begrabene Besucher, die körperlos wiederkehrten, hallo Marianinha, mach dich auf den Weg.

An diesem Morgen erschien sie mir ungewöhnlich klar, sie drückte meinen Arm und schenkte mir, versunken in ihren Laken, ein winziges Lächeln.

»Du mußt nichts sagen, Mädchen«, sagte sie, ihre durchsichtigen Finger auf meinen, »aber du weißt ja, falls es nötig sein sollte, ist mein Haus dein Haus.«

Solange ich eine Wohnung habe, hast auch du eine Wohnung, hatte mir Celeste am ersten Morgen meiner Einsamkeit gesagt. Sie machte eine scherzhafte Verbeugung und hielt mir die Tür des kleinen Zimmers mit dem runden Fenster auf, in dem ich im letzten Winter schon einmal untergekommen war, als mein Leben plötzlich an einem regnerischen Nachmittag eine unvorhergesehene Wendung genommen hatte. Dann ging sie zu dem Badezimmerschrank aus Kiefernholz, holte einen Satz weiß-gelb gestreifter Handtücher heraus, legte einen Schlüssel auf den Schreibtisch und zwinkerte mir zu, bevor sie das Licht auf der Treppe löschte. Ich legte mich neben den fest schlafenden Hund und gab mich einer unbestimmten Panik hin, die eine gewisse Erleichterung erfuhr durch die Betten der Freunde. Die wertvollste Gewißheit ist es, wenn man irgendwo einen warmen Platz hat, wie damals, als sich das Haus meiner Eltern noch ruhig über die Welt erhob und ich stets die Gewißheit hatte, daß ich, so weit ich auch ginge, immer in einen sicheren Hafen zurückkehren konnte.

»Bleib hier bei mir«, sagte Teresinha de Jesus, denn ich erzählte ihr von meiner Wohnungsmisere, um das Gespräch über andere Dinge so lange wie möglich hinauszuzögern, »zumindest bis Estevinho aus Madrid zurückkommt.«

Ich hatte ihr schon tausendmal erklärt, daß man den Diminutiv *inho* nur an Vornamen und nicht an Nachnamen hängen konnte, aber natürlich war es zwecklos.

»Celeste hat mir jetzt ein Zimmer überlassen«, antwortete ich und klammerte mich an das Schüsselchen mit Haselnußcreme, das sie eilig aus dem Kühlschrank geholt hatte. »Und überhaupt muß ich morgen mittag in Porto sein.«

»Ich mag dich so gern«, sagte sie und wurde rot.

Ich gab ihr einen Kuß und beschmierte sie ziemlich. »Ich bin so allein«, wimmerte ich an ihrer Schulter.

»Gar nichts bist du«, protestierte sie und stieß den Hund zur Seite, um mich besser umarmen zu können. »Nein, das bist du nicht, nein, nein.«

Joana, sieh dir das an, schau, wie alle mir ein Bett anbieten. Celeste und Vera, Françoise und Teresinha de Jesus, Cereja auf dem Weg in die Bar, Elsa in einem Brief, der am Scheibenwischer hing. Und meine Großmutter, mit dem letzten Quentchen Lebendigkeit. Joana, siehst du nicht, daß ich dich nicht verlieren kann, nachdem ich bereits alles verloren habe, bis an die Grenze des Erträglichen, ich schrieb ihr einen Brief, und die Verzweiflung näßte das Papier. Es war erst gestern, als alles noch so sicher war, der Schoß der Erwachsenen so groß und weit, und über eine bestimmte Grenze hinaus konnte uns kein Übel treffen. Damals stieg ich die Treppe hoch und hatte Angst vor der Dunkelheit. Sie waren so breit, Joana, so tief und kalt, die Betten im ersten Stock, eine Wärmflasche und bestickte Kissenbezüge, es schien, als würde es immer so bleiben. Ich habe meine Arme ausgestreckt, und die Wolldecke kratzte, meine Arme waren klein und die Decken riesig, ich hörte es im Gebälk knacken und hatte einen Vater, hatte eine Mutter, hatte Großeltern, ach Gott, aufs Schicksal vertrauen und jemanden haben, der einen mag. Ich wachte auf vom Rollschuhlärm der Cousins auf der Terrasse, verstehst du nicht, ich wollte so gern hochhackige Schuhe tragen, wollte so gern sehr hübsch sein, sehr glücklich, hörst du? Unversehens aber rinnt uns der Sand durch die Finger, die alten Sicherheiten schwinden, und die Wasser trüben sich, für mich gab es keinen Goldfischteich und keine farnbewachsene Insel. Für meine Schwestern schon, für beide, glaub mir das. Das war unser Leben, jetzt ist die Kirchenglocke, die jede halbe Stunde geschlagen hat, elektrisch, und alles ist anders. Das Vergangene ist ein Gespenst, das unaufhaltsam in die Vorhölle zieht, wo die Geschichten der Verstorbenen ruhen.

»Ach Kind«, sagte die Großmutter, als ich schon im Gehen war. Ich wandte mich um, und sie richtete sich halb auf. »Du mußt mir einen Gefallen tun«, bat sie in ihrem feinen Befehlston, der keine Widerrede duldete.

»Alles, was du willst, Großmutter.«

»Du mußt deinem Großvater sagen, daß ich traurig und gekränkt bin«, stieß sie hervor. »Ich höre ihn jeden Morgen im Flur vorbeigehen, hörst du? Er geht den Flur entlang, bleibt an der Tür stehen, da, wo du jetzt stehst, und schaut mich an. Aber er kommt nie herein, um mit mir zu sprechen. Sag ihm das! Sag ihm, daß ich sehr verletzt bin.«

Alice

An dich wende ich mich mit meiner Bitte.
Früh am Morgen hörst du mein Rufen,
in der Frühe trage ich dir meine Sache vor
und warte auf deine Entscheidung.

PSALM 5, 3,4

Liebe Mutter!

Am Freitagmorgen hatte ich einen Traum. In einer dieser hektischen Wochen hast Du mir Deine Tochter anvertraut. Ein wunderschönes blondes, sechsjähriges Mädchen, wie die Alice von Wim Wenders. Wir bummelten an den ersten sonnigen Tagen durch die Stadt. Daran kann ich mich gut erinnern, an die Sonne auf den weißen Pflastersteinen. Erinnere Du Dich jetzt an Lissabon, am zweiten Sonntag im April, alle Straßen sind leer, und überall herrscht eine große Stille, stell Dir vor, es sei Dir egal, daß die Dinge vielleicht komplizierter sind, als wir es fassen können. Alice – laß uns Deine Tochter Alice nennen – gab mir ihre Hand, und der Tag verflog wie im Traum. Die Sonne ging unter, und ich versuchte mehrmals, mit Dir in Verbindung zu treten, wie in dem Wenders-Film, während Du unermüdlich von einem Termin zum anderen jagtest, wie das so üblich ist in den hektischen Wochen. Alice wurde allmählich unruhig, und ich erinnere mich noch, daß ich mit ihr in einem merkwürdigen Zimmer gewartet und ihre Angst geteilt habe. Schließlich hast Du mit mir einen Treff ausgemacht, in einem neuen Haus, und mir seltsamerweise versprochen, ich könne dort bei Dir bleiben. Die Einladung hat mich nicht überrascht, da uns fast nichts überrascht, was im Traum passiert. Dann bemerkte ich, daß Alice verschwunden war, was mich auch nicht überraschte. Ich erinnere mich schließlich noch an die beleuchteten Straßen im nächtlichen Lissabon, an eine große Einsamkeit, das Schweigen, eine merkwürdige Erwartung. Und ich wachte auf, ohne das Ende der Geschichte zu kennen. Ich lebte den ganzen Tag mit diesem Traum, und den nächsten Tag ebenfalls. Jetzt habe ich kurzerhand beschlossen, Dir zu schreiben, um Dir zu sagen, daß es Zeiten gibt, in denen Du fast alles beherrschst. Es gibt Zeiten, in denen Deine Abwesenheit innerlich spürbar ist, und sie läßt uns erstarren. Wir schließen geblendet die Augen, weil sich die Sonne im Fluß spiegelt. Erinnere Dich an die Farbe des Flusses.

Ein dicker Kuß
von Deiner Tochter
Elsa

»Wann hat sie dir denn diesen Brief gegeben?« fragte Teresinha de Jesus mit rotem Gesicht und fast zu Tränen gerührt.

»Ich habe ihn heute morgen am Scheibenwischer gefunden«, sagte ich und dachte daran, daß ich geweint hatte, als ich ihn las.

»Aber wenn du sie nicht gesehen hast, seit du von zu Hause fort bist«, beharrte sie mit weit aufgerissenen Augen, »woher wußte sie dann, daß du bei Celeste warst?«

»Zwischen Müttern und Töchtern gibt es vieles, was man weiß, ohne es aussprechen zu müssen«, antwortete ich stolz.

Am Anfang hatte mich Elsas Anwesenheit so erschreckt, daß ich große Szenen veranstaltete, um nicht mehr zum Geigenunterricht gehen zu müssen, obwohl es mir peinlich war zuzugeben, daß es nicht die Erniedrigungszeichen und die Vierundsechzigstelnoten waren, die mich einschüchterten, und auch nicht die fünfzehnminütigen Fingerübungen. Es war der schreckliche Blick dieses Mädchens, das zwei Jahre älter war als ich und wortlos an der Tür stand, mit einem Anflug von Sarkasmus Kaugummi kaute, mit völlig zernarbten Beinen und einem Lederriemen um das linke Handgelenk, und ohne das geringste Mitleid meinen verpatzten Tonleitern lauschte.

»Na, Dicke«, warf sie mir zu, bevor sie in ihren Nagelstiefeln davonschlurfte, »auch mal wieder da?«

Die Großmutter zuckte die Achseln und ließ mich von vorn anfangen, aber danach konnte ich nur noch an meine runden Knie denken, und nichts klappte mehr, manchmal tropften Tränen auf den Bogen, ich bin so häßlich, so dick, niemals werde ich himmlische Harmonien zustande bringen. Die Knie von Elsa waren spitz und knochig, und sie malte mit dem Kugelschreiber Krebse auf ihre zerkratzten Arme. Und ich war ohne jede Begabung, ohne die Verheißungen des Schicksals zur Welt gekommen, meine kleinen, molligen Hände schwitzten, ich sah hartnäckig zu Boden, halt dich gerade, Mädchen. In den Katechismusstunden am Sonntagmorgen waren wir Mädchen unter uns, wir saßen auf abgeschabten Hockern in einer Reihe, an den Wänden Plakate mit lächelnden Familien, ich spähte in unendlicher Verzweiflung auf die Knie der anderen, die Einbuchtungen, die Kanten. Ich träumte von heroischen Abmagerungskuren und Beinen, wie sie die Frauen in den Filmen hatten, aber es waren traurige Träume, ohne jegliche Hoffnung. Ich malte mir flammende Reden aus, mit denen ich Elsa niedermachen würde, rhetorische Meisterleistungen an Verachtung und Überlegenheit, aber im entscheidenden Augenblick fiel mir nie etwas ein. Ich wollte so gerne wie Marlene Dietrich in der Rolle der Katharina von Rußland mit den Fingernägeln auf der Tischplatte trommeln können, mit solcher Erhabenheit, daß der Zar und die Geliebte sofort verstummten und verschwanden, das ist eine Dame, schwärmte meine ältere Schwester. Eine Dame, damit war alles gesagt. Ich Arme war nur ein tolpatschiges Dickerchen mit angeknabberten Fingernägeln, das eine Schnute zog. Dann wurde ich schließlich eine so vielbeschäftigte Frau, daß ich für längere Zeit einen großen Bogen um die Musik machte.

Liebe Mutter!

Ich habe das Ding gedreht. Ich bin zur Werkstatt hin und hab Klartext geredet, nach dem Motto: das Verbrechen lohnt sich doch, es war sogar ein Polizist, der das gesagt hat, als ich nämlich den Diebstahl meldete. Wir warteten bei Ratola, bis es Nacht wurde, rauchten ein paar Joints mit Pipocas und seiner Freundin. Dann setzte Ratola das Auto dreimal gegen denselben Baum. Wir haben tierisch gelacht. Ein paar Tage später kam einer von der Kripo, dann ein Sachverständiger von der Versicherung. Das Motorrad ist nächste Woche fertig. Vielleicht hast Du die Geschichte nicht ganz verstanden, es war so: Ich hatte ein neues Motorrad, und das haben sie mir geklaut und kaputtgefahren. Als es repariert war, fuhr ich zu einem Freund, dem Pipocas, und stellte es vor der Tür ab. Da kam ein Verrückter angefahren, es lief ihm ein Hund in die Quere, und um den Hund nicht zu überfahren, hat er mir mein Motorrad ein zweites Mal zerstört. Das ist unglaublich, findest Du nicht? Besser, Du erzählst diese Geschichte niemandem. Du weißt ja, in hundert Jahren sind wir sowieso alle tot.

Vielleicht mache ich bei dem Wim-Wenders-Film mit, das wäre super. Es läuft alles ganz hervorragend.

Einen dicken Kuß
von Deiner Tochter
Elsa

Ich traf sie in der Akademie wieder, denn während die Mutter uns den gregorianischen Gesang lehrte, brachte sie jungen Straffälligen hinter einer der Türen des oberen Stockwerks das Notenlesen bei. Manchmal spendierte sie ihnen Karamelpudding in einer riesigen, mit aztekischen Motiven verzierten Schüssel und kam bei uns vorbei, mit ihren ersten grauen Haaren, die ihr in die Stirn fielen, umgeben von lechzenden Halbwüchsigen.

»Ach, Frauen«, rief sie uns von der Treppe aus zu, mit dem gleichen unbarmherzigen Lächeln wie früher, »haltet doch die Klappe. Ich kann euch nicht mehr hören.«

»Gib mir deine Telefonnummer«, verlangte Cereja.

Damals entdeckte ich ihr Genie, ihre Kunstbegeisterung und die Perfektion, mit der sie die Geige spielte, sei es für ein erlesenes Publikum oder in den Tanzkellern der Kapverdianer. Nach den Auftritten schloß sie ganz vorsichtig den Geigenkasten und bettete ihn in den Koffer, der hinten am Motorrad befestigt war.

»Ich muß noch zu Ratola«, sagte sie, bevor sie ihren Helm aufsetzte, »heute schnappen wir uns diesen Typ, der seinem Bruder das Kinn gebrochen hat, der kann was erleben, Mutter, hörst du überhaupt zu? Was andere Menschen machen, interessiert dich wohl nicht.«

»Du bist kein Mensch, Elsachen«, antwortete ich, an den Laternenpfahl gelehnt, mit ganz heiserer Stimme, weil es schon so spät war. »Du bist eine fiktive Figur. In Wirklichkeit existierst du gar nicht, kapierst du das?«

»Ach, halt die Klappe«, rief sie und ließ heftig den Motor aufheulen. »Das Gespräch geht mir auf den Geist.«

Ich begann, ihr verschiedene kleine Nebenjobs zu besorgen, denn das mit den Straffälligen brachte nicht viel ein, und die Konzerte wurden meist nicht bezahlt. Dann erzählte sie mir von den Ängsten, die sie hatte, wenn sie durch die Straßen fuhr, wo es einen bestimmten Mann mit offenem Lächeln und breiten Schultern gab, und sie verzweifelt hoffte, ihn zufällig zu sehen, ohne genau zu wissen, was sie machen würde, wenn er wirklich auftauchte. Ich kaufte ihr regelmäßig Kleider auf dem Markt von Carcavelos und wurde zum einzigen Menschen der Welt, dem es erlaubt war, ihr die zottigen Strähnen abzuschneiden. Ich holte sie mitten in der Nacht, wenn ihr Motorrad kaputt war, in zweifelhaften Barackensiedlungen ab und sagte ihr nachsichtig, daß ich mehr als nur eine Mutter für sie sei. Schließlich brachte ich sie zu einer Krankenschwester, die derlei Probleme in zehn Minuten löste und nebenbei noch ihre Antibiotikasammlung, bestehend aus Probemustern der Gesundheitsbehörde, verkaufte. Auf dem Rückweg saß sie mit geschlossenen Augen und zurückgelehntem Kopf da, und plötzlich verlangte sie schluchzend nach einem geregelten Leben, nach dem verlorenen Kind, es wäre so schön gewesen, es mit Zärtlichkeiten und Spielsachen zu überhäufen. Der Mann mit den breiten Schultern sei ganz verrückt nach einem Kind, aber was solle man machen. Ich fand also eine Mansardenwohnung mit Blick auf alte Ziegeldächer für sie, und sie schrieb mir dafür den ersten der vielen Briefe, die ich seitdem von meiner Tochter Elsa erhielt.

Meine liebe Mutter!

Bei uns ist Baustelle. Gestern habe ich geträumt, daß ich weiße Plastikfarbe gegessen hab, aus einem Dessertschälchen mit einem Dessertlöffel, und mir gesagt habe: Das schmeckt sehr gut, weil es alles Naturprodukte sind. Die Arbeiter kommen um acht, sie gehören schon fast zur Familie. Einer von ihnen pfeift und singt, und wenn er lacht, dann durchziehen Versuchungen die Wohnung. Ich unterhalte mich stundenlang mit ihm. Es ist merkwürdig, weil wir gleich alt sind, uns beide mit derselben Farbe bekleckern und uns wahnsinnig anstrengen müssen, uns nicht zu duzen. Manchmal rutscht es uns heraus, dann sind wir plötzlich vertrauter, aber wir lassen uns nichts anmerken. Das sind so meine Empfindungen inmitten der Pinsel und der

Spachtel. Sie bringen mir das Handwerk bei. Alles verändert seine Farbe.

Ein dicker Kuß
von Deiner Tochter
Elsa

»Was hab ich mir da für eine Enkelin aufgehalst, in meinem Alter«, seufzte die Mutter, die sehr logisch denkt.

»Und die Urenkelin, Mutter«, fügte ich hinzu, als kurz darauf unter Gelächter und Gejohle die Nachricht von der Schwangerschaft verkündet wurde, die mich zur Großmutter und Taufpatin machte, »was das erst für eine Urenkelin wird.«

»Aber das stimmt doch nicht wirklich, oder?« fragte Teresinha de Jesus verwirrt.

»Willkommen an Bord, Kleine«, sagte Cereja lächelnd, mit begehrlichem Blick.

Am ersten Tag, als ich sie zum Zentrum brachte, um sie in den Arbeitsmarkt einzuführen, war ich fest entschlossen, später meinen Freundinnen zu sagen, daß ich nichts Besonderes an ihr fände, aber wir gerieten in einen fürchterlichen Stau, und es wurde uns nicht bewußt, wie die Zeit verging, so viel hatten wir uns zu sagen. Ich gestand ihr meine tiefe Ehrfurcht vor der Liebe, die sie dazu getrieben hatte, ein ganzes Universum hinter sich zu lassen, all das Vertraute und Wiedererkennbare, und sie antwortete, während sie auf die Avenida da Liberdade hinausblickte, daß es sowieso schon das dritte Mal sei, daß sie ein neues Leben beginne. Es sei eine Gewohnheit geworden, wenn auch keine einfache.

»Aber wenn du träumst«, fragte ich, »träumst du dann auf chinesisch, englisch, portugiesisch oder wie?«

»Chinesen träumen nicht«, sagte sie und war wunderschön. Sie zwinkerte fast unmerklich und fügte hinzu: »Das haben sie nicht nötig.«

Ihr Vater verließ Sanshui in der Nacht, er hatte es satt, am Ufer zu stehen und den Fluß Hsi zum großen Delta strömen zu sehen, das im Süden in das Chinesische Meer mündete. Die Mutter riß sie wenige Monate später aus dem Schlaf, um seinen Spuren zu folgen, über Kaoyoo, Chiangmen und Yangchun, sie war zehn Jahre alt, hatte zwei Geschwister, eine Lehrerin und viele

Freunde. Sie hat sie nie wiedergesehen. Und den Vater fanden sie auch nicht, sie wurden jedoch freundlich aufgenommen von entfernten Verwandten, die in Hongkong lebten, wenn ich das richtig verstanden habe. Später kehrte die Mutter in das Dorf zurück, weil die Schwester mit einer Lungenentzündung im Sterben lag, und die Jesuiten hielten es für angebracht, Teresinha de Jesus ein paar Schwestern in Macau anzuvertrauen.

»Und deine Mutter?«

»Die ist in China geblieben«, sagte sie unbewegt. »Ich habe sie nicht wiedergesehen. Sie hat mir einen Brief geschrieben, einen einzigen, ein Jahr später. Sie schrieb von neuen Häusern und einer Fabrik, die gebaut werde, alles sei anders und voll fremder Leute, aber dennoch habe sie meinen Baum wiedergefunden, einsam im Schatten der Häuser, ein hoher, dünner Stamm mit ein paar kleinen Ästen ganz oben.«

»Was für ein Baum?« Ich versuchte gerade, auf die Seitenspur zu wechseln, und das um acht Uhr morgens in Lissabon.

»Ein Baum, den mein Vater gepflanzt hat, als ich zur Welt kam«, erklärte sie, der tiefe See voll Ruhe und Geheimnis. »Er ist das einzige, das von unserem Dorf übriggeblieben ist.«

»Und dann?«

»Dann fanden die Schwestern, daß Hua Li sehr kompliziert sei und nichts bedeute, deshalb nannten sie mich Teresinha de Jesus«, erzählte sie weiter und lächelte zum ersten Mal. »Ich hatte bereits alles verloren, was zu meinem alten Leben gehörte, nur der Baum stand noch am selben Platz, aber ich konnte ihn nicht sehen, und dann verlor ich auch noch meinen Namen. Verstehst du, wenn wir uns einmal in eine andere Person verwandelt haben, fällt es uns beim zweiten Mal nicht so schwer. Das ist alles.«

»Diesmal hast du deinen Namen nicht geändert«, bemerkte ich beeindruckt.

»Jetzt bin ich die Frau vom Esteves«, sagte Hua Li mit leiser und fester Stimme.

Ich fing an, sie sehr zu mögen, ihre Gesten, die Bilder aus einem anderen Leben, die uns immer fremd bleiben würden. Bald darauf machten wir jene schicksalhafte Reise nach Amsterdam. Die Hüter der EG-Kredite, die uns den Geldsack öffnen wollten, hatten eine Wochenendsitzung einberufen, um die Förderprojekte zu prüfen, und ich bestimmte, daß sie mit mir fahren müsse, um sich mit den unberechenbaren Launen der EG-Behörden vertraut zu machen. Wir nahmen meine kleine Schwester mit, die Luftveränderung brauchte, und beschlossen, die Tickets für einen Tag früher zu buchen, um noch ein bißchen durch die Stadt zu bummeln, bevor mit aller Ernsthaftigkeit die Aktenordner geöffnet würden. Als wir bereits im Flugzeug saßen, beschlossen wir außerdem in einer teenagerhaften Anwandlung, die Nacht in einer ganz billigen Unterkunft zu verbringen und das gesparte Geld für Einkäufe zu verwenden. Wir landeten schließlich in einem Schlafsaal, wo man für ein paar Gulden eine Decke zweifelhaften Aussehens mieten konnte und dadurch Anrecht auf eine der fünfzig Kojen erwarb. Im Halbdunkel schliefen Dutzende von Gestalten neben ihren Stiefeln und Rucksäcken. Hua Li lächelte verzückt, als die beiden Betten über uns in unmißverständliche, rhythmische Schwingungen gerieten, und ich konnte mich kaum beherrschen, als sie sich, auf dem Bauch liegend und aufgeregt wie ein junges Mädchen vor der ersten Party, zu mir herüberbeugte. »Sieh dir die Füße an«, flüsterte sie und war plötzlich hellwach. »Sieh dir die Füße an, es sind zwei Männer, verstehst du?«

Die übrige Nacht unterhielten wir uns dann, da es unmöglich war, unter derlei Aktivitäten einzuschlafen. Ich bemerkte zu spät, daß ich drauf und dran war, ihr die intimsten Dinge aus meinem Leben zu erzählen, am nächsten Morgen waren wir müde und fingen grundlos zu lachen an. Und als wir mit Tüten beladen die Grachten entlangtrotteten, verkündete sie mit Bestimmtheit, daß sie in die Puffgegend wolle.

»Wohin willst du, mißratenes Stück?« fragte meine kleine Schwester erschrocken. »So was sagt man doch nicht im Beisein eines minderjährigen Mädchens!«

»Ich möchte in die Puffgegend«, erklärte sie ungerührt, ohne sich um unsere sittlichen Bedenken zu kümmern. »Ich war noch nie in Amsterdam, und wer weiß, wann ich wieder hierher komme. Ich will das sehen.«

Wir gingen also hin, aber eher zufällig als gezielt, nämlich als wir mittags ein Restaurant mit schöner Aussicht suchten. Im ersten Schaufenster setzte sich gerade eine Art mexikanische Amazone in Pose, mit schwarzen eisenbeschlagenen Stiefeln und einem weißen spitzenbesetzten Unterrock. Der tiefe See blieb vor

Begeisterung stehen, ihr Zopf tanzte von einer Schulter zur andern, *o ihr Farben, die ihr unterirdisch schlummert. Blaue Blitze, ein Rot wie blutiger Auswurf, verhaltenes Glimmen vielfarbigen Wahnsinns, in der Vorhölle, wo ihr das Licht erwartet, das euch taufen soll,* möge das Fleisch nie Wort werden.

»Wie schön«, rief sie mit aufrichtigem Entzücken.

»Ich für meinen Teil habe nur normale Freundinnen«, murmelte meine kleine Schwester, aber sie gab sich geschlagen.

Ich vergaß meine Vorbehalte gegenüber Hua Li, hörte ihr unermüdlich zu und wollte immer mehr Seidenraupen und Maulbeerblätter, mehr unerreichbare Ferne, erzähl mir eine Geschichte, Hua Li. Nur noch eine. Und als ich sie bei einer unserer heroischen Putzaktionen in der Akademie mit dem Lappen in der Hand anrücken sah, sträubte sich alles in mir vor blankem Entsetzen, so pornographisch erschien es mir, dieses Himmelswesen mit Eimern schmutzigen Wassers in Verbindung zu bringen. Ich verbot ihr das Putzen, und sie stammelte, daß ich mich doch auch schmutzig machen würde. Bei mir sei das ganz normal, bei ihr jedoch unerträglich, rief ich im Staubsaugerlärm, und die Perle des Orients errötete vor Rührung. »Ich mag dich so«, gestand sie mir, als sagte sie etwas ganz Gewöhnliches.

Anfangs war es ein wenig heikel gewesen wegen Esteves und der Eifersucht, die ihre Liebe entfachte. Ich lernte bald, daß ich Witze über unsere früheren Studiennachmittage mit den Plätzchen von Tante Filomena vermeiden mußte, dennoch leistete ich mir einige Ausrutscher, die immer eine katastrophale Wirkung hatten. Als sie hörte, daß Esteves' Ex-Freundinnen ihm immer im Chor ein Lied mit dem Refrain »ich mag dich, du magst mich, wir beide mögen dich, und alle sind wir glücklich« vorgesungen hatten, vergrub sie die Hände in den Taschen und errötete heftig. Darauf meinte die Mutter mitleidig, daß unsere Süße wohl keinen Spaß verstehe, und es traf sie ein unmißverständlich warnender Blick. Die erfahrene Celeste zog die Augenbrauen hoch und prophezeite: »Sie hat sich in ihn verliebt, aber er hat sich in die Eroberung des heiligen Grals verliebt. Du wirst schon sehen.«

»Ich will gar nichts sehen«, unterbrach ich sie energisch. »Ich will nur, daß sie glücklich sind.«

Das wollte ich wirklich, obwohl ich mich beim ersten Mal, als wir alle zusammen an den Strand gingen, dabei ertappte, daß ich ihre Küsse haßte und ihr Verzücktsein verabscheute, daß Erinnerungen an die Zeit, als ich händchenhaltend mit ihm am Strand entlanggegangen war, nach einer jahrhundertealten Gleichgültigkeit plötzlich wieder hochkamen. Aber Esteves war so bedeutungslos neben der ruhigen Faszination, die von ihr ausging, daß er sich in sich selbst auflöste, bis nur noch wir übrigblieben, und dann erwähnte ich die Brasilianerin mit den grauen Augen, die von ihrem hohen Katheder herab Pessanha analysierte und sehr an einer Zusammenarbeit interessiert war. Mach das, Hua Li, sei nicht dumm. Bewirb dich um ein Sonderstipendium, das ist für dich wie geschaffen, du mußt nur ab und zu hingehen, und dann bringst du zu Ende, was du in Macau angefangen hast, eine Karriere, einen Abschluß mit Auszeichnung. Hör auf mich, schließ dich nicht ein in einen imaginären Kreidekreis. Sei nicht nur die Frau von Esteves. Danach sprach ich gar nicht mehr mit ihr darüber, da es mir zu schlecht ging, um unter Menschen zu sein.

»Ich wußte nicht, daß du dich beworben hast«, sagte sie unvermittelt, den Hund auf dem Schoß.

»Ich wußte nicht, daß du dich beworben hast«, antwortete ich müde.

»Und jetzt?«

»Jetzt hat die Jury mit Sicherheit schon entschieden.«

Gina

Ich zerfließe wie ausgeschüttetes Wasser,
meine Knochen fallen mir auseinander.
Mein Herz zerschmilzt mir wie Wachs.

PSALM 22, 15

Ich rief Joana an, bevor ich von meiner Großmutter wegging, und ihre Mutter antwortete mir im gleichen messerscharfen Ton wie am Vortag, daß sie noch schlafe. Wie oft hatten wir uns gegenseitig geweckt, zu den unwahrscheinlichsten Zeiten und immer mit der gleichen Freude über alle möglichen Anlässe. Ich legte mit feuchten Händen auf und beschloß, gleich hinzufahren, weil ich sie so mit Sicherheit erwischen würde. Joana, um Himmels willen, was ist denn passiert? Alle Ampeln waren rot, und ich ging, fast wahnsinnig vor Unruhe, im Geiste noch einmal die letzten Worte durch, die letzten Blicke, wie waren die Gesten, wo verlief der Riß, Joana, was habe ich gemacht, bitte, bitte. José de Oliveira Cosme seufzte in einer engen Kurve, als ob die Männer nicht reichen würden, jetzt nehmen sich auch noch die Tiere das Recht heraus, meinen Fahrstil zu kritisieren. Ich drückte eine weitere Zigarette in dem überquellenden Aschenbecher aus, am Donnerstag abend hatte mir Piu-Piu die Tür aufgemacht, ich umarmte ihn wie üblich, hallo, mein Hübscher, verwöhn mich ein bißchen, ich bin völlig am Ende. Wir setzten uns in das dämmerige Wohnzimmer, da Joana noch nicht da war, ich legte meinen Kopf in seinen Schoß, und alles schien so zu sein wie immer, so selbstverständlich und sicher. Wir kennen unsere Rolle sehr gut und wissen um unsere Grenzen und Möglichkeiten. Oder nicht, Piu-Piu? Ich bin so traurig, traurig, traurig.

»Mir geht's auch nicht gut«, vertraute er mir an und zupfte vorsichtig an meinem Ohrläppchen.

»Wo wir es gerade so gemütlich hatten, muß diese Frau kommen«, sagte ich und stand auf, weil Joana in der Tür erschien, deutlich modelliert vom Gegenlicht.

Wir gingen in eine neue Kneipe auf den Klippen, die Brandung schlug gegen die dicken Bullaugen, und die Frau am Cello auf der winzigen Bühne war eine Freundin meiner kleinen Schwester. Auch sie hatte ihre traurige Liebe mitgebracht, und sie trug auffällige Strümpfe, hatte sich aber nicht einmal die Mühe gemacht, ihre Augenringe zu überschminken. Angespannt und unglücklich lehnte sie an der lackierten Holzwand und achtete auf die tausenderlei Signale, die ihre Verbitterung steuerten. Sie stritten leise, übertönt von der Musik, ich sah, daß sich ihre Finger in die Handflächen gruben und daß er immer mehr Bier, Kognak, Gin bestellte, mit einer Hast, die offensichtlich auf die Betäubung seiner Sinne aus war. Fernando Jorge trank auch wie jemand, der alles verloren hatte, und die beiden stritten sich ebenfalls leise, Joana hatte rote Augen, und ihre Schultern bebten. Mir war kalt an den Beinen, und es gab niemanden, mit dem ich hätte streiten können. Wir verabschiedeten uns ohne Lachen und ohne Umschweife, ich steckte schweigend den Autoschlüssel ein, den ich am nächsten Tag Catarina übergeben sollte, und das war das letzte Mal, daß wir uns sahen.

»Joana ist schon weg«, sagte ihre Mutter in die große Haustür gelehnt, und sie fragte nicht einmal, ob ich hereinkommen wolle.

Mein katastrophaler Anblick schien sie nicht zu beunruhigen, sie fragte nicht, was für eine Rasse der Hund sei, sie wußte nicht, wohin Joana gegangen war, auch nicht, wann sie zurückkehren würde, entschuldige, aber ich habe was auf dem Herd stehen. Ich stammelte, daß ich ihr dann eine Nachricht dalassen würde, einen Brief, und sie antwortete, ich solle ihn in den Briefkasten werfen, dann zog sie die Haustür hinter sich zu.

»Weißt du, was wir jetzt machen?« sagte Teresinha de Jesus, schon auf dem Weg zum Telefon, »wir holen Joana ab, und dann gehen wir die ganze Nacht tanzen, irgendwohin, in ein verrücktes Lokal.«

»Nein, nein«, schrie ich, und meine Stimme muß so merkwürdig geklungen haben, daß ich ihr sofort alle Energie nahm. Ich legte ihr die Hand auf den Arm und zog sie zu mir herab auf das blaugraue Chintzsofa.

»Bleib hier«, bat ich, »ich will heute nirgendwohin. Laß uns chinesische Musik hören und Tee trinken, ja? Ich erlaube dir sogar, mir sämtliche Sonette von Pessanha vorzutragen. Alle, alle, alle, willst du? Es kann nämlich sein, daß Madalena hier anruft, sobald sie das Ergebnis weiß«, erfand ich, um überzeugender zu wirken.

»Na schön, aber dann rufen wir Joana an, daß sie herkommt und Kuchen mitbringt«, beharrte sie in bester Absicht. »Und wir machen die Flasche mit dem Maracujalikör auf.«

»Joana geht es nicht gut«, sagte ich und betrachtete den friedlich schlafenden Hund.

»Ist es wegen Piu-Piu?« fragte sie, erleichtert, daß wir über die Probleme anderer sprechen konnten.

Ich nickte nur, zu mehr war ich nicht fähig.

»Wie schade, so ein talentierter junger Mann.«

»Du mußt vorsichtig sein mit diesen Sätzen, die dir deine Schwiegermutter beibringt«, sagte ich.

Ich fuhr also wieder einmal den Hügel hinauf und weinte, ans Steuer geklammert, die neugierigen Blicke, die sich an den roten Ampeln auf mich richteten, waren mir bereits egal, sollten sie sich doch an mir ergötzen. Mama, warum fährt diese Frau da drüben so traurig und allein durch die Gegend, wo doch heute Sonntag ist und wir alle fröhlich sind? Ach Tochter, weil wir, wenn wir groß sind, auch großes Unglück erfahren, sieh nicht hin, das tut man nicht.

Wie schrecklich waren unsere Auseinandersetzungen mit dem ersten Freund, verschlimmert noch durch die Hilflosigkeit der Jugend! Niemand lehrt uns die Kunst des Liebens, ohne uns beim ersten Mal heftig wehzutun. Ins Innerste getroffen, liefen wir auf die Straße, wollten am liebsten überfahren werden, rannten den Leuten vor die Füße und boten ihnen das damals noch prächtige Schauspiel unseres Schluchzens, ein kosmisches Theater der Verzweiflung, das uns über den Alltag der Sterblichen erhob. Heute ist es nur noch peinlich und pathetisch, eine Entgleisung gealterter Schauspieler, die vor leeren Sälen die kümmerlichen Überbleibsel ihrer einstigen Glanznummern aufführen. Ich trocknete mir mit dem Handrücken die Tränen und hielt direkt vor der Tür, am Wochenende fand man immer einen Parkplatz.

»Diesmal bleibst du hier«, sagte ich zu José de Oliveira Cosme und ließ ihm ein Fenster offen. »Du bist noch zu klein für sowas.«

Wir hatten ausgemacht, daß wir es kurz und schmerzlos hinter uns bringen würden, schließlich waren wir zivilisierte Menschen. Er würde den ganzen Nachmittag weg sein, es gab nichts mehr zu sagen. Oder? Tschau, tschau.

»Delfina«, hatte ich gebeten, »legen Sie mir die gewaschenen Sachen zusammengelegt aufs Bett.«

Sie hielt im Bügeln inne, machte den Mund auf und wieder zu, seufzte, zögerte einen Moment und besprengte dann das Laken. »Einmal war ich nahe daran, meinen Mann zu verlassen«, begann sie. »Ein Widerling, wissen Sie, ich mag ihn überhaupt nicht, das heißt, ich verabscheue ihn. Jemand hat für uns, also für mich und meine Tochter, in der Schweiz eine gute Bleibe besorgt. Aber dann bekam ich plötzlich Mitleid mit dem armen Mann. Wer würde denn je wieder die Geduld aufbringen, für ihn zu sorgen?«

Ich zog meine Jacke an und lächelte ihr zu. Ach Fräulein, weinen Sie nicht. Säubern wir die Waffen und schauen wir nach vorn. Aber unsere Wohnungen erwarten uns schweigend, sie lösen sich nicht in Luft auf. Und jeder Winkel hält eine Falle bereit, am Eingang riecht es wie nirgendwo sonst, ein Zettelchen fällt aus einem Buch. Wenn du heute nicht zurückgekommen wärst, hätte ich ein Tintenfaß ausgetrunken. Meine Geliebte. In dieser Nische, in dieser Schublade, vor diesem Spiegel, an diesem Tag, am nächsten Morgen. Wir haben es nie geschafft, eine Unterlage unter das Tischbein zu schieben. Wir panzern unser Innerstes und häufen Trümmer an, aber die Regale schreien, die Stühle sehen zu, die Truhen erschaudern, kein Gegenstand hat etwas vergessen, alle Ecken wissen sehr gut, was wir hier aufgeben. Wir lösen die Taue, die Segel schwellen. Ein neuer Anfang. Doch die Wohnungen weigern sich, kampflos zu sterben, es war so schwierig, diese Nägel in die Wand zu klopfen, der Schrank hat einen doppelten Boden, Briefe tauchen wieder auf, wecken Erinnerungen an freudige Überraschungen in Zeiten, als wir keinen Platz mehr hatten auf dieser Welt. Ich kämpfte gerade mit den Schnallen des zweiten Koffers, als ich auf der Treppe das Geräusch von Schlüsseln hörte, mir wurde schwindlig, es war Delfina.

»Ich wollte nur sehen, ob Sie Hilfe brauchen«, sagte sie, noch im Flur, in ihrem dunkelblauen Blazer und mit drei Plastiktüten in der Hand.

»Ach, Delfina, rufen Sie doch mal bei Joanas Mutter an und fragen Sie, ob Joana da ist«, bat ich. »Aber sagen Sie nicht, daß ich es bin«.

So lange hatten wir einen geheimen Kampf um die Plastiktüten ausgefochten. Mit der Hartnäckigkeit von Giftpilzen tauchten sie überall auf, über den Käfig der Weißen Vögel des Gehirns gestülpt, unter den Farnen in den Macramékörbchen am Fenster und in den Regalen ausgelegt, als Schutzhülle über die Marmeladengläser gezogen, an der Wäscheleine aufgehängt. Ich räumte sie schweigend beiseite, manchmal warf ich sie auch in den Müll. Sie ersetzte sie wortlos, entdeckte an ungeahnter Stelle neue Möglichkeiten, dachte sich ein ganzes Arsenal prompter Antworten aus, die ich nie für möglich gehalten hätte. Ohne jemals dar über zu sprechen, maßen wir heimlich unsere Kräfte, und beide gewannen wir im Lauf der Monate an Geschick und Hartnäckigkeit. Nein, nein, im Eßzimmer nicht, alles hat seine Grenzen. Am nächsten Tag war eine Plastiktüte um den dünnen Stamm der japanischen Palme im Wohnzimmer gewickelt.

»Das Fräulein Joana ist ins Institut gegangen«, teilte mir Delfina auf ihre korrekte und diskrete Art mit.

Ich wollte etwas sagen, aber plötzlich trafen sich unsere Blicke, und statt dessen fielen wir uns wortlos in die Arme, in einem langen Schweigen voll Traurigkeit und Abschiedsschmerz. Dann drückte mir die Frau, die in den letzten Jahren am Beginn all meiner Arbeitstage gestanden hatte und die es offensichtlich wegen ihrer Standesscheu nicht wagte, mir ihre Wohnung anzubieten, eine Plastiktüte in die Hand.

»Das sind ein paar Hosen von meiner Gina, diese Samthosen, die oben weit sind und unten ganz eng, wissen Sie. Sie kann sie nicht mehr tragen. Sehen Sie doch mal, ob Sie sie nicht brauchen können.«

Lucinda

Meine Kehle ist ausgedörrt,
die Zunge klebt mir am Gaumen.
Du läßt mich im Staub liegen,
als wäre ich schon tot.

PSALM 22, 16

»Als ich dich kennenlernte, mußte ich viel an die Jesuiten denken«, sagte Teresinha, während sie darauf wartete, daß der Tee fertig zog, »denn bei ihnen habe ich zum ersten Mal vom Gelobten Land gehört, und ich fand diese Vorstellung, daß dort Milch und Honig fließen, sehr verführerisch. Estevinho hat so viel von dir erzählt, weißt du, und ich habe mir vorgestellt, wie du, in einer Tunika, Kühe und immer noch mehr Kühe produzierst, um die Erde mit Milch und noch mehr Milch gießen zu können, das ist doch hübsch, oder?«

»Ich weiß nicht so recht. Mir wurde immer ein bißchen übel bei dieser Geschichte mit der Milch und dem Honig.«

»Manchmal habe ich mir dich auch im Tanga vorgestellt, wie du die Kühe für die Masai züchtest, diese großen Menschen, die sich nur von Milch mit Blut vermischt ernähren, das stimmt doch, oder?«

»Großer Gott«, rief ich, »jetzt wird mir nicht nur übel, jetzt ekelt es mich.«

»Joana sagt immer, daß du eine ziemliche Mimose bist«, stellte sie versonnen fest. »Aber ich muß natürlich auch wegschauen, wenn sie anfängt, Fischaugen und solche Sachen zu essen.«

»Ich weiß nicht, ob mir diese Unterhaltung gefällt«, gab ich ihr zu verstehen.

Als Joana im Institut anfing, hängte sie mir eine riesige Zeichnung über den Schreibtisch. Es war eine Kuh beim Psychoanalytiker, die mit gequältem Blick auf der Couch liegt, während er sich in seinem Drehstuhl Notizen macht. Vielleicht bin es gar nicht ich, sagt die Kuh, vielleicht ist es die Herde, die verrückt geworden ist. In der Woche darauf hängte ich eine noch größere Zeichnung über ihren Schreibtisch, auf der eine Herde prächtiger Barroso-Rinder unter eifrigen Dankbarkeitsbezeugungen einen Sack empfängt, den ihnen Robin Hood im Vorbeireiten zuwirft. Darunter der Spruch, den sie am Anfang, als ihre Karriere noch ungewiß war, heruntergebetet hatte: Robin Hood nahm von den Reichen, um den Kühen zu geben. Dann befestigten wir in einer Gemeinschaftsaktion ein Plakat an der Tür, auf dem Alf erklärt, daß er nie eine Kuh gekannt hat, die er nicht gemocht hätte, was beim Begleitpersonal der Staatssekretäre und ähnlich wichtiger Persönlichkeiten, die das Reich der künstlichen Besamung besichtigten, immer eine gewisse Rührung auslöste.

»Willkommen an Bord, Kleiner«, sagte ich zu José de Oliveira Cosme und schob ihn unter den Tisch. »Jetzt tu mir den Gefallen und schlaf weiter, denn dies ist kein Ort für wache Hündchen.«

Joana war nicht im Büro, es lagen nur einige geöffnete Aktenordner da, die ich am Freitag nicht bemerkt hatte. Ich atmete langsam, fuhr mit der Hand durchs Haar und schlich den Flur entlang, angestrengt auf Geräusche lauschend, die in der sonntäglichen Stille auf die Anwesenheit eines Menschen deuten konnten. Ich hörte nichts. In der Bibliothek kein Lebenszeichen, auch nicht in der Toilette. Als ich den Innenhof überquerte, vernahm ich Radioklänge aus dem Operationssaal. Ich hielt den Atem an, formulierte im Geiste den Satz, der den Angriff einleiten sollte, und drückte mit der letzten mir noch verbliebenen Energie die Tür auf. Es war Senhor Juradinho. Er saß vor der demontierten Phantomkuh, mitten in einem Chaos von Schraubenziehern und Ölkännchen.

»Senhor Juradinho«, sagte ich verblüfft, »was machst du denn hier?«

»Ich repariere das Phantom«, antwortete er, obwohl das offensichtlich war. »Am Sonntag ist es hier ruhiger.«

»Ich wollte nur ein paar Artikel fotokopieren«, erklärte ich, als müßte ich mich rechtfertigen, und versuchte gelassen zu wirken. »Hast du vielleicht Joana gesehen?«

Unter normalen Umständen hätte die Erwähnung ihres Namens ausgereicht, um Senhor Juradinho erstrahlen zu lassen, die kleine Joana, ho, ho, ho. Es lebe der König. Die beiden verpaßten sich ständig zärtliche Schnabelhiebe, manchmal lieferten sie sich auch heftige Zweikämpfe am Kicker im Aufenthaltsraum. Diese Gefechte wurden stets vor treuen Zuschauern ausgetragen, die eine Runde *bagaço* nach der anderen spendierten. Er verwendete besondere Mühe darauf, ihr Fach mit Kommuniqués der Partei, Einladungen der Arbeiterkommission, Resolutionen der kommunistischen Zellen und Ankündigungen von Picknicks oder Demonstrationen vollzupacken. Sie faltete sie zu makellos spitzen Papierfliegern mit Spezialverstärkung an den Flügeln, auf die sie mit blauer Tinte die Symbole der Monarchie zeichnete und die sie in den unmöglichsten Augenblicken im Sturzflug auf ihn abschoß.

»Senhor Juradinho, heute rechnen wir noch ab, und zwar mit einem guten alten griechisch-römischen Klassenkampf«, rief sie morgens, wenn sie besonders gut gelaunt war, und krempelte die Ärmel hoch.

»Ho, ho, ho«, spottete Senhor Juradinho leise. Er ordnete die Schrauben der Größe nach, zeigte keinerlei Überraschung und nickte nur, merkwürdig desinteressiert an seinem Lieblingsthema. »Celeste hat eben angerufen. Sie hat ausrichten lassen, daß Catarina um acht Uhr am Bahnhof ist, falls du kommen kannst. Es war für dich und Joana bestimmt, aber sie schien nicht besonders interessiert zu sein.«

Eigentlich sollten sie uns die Autoschlüssel und die Papiere per Post zuschicken und das Auto wieder am gleichen Ort abstellen, irgend etwas mußte unsere Pläne durcheinandergebracht haben. Aber ich war zu sehr bemüht, Joana zu finden, um darüber nachzudenken. Und Senhor Juradinho schien nicht in der Stimmung zu sein, weitere Erklärungen abzugeben.

»Weißt du schon das Neuste, *doutorinha*?« fragte er, ohne mich anzusehen.

»Kommt drauf an.«

»Der Skandal der Woche«, sagte er, ohne meine vorsichtige Andeutung zu verstehen. »Die Preciosa und der Castro.«

»Was?« fragte ich überrascht und plötzlich voller Teilnahme.

Castro war der Forstwirt aus dem oberen Stockwerk, er war von den Jagdbehörden abberufen worden, um irgendein obskures Projekt für Wildschweintreibjagden zu entwickeln. Er hatte einen grünen MG, einen Irish Setter und viele Haare auf der Brust, trug ein magnetisches Armband wegen seiner Rückenschmerzen, und es hatte nicht lange gedauert, bis wir einhellig der Meinung waren, daß er eigentlich nur hoffnungslos dumm sein konnte. Er war verheiratet mit einer Frau, die in Régua Land besaß, wenn mich nicht alles täuschte, und der er drei blonde Kinder gemacht hatte. Auf skrupelloseste Art, pflegte Joana hinzuzufügen. Der Mann von Preciosa hatte, wie es hieß, nichts in die Ehe gebracht außer dem hübschen Gesicht, das Gott ihm geschenkt hatte, und schließlich bescherte er ihr noch einen dunkelhäutigen Sohn, der in sämtlichen Posen und allen Altersstufen in einer umfangreichen Galerie gerahmter Fotos über der Telefonanlage zu bewundern war. Ich hatte nie an Preciosas Integrität gezweifelt, bis sie einmal in mein Büro kam, sich mit der einen Hand die Bluse vom Körper wegzog und mit der anderen heftig Luft zufächelte, nur weil mein Vater an der Pforte war.

»Meine Liebe«, sagte sie, an die Wand gelehnt, »wenn du hier solche Prachtexemplare herkommen läßt, dann gib mir doch vorher Bescheid, sonst falle ich glatt in Ohnmacht.«

Von da an nahm ich sie genauer in Augenschein, und zufällig hörte ich ein Gespräch mit, als sie mich am Dienstag über das Haustelefon in ihre Kammer bestellte.

»*Doutorinha*«, sagte sie, etwas lebhafter als sonst, »Lucinda ist hier, die mit den Goldsachen.«

Lucinda trug immer dicken, grünen Lidstrich, um ihre ungewöhnliche, goldgesprenkelte Augenfarbe zu betonen. Selbst die eisigsten Winterstürme brachten sie nicht von ihren großzügigen Décolletés ab, und sie gehörte zu dem Heer der Frauen, die ständig durch das Hauptquartier von Preciosa defilierten, mit Reisetaschen, Katalogen, Musterköfferchen und Bestellscheinen, um uns auf Raten Küchengeräte und brasilianische Bikinis, Exportkleidung und Daunendecken, Käse von den Azoren, Ledersachen, Landhühner, Kisten mit geschmuggeltem Malt-Whisky oder handgeknüpfte Wandteppiche zu verkaufen. Lucinda bot Ketten und Ringe in rötlichen Samtetuis an, ich hatte zwei Monate zuvor eine Krawattennadel bei ihr bestellt, die ich aber nie bekam, und schuldete ihr bereits zwei Schecks für eine lange Goldkette. Ich traf ein, als sie gerade einen rosa bemalten Gipsarm vorführte, auf dem Armbänder mit Flechtmotiven aufgereiht waren, und die Vorzüge der Diät des Spaniers anpries, mit der ihre Tochter gerade schwindelerregende Ergebnisse erzielte.

»Ach Gott, ich habe mich mein Leben lang mit diesen blöden Abmagerungskuren herumgequält«, sagte Preciosa, mit dem Telefon unter dem Kinn. »Und bin vor Hunger fast umgekommen, immer dieses Leiden, diese Diät und dann diese und dann diese. Weiß Gott. Und sobald man aufhört, weiß man, was passiert, und bei mir ist es so, Lucinda, daß ich schon beim Gedanken an Essen ein Kilo zunehme. Ehrenwort. Ich bin breit gebaut, verstehst du. Aber jetzt, und sie zwinkerte mir zur Begrüßung zu, habe ich einen Mann kennengelernt, der mir nur sagt, iß, Frau. Iß, iß, bis du nicht mehr kannst. Und dabei ist er schlank.«

»Dann hast du ihn gut erzogen«, bemerkte die andere mit beifälligem Nicken.

»Ich?« Preciosa lachte engelsgleich. »Keinen Finger habe ich gekrümmt. Er ist vom Himmel gefallen, einfach so.« Sie schnippte mit den Fingern. »Gebrauchsfertig.«

»So einer läuft mir nie über den Weg«, sagte Lucinda neidisch.

»Es war Zeit, daß was passierte«, gurrte Preciosa. »Ich hab ja auch ein Recht darauf.«

Damals hatte ich anderes im Kopf, also beschränkte ich mich darauf, die Schecks für Lucinda auszustellen, und vermied es, den rosaroten Arm anzusehen, um nicht erneut in Versuchung zu geraten. Aber jetzt, bei der sensationellen Enthüllung von Senhor Juradinho, stellte ich mir den Castro vor, wie er an den Bügeln seiner schicken Sonnenbrille kaute, eine Angewohnheit, die ihm sehr schlecht zu Gesicht stand, und wie er sagte, iß Frau, iß, iß, bis du nicht mehr kannst. Und die Welt erzitterte in ihren Grundfesten. »Die Preciosa und der Castro, wie bitte? Wo denn, wann denn?«

»Eine große Romanze«, sagte Senhor Juradinho, ohne die Stimme zu heben. »Sie haben ihre Familien verlassen, ihre Wohnungen aufgegeben, leb wohl, Vergangenheit. Sie haben Urlaub genommen und sind gestern in die Algarve gefahren. Es kam für alle völlig überraschend.«

»Und jetzt«, stotterte ich, »was ist jetzt?«

»Was soll sein? Sollen sie in Gottes Namen glücklich werden, ganz einfach.«

Ich bahnte mir einen Weg durch die Werkzeuge und ließ mich in den Sessel fallen, auf dem die Bedienungsanleitung für das Phantom lag, völlig erschlagen von der Neuigkeit. »Die Preciosa. Ich kann es nicht glauben.«

»Über die Preciosa könnte man einiges erzählen«, preßte er hervor, und seine Hände zitterten.

»Senhor Juradinho!« rief ich, und die Erkenntnis traf mich wie ein Blitz. »Was hast du –«

»Fünf Jahre!« brüllte der friedfertige Mann. In einem Verzweiflungsausbruch sprang er auf und marschierte mit Riesenschritten durch den Saal, während die Schrauben und Muttern des Phantoms über den Boden kullerten. »Fünf Jahre! Verstehst du, *doutorinha*? Fünf Jahre und eine Liebe so schön, so schön, so schön, das Heute war immer noch besser als das Gestern, eine Liebe ohne Ende, verstehst du? Wir haben die Tür zugemacht, und dann war alles wie in dem Lied von Roberto Carlos, alles bleibt stehen, wenn man sich liebt, weißt du? Sie arbeitete als Sekretärin bei der Regionalkommission und rief mich dann hier an, hörst du, sie rief mich an, und wo immer sie war, ich fuhr hin, fuhr nach Viseu, nach Bragança, sogar nach Mértola und in derselben Nacht zurück. Ich kam zur Arbeit, ohne geschlafen zu haben, man versteht selbst nicht, wo man die Energie hernimmt, warum man nicht stirbt, ich bin ihr quer durchs ganze Land gefolgt, du kannst dir gar nicht vorstellen, wie viele Kilometer ich mit dem Bus runtergerissen habe. Meine Frau zu Hause hat mir in den Ohren gelegen, daß mich die Arbeit in diesem dämlichen Kuh-Institut umbringen würde, ich hab gar nicht hingehört, ich war blind und taub, fünf Jahre lang, und jetzt, was mach ich jetzt? Kannst du mir das sagen? Keine Vorwarnung, kein einziger Streit, alles lief immer so gut, immer bestens, und plötzlich so was, tschüs dann, Juradinho, ich tu mich mit dem Castro zusammen. Was mach ich nur? Gott im Himmel, was mach ich nur? Meine Frau, meine Kinder, keiner hat was mitgekriegt, aber ich halt's nicht aus, ich bin völlig blamiert, verstehst du? Ich bin am Ende, mit mir hat sie so was nie gewollt, nein, uns geht es doch gut so, und jetzt für den Castro gibt sie in blindem Gottvertrauen alles auf, und tschüs dann, es war sehr nett. Ach, *doutorinha*, was macht man nicht alles mit, was ist das für ein Leben, ich bin nicht mehr bei Sinnen, einfach nicht mehr bei Sinnen.«

Er hielt inne, die Hände erstarrt in der Luft und mit erstickter Stimme, so verzweifelt, daß ich ihn in den Arm nahm und dummes Zeug redete, nimm's nicht so schwer, Senhor Juradinho, es ist alles nur absurd, das weiß man doch. Er seufzte und klammerte sich an mich, schüttelte langsam den Kopf, er hatte noch ein ganzes Stück Leben vor sich, und nun war er verlassen, ein anständiger Ehemann, der ohne Ruhm und Geheimnisse alt wurde.

»Hast du mit Joana darüber gesprochen?« fragte ich vorsichtig, entsetzt über mich selbst, weil ich trotz seiner Verzweiflung meine Interessen ins Spiel brachte.

»Sie war nur ganz kurz hier«, sagte der unglückliche Liebhaber, während er die Schrauben neu ordnete, »und sie wirkte eher traurig, schien nicht auf Unterhaltung aus, ich kam kaum zum Reden. Ich glaube, sie wollte nur diese Papiere über die Füchse holen und dann die Nacht am Computer der Jagdbehörde verbringen, weil sie morgen den Bericht abgeben muß und gefaulenzt hat, was weiß ich. Sie war ziemlich genervt, sah richtig gealtert aus.«

»Findest du, daß ich älter aussehe?« fragte ich Teresinha de Jesus durch den Dampf des parfümierten Tees.

»Nein. Du siehst sehr gut aus. Du siehst immer gut aus, weißt du das? Selbst wenn du sagst, daß du völlig am Ende bist.«

»Das ist doch furchtbar«, seufzte ich. »Was ist das für ein Leben. Wir leiden wie die Hunde, sinken immer tiefer, arbeiten wie besessen und sehen gut aus. Früher, Hua Li, früher litt man im Westen wirklich. Die jungen Damen sanken auf ihr Lager, erglühten im Fieber, magerten ab, konnten kaum die Tasse halten mit ihren durchsichtigen Händchen voll blauer Äderchen. Das war eine andere Welt, man hatte Schmerzen und starb daran. Heutzutage sind wir so stark, so kämpferisch, findest du nicht? Und so widerstandsfähig, wie langweilig. Sie brechen uns das Herz, und wir tanzen auf Zehenspitzen weiter, so gesund, so tapfer, das kann doch nicht wahr sein.«

»Du hast auch ein paar blaue Äderchen«, tröstete sie mich. »Da, innen am Handgelenk, siehst du?«

Magalona

Doch mir erweist du große Güte:
Ich darf zu deinem Tempel kommen.

PSALM 5, 8

»Ich habe es nie geschafft, ein Dilemma loszuwerden, das meine Großmutter Bertha mir in meiner Kindheit beigebracht hat«, gestand mir Joana, als sie sich, in einer Stretchhose und gelben Sandaletten, auf ihren Billardstock stützte und die Lage der Kugeln auf dem grünen Viereck des Billardtisches studierte. »Es gab da ein Märchen von einer Prinzessin, das sie mir erzählte, um meine Eitelkeit in die rechten Bahnen zu lenken, was ja, falls du es noch nicht wissen solltest, eine Sache ist, die mit größter Behutsamkeit und im zartesten Alter angegangen werden muß. Das meinte jedenfalls die Großmutter. Besagte Prinzessin also war wunderschön, wie es sein muß, und im Sinne der herrschenden Moral war sie voller Hochmut gegenüber den Häßlichen dieser Welt. Am Vorabend der Hochzeit kam diese Sünde zur Sprache. Es erscheint die gute Fee, die sie bei der Geburt mit all diesen anatomischen Vorzügen gesegnet hat, und sagt ihr, sie sei sehr betrübt, weil die Schönheit ihr Herz versteinert habe. Daher, mein Kind, entscheide dich jetzt: Ab Mitternacht, nach dem zwölften Glockenschlag, wirst du für deinen Mann schön sein wie keine andere, aber abscheulich für die übrige Menschheit – oder umgekehrt. Es wird dir nie mehr alles gegeben sein.

Sie stieß die schwarze Kugel in einen Winkel, der meinen Interessen absolut zuwiderlief, und blies mit triumphierendem Lächeln den Kreidestaub weg, aufmerksam beobachtet von den jungen Männern am Nebentisch.

»Natürlich hat sich die Prinzessin in dem Märchen meiner Großmutter richtig entschieden, und alles endete in einer großen Lektion über Bescheidenheit, der Bräutigam verschlang sie mit den Blicken, und das Volk fiel vor Abscheu fast in Ohnmacht.« Sie strich sich das Haar aus den Augen und stellte den Queue ab. »Aber was würdest du machen, Süße? Wenn alle Menschen außer einem sich vor dir ekeln? Gott verzeih mir, und wenn ich noch so verliebt wäre, ich weiß nicht, ob ich das aushalten würde. Als Idee ist es ganz schön, aber in der Realität ist es der reinste Horror. Glaubst du, daß das eine große Sünde der Eitelkeit ist?«

Ich umrundete den Tisch und begutachtete entmutigt die Lage meiner Kugeln. »Ich glaube, daß wir vor einem interessanten Fall kultureller Spaltung stehen«, antwortete ich, über meinen Queue gebeugt. Ich versuchte ein paar schwache Querstöße, und die Kerle, die unsere Manöver heimlich verfolgten, warfen sich mitleidige Blicke zu.

»Denn deine Großmutter hat dir mit nordischem Ernst eine Geschichte über die Qual der Wahl erzählt«, fuhr ich fort und trat zwei Schritte zurück, »die mir meine Taufpatin als Loblied auf die portugiesische Bauernschläue erzählt hat. Dieser Version zufolge verstand keine der Frauen aus dem Dorf, warum die Schäferin Magalona, so häßlich und linkisch wie sie war, die Männer verrückt machte. In Wahrheit hatte sie, als man ihr bei Erwachsenwerden erklärt hatte, sie sei arm und ohne Aussichten, einen Pakt mit dem Mond geschlossen, der sie tagsüber häßlich und nachts schön machte. Verstehst du? Nachts passieren diese Dinge, für die es sehr angebracht ist, schön zu sein, falls dir dieses Detail entgangen sein sollte.«

»Oje«, seufzte sie. Sie saß auf dem Billardtisch und führte probeweise den Queue hinter dem Rücken vorbei. »Das waren noch Zeiten, als die Aktivitäten so klar aufgeteilt waren.« Dann sprang sie zu Boden und verkündete unter den unverhohlenen Blicken der Nachbarn: »Jetzt paß gut auf, denn die Mama wird einen vernichtenden Bandenstoß versuchen.« Sie blickte auf die Kugeln. »...aber nicht schaffen, weil sie betrunken ist«, schloß sie.

Gonçalo, der keine Gelegenheit ausließ, begeisterte Vorträge über ihre Schönheit zu halten, meinte, als er sie zum ersten Mal mit Piu-Piu sah, daß solche Paare subventioniert werden sollten.

»Nur damit sie weiterexistieren«, erklärte er, auf das Geländer des engen Balkons gestützt, von dem man auf die Docks und die Gleise blicken konnte. »Damit sie auf der Straße herumlaufen und die Leute sie bewundern können und beruhigt sind. Sie müßten eine lebenslange Pension vom Staat oder so bekommen, damit sie nichts anderes zu tun brauchten, als ihre Schönheit spazieren zu führen.

»Aber was wäre dir lieber: wenn sie nur für deine Augen schön wäre oder für die Augen aller?« fragte ich, das Kinn auf das Eisengeländer gestützt.

Er lächelte. »Ach, Liebes, nur für meine Augen? Welche Verschwendung.«

»Was gäb ich dafür, eine Pension zu bekommen«, sagte ich, »und mich nie mehr totarbeiten zu müssen.«

Er taxierte mich von der Seite. »Also, mein Fräulein, mit diesem Gesicht und dieser Figur arbeiten Sie sich nur zu Tode, weil Sie es wollen.«

Er hatte fünf Geschwister, eine große Sammlung von Spazierstöcken und eine erstaunliche Menge wuchernder Pflanzen auf der verglasten Terrasse, die die ganze linke Hälfte seiner Wohnung umgab, hoch oben über den welligen Hügeln der Stadt. Ich verstand nie, wann er eigentlich schlief, und als ich einmal für eine Woche bei ihm Asyl nahm, weil sie meinen Ziegelfußboden aufrissen, um ein Leck in der Kanalisation zu bekämpfen, fuhr ich jeden Morgen mit den hübschesten jungen Männern im Fahrstuhl, nervös und zart, mit gesenkten Blicken. Als ich ihn kennenlernte, auf einer Party, fand ich, daß niemand so gut tanzte wie dieser grauhaarige Herr mit den gepflegten Händen. Ein paar Stunden später war ich seinem Charme gänzlich verfallen. Er erzählte mir die Geschichte von seinem etwas ungehobelten Schönen, dem er Schliff beibringen wollte, weshalb er Tickets besorgt und Zimmer reserviert hatte und mit ihm nach Paris gefahren war.

»Am ersten Abend gingen wir zur Rue des Petites Écuries«, erinnerte er sich, die Arme hinter dem Kopf verschränkt und in einem nach so viel Tanzen immer noch makellosen Hemd, »in eine ganz tolle Brasserie unter einer Arkade. Wer sie nicht kennt, sieht sie gar nicht. Kaum ist man drin, vergeht man schon beim Anblick der wahnwitzig angerichteten riesigen Platten, die im Tanzschritt an einem vorbeischweben. Es ist eine Kultstätte, verstehst du? Schon am Flughafen dachte ich nur noch an *foie d'oie* mit Kastanien, an *râble de lièvre, profiteroles* und solche Sachen. Als es losging, saß mein Kleiner mit runden Augen da, ruckte ständig mit dem Kopf, und dann –« Er sah mir ins Gesicht, um die Wirkung zu dosieren.»Und dann kam aus diesem Niemandsland, das weder Schuld noch Reue kannte, eine arglose Stimme: Er wolle ein Steak mit Pommes frites.«

Ich lachte so laut, daß die Leute sich umdrehten, dann tupfte ich vorsichtig die Tränen ab, um die Wimperntusche nicht zu verschmieren, legte den Kopf auf die rechte Schulter und schwor ihm mit dieser Geste insgeheim die Treue.

»Und du«, fragte ich, als wir wieder unbeobachtet waren, »was hast du gemacht?«

Er war auch mit der Mutter befreundet und nannte mich Kekschen, offenbar hatte er schon von mir gehört. Er gestand mir, daß er eine Weile gebraucht hatte, um zu reagieren, so sehr war er hin- und hergerissen zwischen Empörung und Zärtlichkeit.

»Ach Junge«, habe ich schließlich gesagt«, bestell doch wenigstens eine *sauce béarnaise.*«

Wir verließen die Party, ein lauer Wind wehte durch die alten Gemäuer und die Silhouetten der golden im Mondlicht schimmernden Bäume. Wir hakten uns ein und wanderten ziellos durch die verlassenen Straßen und schlafenden Gärten, *geschlagene Seelen, verlorene Nächte, bizarre Schatten.* Wir trafen auf herrenlose Hunde und einsame Herzen und waren, ohne darüber zu reden, glücklich, daß wir uns getroffen hatten. *Liebe und Eifersucht, Feuer und Asche, Sünde und Schmerz, das wird uns immer bleiben,* aber manchmal wissen wir nicht, durch welche Gassen es uns entrinnt, es ist gut, es ist so gut, so süß, wenn es uns einfach so zufliegt. Gonçalo kannte alle Gassen, Treppchen, Giebel und alle Geschichten über die Leute, die dort gelebt hatten, er zeigte mir versteckte Kapellen und zugemauerte Winkel im Gewirr der Gänge. Vor dem Erdbeben hatte es hier einen großen Marktplatz gegeben, der ganze Hügel war woanders gewesen, eine Frau eilte unsicheren Schrittes auf eine Tür zu, am anderen Flußufer flimmerten Lichter. Ich durchwanderte mit ihm ein Labyrinth von Namen und Jahrhunderten, hinter den Portalen und Pelargonien erwachte alles zu neuem Leben, eigens für mich, dieses Haus wurde aus den Steinen eines anderen erbaut, welches wiederum auf dem Fundament eines älteren errichtet war, das hier gestanden hat, lange bevor es diese Straße gab. Die Rückwände sind unverändert geblieben, weil es die Schloßmauern sind. Ich fühlte mich gesegnet mit Enthüllungen, die nur Auserwählten zuteil werden, unendlich frei und fernab von allem Alltäglichen, mach weiter, Onkel Gonçalo. Verschwinde jetzt nicht in einer weißen Rauchwolke, laß mich bei dir bleiben, ich weiß nichts, bring mir was bei. Am Schluß wollte mein Auto nicht anspringen, und er mußte mir helfen, es zum nächsten Abhang zu schieben, mit immer noch makellosem Hemd, und ich war barfuß, weil meine Füße streikten nach diesem langen Marsch.

»Es ist wunderbar«, erklärte ich hinterher immer wieder, gegen Joanas beharrliche Skepsis ankämpfend. »Man genießt dieses Gefühl, mit einem Mann zusammen zu sein, diese Intimität, die man nur unter bestimmten Umständen mit wenigen Männern erreicht, ohne Hintergedanken und Zweideutigkeiten, denn man weiß von vornherein, daß das Eine automatisch ausgeschlossen ist. Verstehst du das?«

»Ich verstehe das sehr gut«, sagte sie, »aber ich verstehe nicht, was daran gut sein soll.«

»Auf diese Weise können wir sehr eng befreundet sein mit Männern. Findest du die Vorstellung nicht verlockend?«

»Wozu?«

Ich gab's auf. »Na schön, dann warte, bis du Onkel Gonçalo kennenlernst, du wirst schon sehen.«

Wir teilten noch einige andere Leidenschaften, die keineswegs unzweideutig waren, zum Beispiel die für die *lingerie*. Wenn er Zeit hatte, half er mir mit seinen strengen und verfeinerten ästhetischen Maßstäben bei der Auswahl. Das nicht, Mädchen, um Gottes willen, das ist viel zu aufdringlich. Ich tauchte triumphierend aus den Auslagen hervor, winzige Seidenteile in den Händen, Geduldspiele aus Trägern, Schnallen und winzigen, zweireihigen Knöpfchen, er trennte in einer blitzschnellen und messerscharfen Wahl die Spreu vom Weizen, Teddybären, so ein Quatsch, in deinem Alter. Dann zog ich den Vorhang der Kabine auf und posierte in Söckchen und Turnschuhen, bitte sieh nicht so genau hin, ich hatte keine Zeit, mir die Haare wegmachen zu lassen. Nein, so nicht, du mußt sie höher ziehen, wenn die Hüfte in der Mitte abgeschnitten wird, sieht das grauenhaft aus. Wenn ich ein neues Kleidungsstück trug, das nicht von ihm ausgesucht war, zeigte ich es ihm, sobald ich konnte: Onkel Gonçalo, hast du schon meine pfirsichfarbenen Netzstrümpfe gesehen?

»Um Himmels willen! Welche Farbe haben denn die Strumpfhalter?« fragte er entsetzt.

»Man braucht keine Strumpfhalter dazu, es sind solche, die von allein halten.«

»Ah, dann ja. Ich konnte mir nämlich beim besten Willen keine Strumpfhalter vorstellen, die zu diesen Strümpfen gepaßt hätten.«

»Hast du seitdem schon mit Onkel Gonçalo gesprochen?« fragte mich Teresinha de Jesus, die in die Küche gegangen war, um neues Wasser aufzusetzen und den Zucker zu holen.

»Onkel Gonçalo ist nach Madrid zur Biennale gefahren«, antwortete ich rosinenkauend und lächelte bösartig. »Vielleicht ist er jetzt gerade mit Esteves zusammen. Wer weiß.«

»Gar nichts ist er!« rief sie und wurde sofort rot vor Empörung. Sie legte die Löffel auf das Lacktischchen und sah mich von der Seite an. »Dumme Kuh«, murmelte sie beleidigt.

Ich hatte ihn immer für einen glücklichen und zufriedenen Menschen gehalten, der etwas wagte, großzügig war und doppelt und dreifach belohnt wurde für das, was er furchtlos angestrebt hatte. Aber eines Tages, als wir in Cacilhas auf einer verfallenen Landungsbrücke saßen, Möwen hockten auf rostzerfressenen Schiffsrümpfen, sagte ich ihm, daß er sicherlich ein wunderbarer Großvater wäre, und erhielt prompt zur Antwort, er hoffe aufrichtig, daß er vorher sterben werde.

»Aber warum denn, Onkel Gonçalo?«, ich blickte auf das schlammige Ufer und nahm seine Hand. »Du würdest uns sehr fehlen.«

»Ach, Kind.« Er faßte mich bei den Schultern, um mir ins Gesicht zu sehen und betonte jedes Wort. »Arm, alt und schwul? Das ist zuviel.«

Ich verspürte diesen Schrecken, den ich mir als Kind immer ausgemalt hatte für den Fall, daß man mir plötzlich enthüllte, ich sei ein Adoptivkind oder meine Mutter habe einen Liebhaber. »Aber sterben, Onkel Gonçalo, meinst du wirklich, daß das nötig ist?« fragte ich verwirrt.

Er zuckte die Schultern. »Es wäre schön, aber vielleicht auch nicht. Zuviel Mühe für mich und die armen Hinterbliebenen.

Vielleicht würde es mir reichen, mich in ein Kloster einzusperren. Weit weg von mir selbst und der Welt, essen, trinken, nachdenken, gregorianische Choräle singen in einem morgendlichen Frieden ohne Ende.«

So entdeckte ich durch ihn den unermeßlichen Zauber des gregorianischen Gesangs mit seinem überwältigenden Gottvertrauen, Gott, Gott, Gott, bis zur Erschöpfung. Im Schatten deiner Flügel rufe ich voll Freude, *ad te luce vigilo, et in nomine tuo levabo manus meas, alleluia.* Wenn die Musik ursprünglich zu den fünf klassischen Disziplinen der Mathematik gezählt wurde, dann sollten die Chöre in algebraischer Genauigkeit dargestellt werden, rechte Winkel, flache Polyeder. *Und aus der linearen Grazie vollendeter Harmonien erwachse uns der Gesang, der nach dir dürstet, der hungert nach deinem Leibe, unergründliches Mysterium, die Herzen empor!* Mit dem Vordringen der Barbaren zerfielen die Reiche, es zerbröckelten die Städte, und die Gesetze lösten sich auf, es verloren sich die Grenzen, und der Glaube ergriff heimlich das Zepter und bescherte dem Westen die ersten Jahrtausende der Wissenschaft. Ohne Regel oder Ordnung, fast unbewußt erklangen die Choräle in einer neu entstandenen Tonart, die zum esoterischen Leitfaden aller Varianten der heiligen Messe wurden.

»Es ist der Triumph der politischen Vernunft«, sagte Gonçalo begeistert, »stell dir vor, Kekschen, die vielen Spielarten des liturgischen Gesangs, die damals aufkamen, der ambrosianische in Milano, der gallische in Frankreich, der mozarabische in Spanien, galten gleich viel, weil alles noch im Werden war. Und dann hat der gregorianische sie verdrängt, weil er aus Rom kam.«

»Wo die Flamme der Dekadenz am höchsten loderte?« fragte ich frech.

»Sei nicht vulgär, Mädchen«, sagte er beleidigt. »Weil Rom der Sitz des Papsttums war, und in dem Fall ist es belanglos, ob es Papst Gregor war oder nicht, der die Formel erfunden hat. Das Interessante ist, daß die Formel, die sich durchgesetzt hat und die als älteste Musik unserer Kultur bis in unsere Zeit überlebt hat, die war, die dem Sitz der Macht entsprungen ist. Verstehst du?«

»Alt ist sie in der Tat, und alt sieht sie auch aus, wenn sie sich nach Papst Gregor benennt.«

Gonçalo überhörte diese Bemerkung. »Die Urheberschaft Gregors gilt soviel, wie Legenden eben gelten«, sagte er. »Eine so gigantische Sammlung von Kompositionen kann unmöglich das Werk eines einzelnen gewesen sein, nicht einmal das einer einzigen Generation. Die gregorianische Musik hat sich zusammen mit der Kirche entwickelt, und wir alle haben uns mit ihr entwickelt, so ist das wohl.« Er lächelte mir beschützerhaft zu. »Aber das ist lange her«, beruhigte er mich.

Im Jahr darauf nahm er mich in ein Kloster mit, wo die Männer in Sandalen umhergingen, einen merkwürdigen Dialekt sprachen, Likör aus wilden Kräutern brauten und abends in einer Kapelle sangen, die voll war mit Äpfeln, aufgereiht auf dunklen Holztafeln im Hintergrund. Draußen tröpfelte das Wasser aus den weit aufgerissenen Mäulern der bemoosten Steinlöwen, und in der Ferne quietschten die Ochsenkarren. O Macht, o Herrlichkeit, männliche Inbrunst tranceartiger Huldigung, *sitivit in te anima mea, quam multipliciter tibi et caro mea, ut viderem virtutem tuam et gloriam tuam. Et in velamento alarum exsultabo.* Auf den Giebeln und den fratzenhaften Skulpturen ließen sich schreiend die Schwalben nieder, närrisch vor mütterlicher Sorge um ihre Nester. Herr, mein Herr, vielstimmig und bis hinauf zum Himmel. Am zweiten Tag glaubte ich, daß ich für immer dort bleiben könnte, mir war schon alles eins.

»Ich mag das Gebet nur dann, wenn es sich nicht mit Selbstmitleid und zivilisatorischen Schamgefühlen begnügt«, sagte Gonçalo auf der Rückfahrt. »Was mich anrührt, ist die Tiefe des Vertrauens, dieses Übermaß an Dankbarkeit, dieses dringliche und hartnäckige Flehen, verstehst du, Keks, das ist die Urform des Gebets, direkt an Gott gerichtet, mit der Eloquenz der Psalmen, und es ist das, was Religion in Glauben verwandelt, ein feiner Unterschied. Und das ist es, was das Christentum in seinen frühen musikalischen Formen glanzvoll entfaltet und im gregorianischen Gesang bewahrt hat, ein einziger Schrei der Hingabe, ein wahnsinniger –, ach, ich weiß auch nicht. Und –«

Er stockte beim Versuch, einen Lastwagen mit Tomaten zu überholen und verlor den Faden. »So ist das«, schloß er.

»Gott muß verrückt gewesen sein, als er dich schuf, Onkel Gonçalo«, sagte ich verwirrt.

»Gott ist nicht manchmal verrückt, wie es die Menschen sind«, erklärte er streng. »Gott ist immer verrückt, das ist ein großer Unterschied.«

Rita

Wer anderen eine Grube gräbt,
der schaufelt sein eigenes Grab.

PSALM 7, 16

»Gott straft uns«, stellte Catarina fest, und plötzlich sah sie viel älter aus.

»Alle Väter strafen«, erwiderte ich. »Offensichtlich zeigen sie uns damit, daß sie uns gern haben.«

Es war ein trauriges und verbittertes Abendessen, die Emotionen vom Freitag steckten noch in den Steinwänden des Restaurants mit den Kerzen, das miterlebt hatte, wie der berühmte ToPê in die Gesellschaft eingeführt wurde. Ich hatte auf der Hinfahrt versucht, mich zu einer Lebhaftigkeit zu zwingen, die nicht unechter hätte sein können, dann bemerkte ich das Fehlen des Geliebten und des Glanzes in ihrem Haar, und es wurde mir klar, daß ich an einer weiteren schmerzhaften Enttäuschung würde teilhaben müssen. Ich wollte gesellig und aufmerksam sein, zuckte aber jedesmal zusammen, wenn jemand die Tür aufstieß, es konnte ja Joana sein. Senhor Juradinho hatte ihr Celestes Nachricht übermittelt, vielleicht kam sie ja, um mich endlich von meinem Schmerz und meinem Schrecken zu befreien, Joana, bitte, was ist passiert, wann ist es passiert? Nein, sie ist es nicht. Aber wie wieviele Blondinen wurden denn heute nacht hier reingelassen, um Himmels willen, hört auf, mich zu foltern. Ich versuchte, die Wellenlänge wiederzufinden, auf der unsere Gespräche immer wie Sturzbäche flossen, aber vergebens, keine von uns lachte, wozu sich etwas vormachen.

»Willst du mehr darüber erzählen?« fragte ich.

»Wozu?« sagte Catarina. »Reicht's dir noch immer nicht?«

Ich wollte eigentlich mit ihr über das unverständliche Verhalten meiner besten Freundin reden oder darüber, wie die praktische Seite der Trennung ablief, vielleicht ein bißchen weinen und mich ein klein wenig an dem Glück laben, in dem ich sie vorzufinden erwartet hatte, aber sie sagte gleich zu Anfang, daß sie keinen Wein wolle. Sie war angespannt, schlecht gelaunt, bringen Sie mir ein Mineralwasser. Sie saß mir gegenüber, hatte eine Mißmutsfalte auf der Stirn, alles, was sie sagte, klang zynisch, sie sprach zu laut und zu schnell für eine Frau, die gerade zum Mond und zurück geflogen war. Sie war auch zu früh wiedergekommen, vielleicht würde ihr Ehemann sagen, was ich mir dachte, hart und zerstörerisch. Sonntag abend, und nichts hat sich erfüllt, es erwartet uns die Rückkehr in die Trostlosigkeit eines unwürdigen Friedens, wir gestehen uns eine Sekunde lang ein, daß es ein Fehler war, der Versuchung nachgegeben zu haben, und nun zahlen wir den Preis, ohne die Sympathie der anderen, einsam und verbittert, mit leeren Händen.

»Das ist das Schicksal der Frauen«, hatte meine Taufpatin oft gesagt. »Wenn sie mit dem Feuer spielen, verbrennen sie sich die Finger. Halt dich lieber zurück, mein Kind.«

»Vielleicht bin ich schon zu alt für so was«, sagte Catarina und stocherte mißmutig mit der Gabel im Reis. »Aber wenn dies das Paradies war, dann will ich dir eines sagen: das Paradies ist ein großer Scheiß. Sag bloß nicht, ich hätte dich nicht gewarnt.«

»Vielleicht hast du dich verfahren, es war ja dunkel«, sagte ich matt. »Der Weg zum Paradies ist sehr gewunden, heißt es. Und der Plan, den ich dir aufgemalt habe, war nicht besonders gut.«

»Nein, nein, es war das Paradies, keine Sorge. Es hatte ein gelbes Tor, die Flußmündung war da und alles andere. Glöckchen, Harfenengel und rosarote Wolken. Es war das Paradies, ohne Zweifel. Was für ein Reinfall. Ich habe die ganze Zeit auf meiner Wolke gesessen und mir gedacht, wenn ich wenigstens eine Illustrierte hätte, damit die Zeit vergeht. Weißt du, wie das ist?«

»Ich glaube schon«, antwortete ich im Gedanken an eine ansehnliche Zahl solcher Abenteuer, die sich in einem einzigen Atemzug auf den simpelsten Ausdruck von Langeweile reduziert hatten. »Hast du es ihm gesagt?«

»Ich habe ihm gesagt, daß ich noch ein paar Stunden hierbleiben muß, um dir zu helfen, weil es dir sehr schlecht geht«, gestand

Catarina müde und ohne Kraft oder Lust, diesen riesigen Knoten zu entwirren, in den sich ihr Leben verstrickt hatte. »Denn er fand das Paradies ganz toll, verstehst du, ganz toll, er hat überhaupt nichts gemerkt, er scheint ein bißchen doof zu sein.«

»Und wirst du es ihm sagen?« beharrte ich.

»Ach, hör doch auf«, erwiderte sie fast böse. »Was weiß ich, was ich machen werde. Und meine dämliche Tochter Rita mußte mir noch, bevor ich herkam, strahlend bis zum Bauchnabel verkünden, daß sie irgendeinen Dahergelaufenen heiraten will. Zweiundzwanzig Jahre, stell dir das vor. Und sie sagt, daß sie immer in Ekstase leben will. O Mutter, aber ich will immer in Ekstase leben! Es ist alles verloren.«

»Entschuldige, aber ich finde das toll«, sagte ich, sofort gerührt.

»Du?« grunzte Catarina. »Du auch?«

»Catarina«, schwärmte ich, »es muß so schön sein, auf solch eine Art zu heiraten, ohne Absicherung, ohne Zögern, ich finde das wunderschön. Es ist ganz egal, ob es funktioniert und was danach kommt, unsere eigenen Erfahrungen haben nichts damit zu tun. Diese tiefen und echten Gefühle, das finde ich phantastisch.«

»Mein Hochzeitskleid war übrigens wirklich phantastisch«, sagte sie träumerisch. »Mehr Perlen als Stoff, mit einem rechteckigen Ausschnitt und ganz weit ausgestellt, habe ich dir nie die Fotos gezeigt? Dieser Teil hat mir gefallen, das stimmt.«

»Ich glaube daran!« rief ich begeistert über den Tisch hinweg. »Was immer daraus wird, ich glaube daran. Und ich werde es so oft versuchen, wie es nötig ist. Den Mann, von dem wir als Kinder vor dem Einschlafen immer geträumt haben, muß es irgendwo geben. Die anderen Lieben sind auch sehr schön, aber es muß da noch mehr sein. Die Annäherung an das Ideal gelingt uns so schlecht, daß wir schließlich glauben, Lieben heißt nur Abstriche machen und das wenige Gute mit Zähnen und Klauen festhalten, aber das stimmt nicht. Ich glaube an die strahlenden Dinge und die vollkommene Liebe, an lebenslange Wunder, ich glaube daran...«

»Ach, meine Liebe«, unterbrach sie mich unbarmherzig, »das Fräulein glaubt ja, wie man weiß, auch an Gott, wie soll es da ein Vorbild sein.«

»Meinst du nicht«, fragte ich Teresinha de Jesus in einem plötzlichen Impuls, und der Tee schwappte gefährlich in der zierlichen Goldrandtasse, »daß es die totale Liebe gibt? Die muß es doch geben, sonst hat alles keinen Sinn. Und du wärst jetzt nicht hier.«

»Manchmal denke ich, ich sollte mich besser scheiden lassen«, sagte sie mit einem apathischen Unterton, der mir noch nie an ihr aufgefallen war.

»Ach, hör auf«, rief ich erschrocken. »Nein, bitte red nicht weiter, heute nicht. Und außerdem bin ich sehr dickköpfig, meine Eltern haben sich bitter darüber beklagt. Und wenn man mich umbringt, ich werde daran festhalten, daß Leidenschaft grenzenlos sein kann, daß wir den Menschen finden können, der nur für uns geboren ist, daß wir ihn sofort erkennen und nur noch mit ihm sein werden, von Anfang bis Ende über alle Jahrhunderte hinweg. Über alle. Hast du gehört?«

»Euer Problem im Westen ist«, sagte Hua Li mütterlich, »daß sich nie jemand die Zeit nimmt, auch nur eine Minute lang an die Mitte zu denken.«

Es war schon nach Mitternacht, als das Telefon klingelte. Sie schreckte hoch, als fürchtete sie ständig, man könnte ihren Estevinho erwürgen, und nahm ganz blaß ab.

»Madalena?« sagte sie überrascht. »Hallo, guten Abend.«

Dann sah ich, daß sie bis an die Haarwurzeln errötete und zu lächeln anfing, ich sah, wie sie sich wieder fing, mich anblickte, ganz ernst wurde und von neuem errötete. Ich sah, daß sie stammelte, sich auf die Lippen biß und nicht wußte, ob sie lachen oder weinen sollte. Ich hatte das Aufblitzen des Triumphs im ersten Moment gesehen und wußte sofort, was Madalena, die nichts von meiner Anwesenheit ahnte, ihr zu dieser ungewöhnlichen Stunde mitteilen wollte, begierig, der Auserwählten als erste die freudige Nachricht zu überbringen. Ich stand auf und schlüpfte in die Jacke, packte den Hund, der sich nicht einmal die Mühe machte, die Augen zu öffnen, schlug die Tür zu und ließ den Aufzug kommen. Ich rannte auf die Straße und drehte brutal den Schlüssel im Zündschloß, schaltete gewaltsam die Scheinwerfer an, schoß rückwärts aus der Parklücke heraus und fuhr mit Vollgas ins Dunkel. Senhor Juradinho hatte gesagt, daß Joana die ganze Nacht am Computer der Jagdbehörde sitzen würde. Faszinierend, wirklich faszinierend, der Sexualzyklus der Füchse. Sie kopulieren am Ende des Sommers, lassen jedoch das befruchtete Ei bis zum nächsten Frühjahr im Uterus ruhen, damit die Jungen an milden Tagen zur Welt kommen. So ähnlich jedenfalls war das.

»Jetzt, wo wir nichts mehr zu verlieren haben«, sagte ich zu einem völlig unbeteiligten José de Oliveira Cosme, »spielt Benfica im Alvalade-Stadion. Bete, du Schwachkopf. Bete, bis die Knie wund werden, falls du weißt, wie man das macht.«

Ich sah in den Rückspiegel, und es blickte mir eine sehr alte Frau entgegen.

IV

Joana

Herr!
Hast du mich für immer vergessen?
Wie lange willst du dich denn noch verbergen?
Wie lange sollen mich die Sorgen quälen,
der Kummer Tag für Tag an meinem Herzen nagen?
Wie lange dürfen mich die Feinde noch bedrängen?

Sieh mich doch wieder an, Herr!
Gib mir doch Antwort!
Mach es wieder hell vor meinen Augen,
damit ich nicht in Todesnacht versinke!
Sonst sagen meine Feinde: Den haben wir erledigt!
und jubeln über meinen Sturz.

Doch ich verlasse mich auf deine Liebe,
ich juble über deine Hilfe.
Mit meinem Lied will ich dir danken, Herr,
weil du so gut zu mir gewesen bist.

PSALM 13

Ich lernte Joana auf der Hochzeit von Didi und Ju kennen, an einem dieser unmöglichen Maitage, an denen man sich fragt, was man anziehen soll, weil es jeden Augenblick Sonnenschein oder Regen geben kann und man nie weiß, ob es kalt wird oder heiß. Diesmal hatte ich richtig gewählt: meinen dunkelgrauen, gestreiften Männeranzug, die Seidenkrawatte mit den Füllhörnern und ein einfaches Band für die Haare. Alle Leute witzelten darüber, wie die Bräutigame sie wohl unterscheiden würden, diese völlig identischen, winzigen Zwillinge, Fliegengewichte mit Puppengesichtern, mit honigfarbenen Augen, die unter einer Sturzflut roter Haare und den genau gleich angeordneten Sommersprossen hervorblinzelten.

»Hast du diese Mädchen aus Alices Brunnen gefischt?« fragte Catarina begeistert, als ich ihr die Fotos zeigte. »Ich möchte wissen, was die schon alles hinter sich haben.«

Über der Feier lag ein vager Hauch von Inzest, denn die Bräutigame waren ebenfalls Brüder, wenn auch nahezu unverwechselbar, und sie konnten ihre Bräute im wahrsten Sinne des Wortes in die Tasche stecken, da sie die erdrückende Statur schwarzer Kleiderschränke hatten. Vielleicht gab es in den angolanischen Wäldern um Sá de Bandeira keine allzugroße Auswahl, aber nur die Allerärmsten im Geiste suchen prosaische Erklärungen für den geheimnisvollen Bestand der ersten Liebe. Die vier wuchsen gemeinsam in Angola auf, flüchteten in dem großen Durcheinander auf verschiedenen Wegen, trafen sich dann im selben Viertel in Lissabon wieder, und es ging das Gerücht, daß es für keinen von ihnen jemals einen anderen gegeben hatte. Und nun heirateten sie gemeinsam, umringt von riesigen *Muamba*-Platten und großem Gelächter.

»Die armen Mädchen«, sagte die für diesen Anlaß gemietete Köchin, ein imposanter Fleischberg in karierter Schürze. »Gott, laß sie glücklich werden.«

Als ich eintraf, ziemlich spät, waren die beiden, gleich gekleidet und mit ihren vielen Zöpfchen auch gleich frisiert, gerade dabei, dem großstädtischen Publikum einen ihrer Sprechgesänge auf *Umbundo* vorzutragen, im uralten Idiom der Savanne, das im fünften Stock des Hauses in der Estrada da Luz sehr befremdlich klang, zumal es aus dem Munde eines betörenden Duplikats weißer Prinzessinnen kam. Kinder krabbelten unter den Tischen herum, Väter, Mütter, Paten und die näheren Verwandten unterhielten sich auf der Terrasse. Die glücklichen Bräutigame saßen vor Bergen von Eiercreme und Mandelhörnchen, denn sie hatten in der Nacht zuvor im Weißen Elefanten und im Tamila Abschied vom Junggesellentum genommen, und die Frauen wollten nur die Gerüchte über meine Affäre mit Esteves bestätigt sehen, der wiederum tief und fest auf dem dreisitzigen roten Sofa schlief, an eine spanische Puppe geklammert, die ihm jemand zur allgemeinen Belustigung in den Arm gelegt hatte.

»Sag schon«, bohrte Didi und zog mich mit neugierig funkelnden Augen in eine Ecke, »hat Esteves dich wirklich eingewickelt?«

»Mit Packpapier und so?« fragte ich, in der Hoffnung, es würde mich jemand retten, denn ich wußte nicht recht, welchen Grad von Öffentlichkeit ich jenen erst kurz zurückliegenden Ereignissen geben sollte, deren Zukunft überhaupt nicht gewiß war.

»Aber ist es wahr?« fing sie noch einmal an, wobei sie die Sommersprossen auf ihrer Schulter zur Geltung brachte. »Sag mal, wie verstehst du dich denn intellektuell mit ihm?«

»Auf portugiesisch«, antwortete ich.

Eines der Kinder unter dem Tisch, mit verrutschter Schleife und schokoladenverschmiertem Mund, klammerte sich unter Geheul an ihre Beine, weil es von irgendeinem Bösewicht an den Haaren gezogen worden war, und ich nutzte die Gelegenheit, um in ihr Schlafzimmer zu flüchten, wo ich Frieden und Ruhe zu finden hoffte. Statt dessen stieß ich auf eine Runde von Frauen, die rauchend und mit baumelnden Beinen auf dem Eisenbett herumlümmelten, mit Kissen im Arm, oder auf dem Boden saßen, an die Wand gelehnt, und gerade dabei waren, den neuesten Klatsch auszutauschen.

»Ist das die Freundin von Esteves?« fragte seine Schwester, die sich aus irgendeinem Grunde darauf spezialisiert hatte, Frisuren zu tragen, die mich ernsthaft irritierten.

Ich wollte auf der Stelle kehrtmachen und hinausrennen, aber sie hielten mich fest und fragten nach Details, zwangen mich zu gestehen und Ort und Tag zu verraten, wollten unbedingt anatomische Beschreibungen haben und kreischten aufgeregt, bis ich schließlich nachgab und alles erzählte, alles, alles, alles, und dann sah ich die sündige Blondine, die sich aus der kollektiven Hysterie herausgehalten hatte. Sie saß an dem Tisch in der Ecke, die

Ellbogen auf der Armlehne, das Kinn in die Hände gestützt, und sah uns mit zwei blauen, einfach unbeschreiblichen Augen an, mit einem Lächeln, das alles andere als eindeutig war. Ich nahm vieles gleichzeitig wahr in meiner Verwirrung, aber in erster Linie fielen mir ihre Beine auf. Sie trug einen sehr edlen Leinenrock, der auf beiden Seiten in drapierte Falten auslief, und von dort bis zu ihren Füßen erstreckte sich ein Paar Beine, die Quintessenz der westlichen Kultur, lang und wohlgeformt, leicht gebräunt und perfekt.

»Na, und du?« rief ich ihr in dem Trubel zu, »du stehst wohl über den Dingen?«

»Ich habe dich nur beobachtet, Frau«, erwiderte sie mit leiser Stimme, und dieses Lächeln wuchs, bis es schier unerträglich wurde.

»Ich kann dir ein paar Kekse bringen«, sagte ich, um zu sehen, wer das letzte Wort behielt. »Es soll dir an nichts fehlen.«

Sie schüttelte ihre prachtvolle Mähne mit einer Bewegung, die gewöhnliche Sterbliche niemals hinkriegen würden.

»O nein, um Himmels willen! Ich bin ja kein Snob, aber ich esse nur Butterplätzchen von blinden belgischen Nonnen.«

»Und ich habe nur Unfälle mit dem Jaguar«, konterte ich.

Sie kapitulierte mit erhobenen Armen. »Willkommen an Bord, Kleine.«

Später sagte mir jemand, das sei Joana, die berühmte Joana, mit der ich mich bei erster Gelegenheit anlegen wollte, so sehr erzürnte mich die immer gleiche Reaktion meiner Kommilitonen, seit ich im Oktober die heiligen Hallen der Universität betreten hatte.

»Bist du eine Freundin von Joana?« fragten sie mich unweigerlich nach fünf Minuten, um auf meine von Mal zu Mal heftigere Verneinung hinzuzufügen, daß ich sie unbedingt kennenlernen müßte, du bist ihr sehr ähnlich, weißt du.

»Ich habe immer gedacht, daß ich mich mächtig mit dir anlegen würde«, gestand mir Joana noch am selben Abend, als die Brautpaare unter dem Getöse der am Auto befestigten Kochtöpfe und lautstark bedacht mit frommen Wünschen für den ewigen Bestand der Ehe nach Zambujeira do Mar gefahren waren, »denn plötzlich haben mir alle erzählt, daß ich unbedingt diese tolle Frau aus dem ersten Semester kennenlernen müßte, die mir sehr ähnlich sei. Du kannst dir gar nicht vorstellen, wie es mich geärgert hat, immer mit irgendeiner Ziege verglichen zu werden. Ich habe sofort beschlossen, daß du für mich das Allerletzte bist.

»Ich auch«, sagte ich begeistert. »Und jetzt, wie wird es jetzt?«

»Es wird gut«, versprach sie mir.

Die Tür war natürlich verschlossen, klar, aber jetzt, wo ich so weit gegangen war, war ich zu allem bereit. Ich hängte mich an die Klingel, als hätte ich keinen anderen Halt mehr im Leben, und läutete, bis der Wachmann auftauchte, schlaftrunken und blinzelnd vor Entsetzen, als er mich aufgeweichte, gespenstisch blasse Gestalt mit dem Hündchen auf dem Arm erkannte, es war fast ein Uhr nachts.

»Guten Abend, Senhor Cardoso«, sagte ich bestimmt, schon im Vormarsch auf die Treppe.

»Aber haben Sie denn eine Genehmigung, *doutorinha*?« fragte er verwirrt.

»Ich bleib nicht lang«, rief ich vom ersten Treppenabsatz.

»Der Hund darf aber nicht mit«, brachte er noch heraus.

»Ich bleib nicht lang«, wiederholte ich und verschwand im Treppenhaus.

Und wenn er versuchen würde, mich aufzuhalten, würde ich die Tür einrennen, und wenn Joana mir nicht antwortete, würde ich sie bei den Schultern packen und sie schütteln, bis sie mit einer Erklärung herausrückte. Und wenn sie mich verhaften würden, würde ich einen Aufstand machen, der die Welt erschüttern sollte. Was immer zwischen uns geschehen war, und sei es auch nicht wiedergutzumachen, ich würde nicht gehen, bevor ich nicht wußte, was es war. Sag mir die Wahrheit, oder ich schmeiße mit dem Tisch. Bereits am Anfang des Flurs sah ich das Licht, hörte ich das leise Klappern der Computertasten, drückte José de Oliveira Cosme fest an mich und stand atemlos in der Tür, mit trockener Kehle und zitternden Knien. *Wer hierher kommt, dich zu sehen, liebt dich bereits sehr.* Joana blickte erschreckt auf, schloß die Augen für eine Sekunde, krallte die Finger in die Sessellehne, und eine Träne lief herab zu ihrem Mundwinkel.

Beatriz

Sie sind rein und echt wie Silber,
das im Schmelzofen siebenmal gereinigt wurde.

PSALM 12, 7

»Was ist passiert?« fragte ich und mußte mich an die Wand lehnen, um weiterreden zu können. »Ich habe dich überall gesucht, und du warst nirgends, ich habe dich angerufen, und du wolltest nicht mit mir reden, ich habe dir geschrieben, und du hast mir nicht geantwortet, ich habe auf dich gewartet, und du bist nicht gekommen. Sag mir um Gottes willen, was passiert ist, ich halte es nicht mehr aus.«

Sie nickte. »Komm her«, sagte sie und schob die Ärmel ihres alten, häßlichen Sweatshirts hoch, sie hatte fettige Haare und Falten, die ich noch nie bei ihr gesehen hatte, »komm her, ich will mit dir reden.«

Ich glaube, wir wußten seit unserer ersten Begegnung, daß wir uns nie wieder trennen würden, aber wir überstürzten nichts, wir hatten ja das Leben noch vor uns. Heute ist es uns zur Gewohnheit geworden, am ersten Sonnentag, der die lange Winterperiode beschließt, alles stehen und liegen zu lassen und den Beginn der neuen Jahreszeit mit einem Bad im klaren Wasser von Arrábida zu feiern, aber wir gingen eigentlich erst nach Didis und Jus zweitem Hochzeitstag zusammen an den Strand. Heute werfen wir uns ganz besonders in Schale, wenn wir die Stadt unsicher machen, aber es war erst zu der Zeit, als ich bereits die Pläne für die künstliche Rinderbesamung ausheckte, daß wir uns mit einiger Mühe in zwei knallenge Astronautenanzüge quetschten, in jenem Jahr trug man das, und zusammen zu einer Fete gingen, irgendwo an der Küste vor Cascais, unter dem väterlichen Schutz

Gonçalos, der uns dann den ganzen Abend schreiend von sich wies, weil wir seinen Ruf ruinierten, wie er sagte. Als wir unser Studium abschlossen, tat sie den ersten Schritt und bezeichnete mich als ihre beste Freundin. Es dauerte lange, bis wir so weit waren, daß wir uns zu jeder beliebigen Tageszeit anrufen konnten und stundenlang telefonierten. Aber erst, als es mir gelungen war, den Staatssekretär zu überzeugen, daß ich unmöglich das ganze Programm allein bewältigen konnte und ihr so die Tore des Instituts öffnete, warfen wir uns richtig in Schale und gingen in ein Restaurant mit Panoramaterrasse, bei Kerzenlicht und Orchesterklängen. Und als wir anstießen, gestanden wir uns, daß wir seit ewigen Zeiten von diesem Moment geträumt hatten.

»Mach deine Haare auf, Mädchen«, befahl sie, und die Brillanten an ihren Ohrringen funkelten im Kerzenlicht.

»Warum?«

»Das ist doch deine Nummer, meinst du etwa, ich kriege das nicht mit? Du tauchst auf mit zusammengebundenen Haaren, und dann löst du sie wie zufällig, damit alle verrückt werden.«

»Schon gut«, brummte ich ertappt. »Aber hier ist ja sonst niemand.«

»Aha«, sagte sie und schüttelte sich, »ich höre immer besonders gern, daß ich niemand bin.«

»Joana«, sagte ich darauf, »die ganze Zeit wußte ich es. Ich wußte, wenn ich still in meiner Ecke bliebe und keine Eile hätte, wenn ich die Einsiedlerin am Fenster spielen und eine Jahreszeit nach der anderen verstreichen lassen würde: meine Träume würden dich eines Tages an meine Tür bringen.«

»Oh, Vorsicht, ich fange gleich an zu heulen.«

»Und dann«, fuhr ich über den Tisch gebeugt fort, »würde ich dich sofort erkennen und hätte keine Angst mehr. Du müßtest nur mit den Fingern schnippen, und ich würde zu dir eilen und dir die Schuhe binden.«

»Ich vergehe vor Rührung, du alte Ziege«, sagte sie geschmeichelt.

Anfangs schob ich ihr bei den Prüfungen die Antworten zu, dann schrieben wir die Berichte gemeinsam, und von Abend zu Abend unterhielten wir uns länger. Für die Juli-Prüfungen lernten wir schließlich im Bikini auf ihrer Terrasse, riesige Krüge eisgekühlten *Mazzagrin* vor uns, und wenn wir es nicht mehr aushielten, tanzten wir Pasodoble mit dem Dobermann, der Swing hieß und uns seine Vorderpfoten auf die Schultern legte. Wir fuhren uns gegenseitig nach Hause, tauschten uns über Bücher, Konzerte, Filme aus, später teilten wir unvergeßliche Momente, herbe Enttäuschungen, glühende Sehnsüchte, heikle Situationen, Gin-Tonic vor dem Fernseher und das Geschrei im Fußballstadion. Als sie noch zwischen Vorlesungen als Mannequin arbeitete, machte ich sogar manchmal am Laufsteg die Ansagen, weil die eigentliche Ansagerin in letzter Minute ausgefallen war, und ich sagte, Joana, nur dir zuliebe. Sie schlief in einer kritischen Phase, als ich wußte, daß ich, wenn ich allein bliebe, sofort dort anrufen würde, wo ich nicht anrufen durfte, an meiner Seite, und sie sagte, Liebes, alles dir zuliebe. Sie fuhr nach Marokko und brachte mir eine Turmalinkette mit, ich fuhr nach Dänemark und brachte ihr Bernsteinohrringe mit. Jedesmal, wenn ich umzog, war sie zur Stelle, um Möbel zu schleppen, und jedesmal, wenn sie sich wieder eine Rippe gebrochen hatte bei dem Versuch, die Jungpferde an Sattel und Zaumzeug zu gewöhnen, war ich zur Stelle, um alles Nötige für sie zu erledigen. Einmal beugte ich mich der Realität und bot ihr den Agronomen an, das heißt, wenn du an ihm interessiert bist. Da es für sie war, machte es mir nichts aus, und ich war sowieso nicht in der Lage, mich richtig auf ihn einzulassen. Sie umarmte mich gerührt und meinte, das kommt nicht in Frage, nein, nein. Nicht mit deinen Männern. Der Rest ergab sich von selbst, das Schicksal setzte seine Marksteine, und schließlich hielten uns alle für Geschwister. Aber das passierte erst, als sich ganz unerwartet der Himmel auftat und in einer Feuerlohe von Liebe und Freude die Mutter in ihrem Glanz zu uns herabstieg.

»Zieh dir vernünftige Schuhe an«, sagte sie am Telefon, »und deine Butterkekse kannst du auch mitnehmen, aber mach dir keine Gedanken um das Essen, du wirst staunen über den tollen Imbiß.«

Es war Ende Oktober, und die Clique von der Jagdbehörde, für die sie die Untersuchung über die Fortpflanzungszyklen machte, hatte uns zu einer Fuchsjagd eingeladen.

»Faszinierend«, sagte sie, in Bücher und Fotokopien vertieft, den Bügel ihrer Brille im Mund, »absolut faszinierend, wie bei den Füchsen der Sexualzyklus geregelt ist.«

»Ich kann dieses Wort aus deinem Munde gar nicht hören«, sagte ich am Nebenschreibtisch, ohne aufzublicken oder die Stimme zu heben.

»Welches Wort?« fragte sie mit dem Seufzer einer romantischen Prinzessin. »Füchse?«

Ich holte sie um fünf Uhr morgens ab, in einem Fischerpullover, der mir bis zu den Knien ging, und wir fuhren beim Klang unzeitgemäßer Carmina burana durch die erwachenden Dörfer, vorbei an Silos, Eukalyptuswäldern und endlosen Melonenfeldern, bis wir zu der Kneipe mit den blauen Fensterläden kamen, wo die Jäger sich trafen, die Gewehre lehnten an der Wand, ihre eiskalten Finger umklammerten die Kaffeetassen. Munter und geschickt führte Joana in der allgemeinen Schläfrigkeit Kunststückchen mit dem Buschmesser vor, das sie am Gürtel trug, tänzelte fechtend durch die Gegend und sang mit tiefer Stimme, *und den Blinden auf dem Weg, ich schlitz ihn auf, ich schlitz ihn auf,* worüber das junge Mädchen hinter der Theke Tränen lachte.

»Oho, Tollwutgefahr!« sagte leise ein junger Mann in Tarnkleidung und Armeestiefeln.

Nach ein paar Käse- und Schinkenbroten verteilten wir uns über den Hügel, und bei steigender Sonne flogen die Schnepfen tief über uns hinweg, auf dem Weg in ihre Nester. In der Ferne bellten die Hunde, hier und da stieg Rauch aus den Kaminen, und auf das verabredete Zeichen bewegten wir uns in Richtung der Jäger, die im Hinterhalt lagen. Unsere Aufgabe war es, das Wild vor uns herzuscheuchen, überall hörte man Schreie, Flüche, Händeklatschen, ich blies in ein altes Jagdhorn, das ich auf dem Dachboden meiner Großmutter gefunden und nie zuvor benutzt hatte. Joana jedoch, weit links von mir und unsichtbar zwischen den Bäumen, erfüllte die Morgenluft mit Fado-Gefühlen, die aus tiefstem Herzen kamen. *So sehr hab ich dich geliebt, dich alleine nur geliebt, wie schäm ich mich dafür.*

»Frau, halt die Klappe, ich kann das nicht mehr hören!« rief ich, mein Jagdhorn in der Hand, ergriffen von diesem dummen Glücksgefühl, das uns manchmal an einem schönen Oktobertag überkommt, wenn wir inmitten von Gebüsch und Gesträuch eine einfache Mission zu erfüllen haben, mit hochgeklapptem Kragen und taunassen Schuhen, und wenn wir wissen, daß weiter drüben, versteckt im Laubwerk, ein geliebtes Wesen umherläuft.

»La la la la la, die flinken Füchslein«, antwortete ihre Stimme aus dem grünen Wald, »*all die Küsse, die wir tauschten, all die Träume, die wir teilten, wie schäm ich mich dafür, o Matilde.*« Plötzlich standen wir beide auf einer Lichtung, meine Arme waren zerkratzt und meine Hose voller Dornen, und in mir lachte alles vor Übermut. Sie fiel vor mir auf die Knie, eine Hand auf ihrem Herzen, in der anderen hielt sie hocherhoben einen Strauß Sauerklee, die karierte Schirmmütze hatte sie tief ins Gesicht gezogen.

»*Doch ich gehe nicht zurück, war es damals auch das Glück, denn ich schäme mich dafür.*« Sie sah bezaubernd aus im Moos.

Noch am Morgen wurde ein Fuchs erlegt, gegen Mittag waren es zwei. In der Jagdpause dachte sich Joana einen neuen Text aus, passend zum Leitmotiv ihres Morgenliedes, und machte sich lauthals singend *und das Hühnchen auf dem Grill, ich freß es auf, ich freß es auf* über den Proviant her, unter Applaus und nicht immer ganz salonfähigen Komplimenten. Auf dem Holzkohlengrill wurden Schweinekotelettes geröstet, dazu tranken wir Rotwein, und irgend jemand bot uns zwei Flaschen Selbstgebrannten an. Aber richtig selbstgebrannt, *doutorinhas,* mein Destillationsapparat steht unter dem Bett. Ho, ho, was für ein Kerl. Es wurden so viele Witze über die Alentejaner erzählt, daß unsere Lachmuskeln schmerzten. Danach blieben wir lieber bei den Jägern im Hinterhalt und suchten uns in der Stille der Korkeichen ein Schlafplätzchen. Wir schliefen friedlich in einer Erdmulde, eingepackt in unsere Anoraks, bis wir das Geschrei der Treiber hörten und die ersten Schüsse durchs Gebüsch knallten.

»Du mußt an einem wunderschönen Ort gewesen sein, Kleine«, sagte sie unvermittelt, zerzaust und übersät mit totem Laub. »Du sahst so glücklich aus, daß ich richtig neidisch war.«

»Ich weiß von nichts«, log ich, »ich kann mich nie an meine Träume erinnern.«

Der Hersteller des Selbstgebrannten, der einen der wenigen Treffer gelandet hatte, lud die Gruppe zu einem Festessen ein, und auf dem Weg klärte man uns auf, daß er der Bürgermeister der Gemeinde sei. Wir betraten eine ehemalige Backstube. Tannenzapfen knackten im Kamin, an den Wänden hingen alentejanische Schmuckteller, es erschienen Verwandte, Freunde und eine Horde aufgeregter Kinder, ich gab mir erst Mühe, mich ordentlich zu benehmen, aber dann bat ich die Hausherrin um Erlaubnis, meine Stiefel auszuziehen. Es wurde ein köstlicher Srockfisch nach Winzerart serviert, danach gab es Lendenbraten mit hauchdünn geschnittenen Pommes frites und geschmorten Erbsen, die schmeckten wie frisch aus dem Paradies. Heimlich öffnete ich den obersten Hosenknopf, und nur, weil es mir peinlich war, verzichtete ich auf eine vierte Portion von der Eiercreme. Die Kinder schliefen bereits in den Ecken und einige der Alten ebenfalls, als am Kamin die Gitarren erklangen.

»Joana!« rief der Bürgermeister mit hochrotem Kopf. »Wo ist die Joana mit den blauen Augen? Sie hat den ganzen Morgen für die Füchse gesungen, oder habe ich nicht richtig gehört? Also soll sie jetzt für uns singen.«

Joana ließ sich nicht lange bitten, das war ihre Nummer, und sie führte sie gern vor. Sie hielt flüsternd Absprache mit den Gitarristen, hängte die Daumen in die Gürtelschlaufen, senkte den Blick und erwartete den Auftakt, *Meine Liebste, sie ist häßlich, doch sie liebt mich stolz und heiß. Unsre Liebe ist unermeßlich, ein Glück, von dem die Schönheit nichts weiß.* Sie wußte nur zu gut, daß sie binnen Minuten ein völlig fremdes Publikum betören konnte mit ihrer blonden Mähne und ihren engen Hosen, dem in tragischer Pose vorgereckten Kinn und der heiseren Stimme, die den Raum erfüllte und ein fast feierliches Schweigen entstehen ließ. *Sie braucht keine Schönheitsdinge, dafür ist sie gänzlich mein.* Unglaublich, sagte eine leise Männerstimme hinter mir. *Sie denkt nicht an goldene Ringe und will keine Königin sein.* Die Musiker blickten geradeaus und ließen, ohne die Schultern zu bewegen, ihre Hände über die Saiten gleiten, als könnte die winzigste Körperbewegung den zarten Zauber zerstören. *Die Schönen sind so gefährlich, sie ließen mich stets mit Herzschmerz zurück.* Du bist ganz schön raffiniert, Mädchen. Sie warf den Kopf zurück, um ihren Pony aus der Stirn zu schütteln und die veränderte Tonlage einzuleiten, und sie zwinkerte mir unauffällig zu. *Und die Männer schauen begehrlich, verlockt von dem falschen Glück.*

Das Herz, sagt man, ist ein Vasall, hatte sie immer der geduldigen Sue Ellen vorgesungen, denn sie war eine treue Anhängerin der These, daß die Kühe mehr Milch geben, wenn sie Musik hören, *ergeben der Schönheit, die uns betört …*

… Doch ich, ich denke, wir haben die Wahl, stimmte ich dann ein, *und ich liebe die Häßliche, die mir gehört.*

Bis zum letzten Ton hatte sich das Publikum ganz still verhalten, dann brach alles in eine gefühlvolle Ovation aus, o Fado, o Jugend. Joana bedankte sich mit dem Ernst der Hüterinnen des Feuers, ich verdiene keinen Applaus, ich bin schon so zur Welt gekommen, *was ich sagen kann, das sagt der Fado, was ich nicht sagen kann, das sagt der Fado.* Da erhob sich die Dame mit dem silbernen Haar von einem der Tische und schritt gelassen ins Zentrum des Geschehens.

»Joana!« hauchte ich entsetzt. »Das ist die Galeriebesitzerin.«

»Wer?« fragte sie abwesend.

»Die Freundin von der, die gesagt hat, daß sie einen ab dreißig nicht mehr interessieren«, sagte ich aufgeregt.

»Aha, die berühmte Dona Beatriz.«

»Oh, Dona Beatriz!« stotterte der Gitarrist und wurde plötzlich sehr lebhaft.

»Diese netten Menschen sind es doch wert, oder, Ricardo?« fragte Dona Beatriz mit einem unnachahmlichen Lächeln. Sie stützte die Hand auf seine Lehne, die ersten klagenden Töne erklangen, und das Publikum hielt den Atem an. Sie sah uns an und sang für uns, zurückhaltend und zart, *alle Gebete, die man mich lehrte, ich gab sie für einen Kuß von dir.* Ich rutschte auf meinem Stuhl hin und her, neben mir wischte sich jemand eine Träne weg, *als mich dein süßer Kuß bekehrte, vergaß ich Gott und folgte dir.* Joana umklammerte meine Hand und hielt sie ganz fest. »Liebes«, fragte sie, »was ist denn?«

»Jetzt kann ich sterben«, sagte ich, *vor den Toren von Santa Cruz zeigte der Mond mir sein Gesicht.*

Dort vor uns und eigens für uns, hieß es *aus dem Schweigen sind betend erwacht Ave-Marias aus Licht.* Vielleicht hatten wir zuviel getrunken. Vielleicht war es auch eine Wirkung der kollektiven Trance, die uns umgab. Denn nun brach, begleitet von neuen Akkorden, ein unkoordinierter Chor von falschen Einsätzen aus, *Fado, flackernde Flamme des Fanals.* Sie erhoben die Gläser, prosteten sich zu, *geheiligter Gitarrenklang, Vaterunser Portugals.* Da kam sie an uns vorbei, um unter Ovationen und Komplimenten an ihren Tisch zurückzugehen. *Liebesklage, wilder Schmerz traf selbst die Granden tief ins Herz.* Joana sprang hastig auf und verstellte ihr den Weg.

»Mutter«, flehte sie. »Ich kann nichts. Lehren Sie mich.«

Dona Beatriz legte die Arme um unsere Schultern und ließ uns und alle anderen einstimmen in das Ende des Lieds, *stieg auf gar bis ins Königshaus und kam geadelt wieder raus.* Seit diesem Abend standen wir unter der Obhut der Mutter, sie hatte einmal einen Mann sehr geliebt, von dem hatte sie acht Söhne, die alle hochgewachsen waren wie der Vater und ausgezeichnete Fadosänger. Aus der hektischen Großstadt hatten sie sich auf einen Bauernhof in Azambuja zurückgezogen, wo sie sich ernsthaft der Schweinezucht widmeten und den ganzen Tag in Reitstiefeln herumliefen, in Frieden und Harmonie. Sie sangen und tanzten und gaben Festessen, veranstalteten Schlachtfeste, die in die lokale Mythologie eingingen, sprangen im morgendlichen Galopp über Bewässerungsgräben und Korkhaufen, stellten Zinkschüsseln unter die Löcher im Dach, trotzten den rauhen Jahreszeiten und den Krankheiten ihrer Tiere. Eines Tages gestand er ihr, daß ihn seit Monaten ein schrecklicher Schmerz plagte, und ein Jahr darauf starb er, der hängende Garten der Lüste stürzte nieder, und um sie herum war nur noch Wüste. Die Söhne hatten sich bereits über die Welt verstreut, brachen Herzen, schlugen ungewisse Wege ein und kehrten immer wieder einmal zurück in den mütterlichen Schoß der glücklichen Erinnerungen. Sie verkaufte, was von dem Bauernhof noch übrig war, um die Schulden und die Krankenhausrechnungen zu bezahlen, dann dachte sie, daß ihre Erfahrungen als Krankenschwester, die sie unter so traurigen Umständen gemacht hatte, vielleicht auch anderen nützlich sein konnten. So trennte sie sich von den Überbleibseln der Vergangenheit und ging nach São Tomé, wo es um die medizinische Versorgung schlecht bestellt war.

»Du hättest diese Kinder sehen sollen, Keks«, erzählte sie, während sie Kognak und Portwein in eine Glasschüssel gab. »Bezaubernd, einfach bezaubernd. Und so schmutzig, Gott segne sie.«

Zwei Jahre lang lebte sie mit einer Matratze, zwei Stühlen, einem Balken auf Ziegelsteinen, der als Tisch diente, und ein paar Frotteehandtüchern, die sie wohlweislich im Koffer ließ. Sie las nachts im Schein einer Öllampe, und morgens verwendete sie die tägliche Wasserration für eine rasche, kalte Dusche, dann füllte sie die Badewanne, um sich am Abend einzuweichen wie einen Dörrfisch, verstehst du? Und beim kurzen Sonnenuntergang, der die Kokospalmen erglühen ließ, nahm sie auf Bitten treuer Nachbarn oder nostalgischer Seelen auf der Durchreise die Refrains früherer Zeiten wieder auf. *Wenn der Schmerz mein Leben vergällt, sing ich den Fado. Wenn das Heimweh mich überfällt, sing ich den Fado. Geht dir die Hoffnung verloren, wird eine neue dir geboren durch den Fado.* Und wenn die Traurigkeit zu groß wurde und die Einsamkeit, der nicht überwundene Schmerz im Dunkeln stöhnte, tauchte sie ein in die Transparenz des unendlichen Meeres. Sie schwamm in jungfräulichen, smaragdenen und türkisfarbenen Wassern die ausgedehnten Strände entlang, ließ sich tragen und hob den Blick zum Himmel, und alles wurde sanfter. *Läßt das Schicksal dich im Stich, mach es so wie ich, sing den Fado.* Als ihr Vertrag abgelaufen war, ging sie zurück nach Lissabon, mietete eine Portierswohnung, die nicht genügend Wände hatte für ihre kostbare Bildersammlung, kaufte aus zweiter Hand ein kleines rotes Auto und nahm ihre alte Arbeit als Musiklehrerin wieder auf.

»Sie müßten Ihre Zauberformel an ein Handbuch für Raumgestaltung verkaufen«, sagte ich begeistert bei meinem ersten Besuch. »Dies hier ist ein Musterbeispiel für optimale Raumausnutzung.«

»Das Beste ist die Zwischendecke«, sagte sie, die unschlagbar war in der Kunst, vom Thema abzulenken. »Die habe ich dem Minister für Raumplanung zu verdanken, wissen Sie? Er lag dort auf dem Perser und hatte plötzlich eine Eingebung: Oh, Batê, ist Ihnen schon aufgefallen, daß Sie hier ganz wunderbar eine Zwischendecke einziehen könnten? Ein Fall von Berufskrankheit.«

»Mütterchen!« rief ich aufgeregt, »was hat denn der Minister auf Ihrem Perser gemacht?«

»Also Mädchen!« tadelte sie mich von oben herab. »Reden wir über Raumausnutzung oder über was?«

An einem Abend kulinarischer Ausschweifungen, an dem mir erlaubt worden war, ihre Küche zu entweihen, um bei der Zubereitung eines göttlichen Fasanenpatês zu helfen, erzählte ich ihr von dem Kloster und den Schwalben, dann ließen wir die Monoaufnahme eines ungarischen Mönchschors durch das Haus schallen, und zwischen Kapern- und Estragongläschen wurde die außergewöhnliche Idee eines gregorianischen Chores mit Frauenstimmen geboren.

»Wir werden ihn in seinem ursprünglichen Geist auffassen, als seine Form noch nicht so festgelegt war. Bis vor zwei oder drei Jahrhunderten hat man so viel mit ihm herumjongliert, um ihn an den Zeitgeschmack anzupassen, und wir erfinden nur eine weitere Spielart.« Sie warf eine Handvoll Salz in den Topf. »Eine weibliche«, ergänzte sie.

»Weiber und Psalmen, das klingt biblisch, ohne Zweifel.«

»Aber die Psalmen werden nur am häufigsten gesungen«, entgegnete sie, »damit ist die Sache nicht ausgeschöpft, im Gegenteil. Ach, Mädchen, wir werden die ganze Liturgie durchkämmen, jede Messe, das Ordinarium, das Proprium, wir werden Goldkörner sieben bis zum Gehtnichtmehr, verstehst du?«

»Ja, Mütterchen«, sagte ich beeindruckt.

»Und für die Hymne«, fuhr sie in ihrem kreativen Rausch fort, »für die Hymne, Keks, habe ich auch schon eine Idee. Wir werden die Küchengespräche nehmen, mit denen die Frauen das Ende ihrer Unschuld feiern.« Sie sah mich an, den Holzlöffel schwenkend, glücklich und inspiriert. »O Magnificat«, jubelte sie, »die Jungfrau und ihre Base erstrahlen im Glorienschein, dann wird Jesus geboren und enthüllt der Welt, daß wir uns nie im Leben vom Bösen befreien können.«

Ich stand in der gepunkteten Schürze da, weichte die Feigen in einer Wein-Knoblauch-Tunke ein und fand es klüger, zu den praktischen Dingen zurückzukehren, also sagte ich, daß ich schon ein paar Stimmen wüßte, die nicht zögern würden, in das Projekt einzusteigen, nach weiteren müßte Ausschau gehalten werden, aber für die Leitung käme gewiß nur sie in Frage. »Weil unsere Mutter alles, was sie macht, gut macht«, fügte ich hinzu, das große Messer in der Hand.

Sie lächelte nachdenklich. »Das stimmt, Keks, alle sagen das. Aber weißt du, das, was ich wirklich am besten kann, habe ich schon lange nicht mehr gemacht.«

»Was denn?« fragte ich.

»Das, worin ich wirklich gut bin«, erklärte sie und zündete sich eine Zigarette an, »meine eigentliche und größte Begabung.«

»Was denn?« wiederholte ich.

»Einen Mann glücklich machen.«

Ich ließ die Arme sinken und sagte, wenn ich einmal erwachsen wäre, wollte ich auch so sein. Als ich Joana dann von der Lektion jenes Mittags erzählte, lachte sie und meinte, daß wir nie erwachsen würden.

»Dieser Hund wird einmal sehr groß«, brachte sie mit Mühe heraus, den Computer hatte sie ausgeschaltet.

»Catarina hat ihn mir mitgebracht«, stotterte ich und wußte nicht weiter.

»Ach, wie geht's ihr denn?«

»Gut geht es ihr«, antwortete ich, und da merkte ich, daß ich wieder zu weinen angefangen hatte.

»Nicht weinen«, bat Joana, und in ihren Augen standen Tränen, »bitte nicht weinen.«

»Aber siehst du denn nicht, daß ich ohne dich nicht leben kann?« schrie ich voller Verzweiflung, sogar Herr Cardoso zwei Stock tiefer mußte es gehört haben.

Sie stand auf, zögerte, trat einen Schritt vor, zögerte erneut und packte mich plötzlich bei der Hand.

Nusha

Gib ihnen, was sie verdient haben.
Auch ihre Kinder werden davon satt,
es reicht sogar noch für die Enkel aus.

PSALM 17, 14

Ich umarmte sie und fühlte sie unter dem Druck meiner Arme beben, wir blieben mitten im Raum stehen und weinten leise, unter dem interessierten Blick José de Oliveira Cosmes, der von den Erschütterungen, die wir ausgelöst hatten, aus irgendeiner zeitlosen Vorhölle erwacht war. Dann ließ sie sich in einen Stuhl fallen und zog mich mit zitterndem Kinn an sich, ich kniete zu ihren Füßen, und sie begann, mir über das Haar zu streichen.

»Du kannst das nicht«, hatte der Musikerfreund erklärt und meine Hand zur Seite geschoben.

Am Vortag war Joana von einem Abendessen bei mir mit einem Verehrer weggefahren, der sich an sie gehängt hatte. Sie mußten nur Wind davon bekommen, daß Piu-Piu verschwunden war, schon kreuzten sie auf wie die Zugvögel. Ich weiß nicht, was die beiden bis zum frühen Morgen machten, aber als ich Joana bei ihrer Mutter abholte, zu einer Strafexpedition zum Markt von Carcavelos, war sie so verschlafen, daß sie kein vernünftiges Wort herausbrachte. Nach einer halben Stunde gab sie auf, weil sie die Hitze und die vielen Leute nicht aushielt, sie brauchte ein Bett.

»Mein geheimer Mutant wohnt hier gleich um die Ecke«, sagte ich, aber wirklich nur im Scherz.

»Das ist eine Idee!« stimmte sie mit ihrem Sinn für das Praktische zu. »Ich geh dorthin, klingle, sage, daß ich deine Freundin bin und daß du gleich kommst. Dann schau ich mir mal den Kerl an und schlafe ein bißchen. Und du kommst mich abholen, weil dein Geld alle ist. Ist das nicht ein idealer Vorwand? Zu allem Überfluß siehst du heute unverschämt gut aus. Sag mir nur die Adresse und das Stockwerk, den Rest erledige ich.«

Zwei Stunden später tauchte ich dort auf, mit meiner Segeltuchtasche voller bunter Baumwollteile, und ich wußte nicht recht, was mich erwartete. Der unruhige Musiker öffnete mir in Schlafanzughosen und blinzelte in die Julisonne, er machte mich sehr glücklich, als er mir gestand, daß das Leben ohne mich trübe und uferlos sei, und gleich darauf fügte er hinzu, daß Joana schlafe und daß er, der Ärmste, auch gern noch ein bißchen schlafen wolle. Da mein Schlaf in den letzten Tagen zu kurz gekommen war, zog ich die Sandalen aus und schlüpfte behaglich zwischen die Laken. Er legte den Arm um mich, und Joana, die zusammengerollt am linken Rand lag, entließ ein zweifelhaftes Stöhnen aus den Tiefen ihres Unterbewußtseins, als sie in entrückter Ferne unsere Anwesenheit spürte.

»Sie ist so süß, wenn sie schläft«, sagte ich entzückt und fühlte mich glücklich.

Ich streckte die Hand aus und streichelte ihr sanft über das Haar, sie lächelte wie von ferne, träum schön, mein Liebes.

»So macht man das nicht«, protestierte der Gitarrist und schob meine Hand beiseite, um es mir vorzumachen.

Ich blieb auf dem Bauch liegen, in einem ruhigen und süßen Schwebezustand, und betrachtete die langen Finger meines Liebhabers im blonden Haar meiner besten Freundin und dachte mir, daß wir alles wußten, daß wir alles vermochten und hier, wo wir lagen, uns niemand etwas anhaben konnte.

»Nur gut, daß uns niemand sieht«, sagte ich in einer plötzlichen Anwandlung von praktischer Vernunft.

Zwei Frauen in einem verlassenen Gebäude, mitten in der Nacht, die leise weinen, ohne Ende, ohne Kräfte. Wie traurig. Wie peinlich.

»Liebes, hör mir zu«, sagte sie, »wenn ich dir alles erzählt habe, kannst du mir vielleicht nicht mehr verzeihen. Oder ich kann dir nicht mehr verzeihen. Ich möchte nur, daß du weißt, ich hab dich sehr gern. Ich habe dich immer sehr gern gehabt.«

»Joana, ich mag dich so sehr«, erwiderte ich. Ich legte die Stirn in ihre Hand.

»Letzte Woche habe ich einen Film in der Gesäßtasche von Fernandos Hose entdeckt«, sagte sie schließlich heiser und tonlos. »Er hat sie in die Wäsche getan und muß den Film vergessen haben. Ich habe nichts gesagt, habe ihn eingesteckt, und als ich aus dem Institut kam, habe ich ihn im Shopping-Center entwickeln lassen.

»Joana!«

»Ich weiß, das ist sehr häßlich. Aber beruhige dich, es kommt noch schlimmer.«

Ich gab ihr einen Kuß auf die Hand.

»Über diese Dinge spricht man nicht«, sagte sie jetzt mehr zu sich selbst. »Man verstrickt sich in etwas irgendwo ganz unten, wo es niemand sieht, man fällt sehr tief, aber nie dringt etwas an die Oberfläche. Ist es nicht so? Als ob es das alles nicht gäbe. Aber wir wissen doch, wie das geht, alle Frauen haben das durchgemacht, oder? Danach vergessen wir es, weil wir sehr geschickt darin sind zu vergessen, woran wir uns nicht erinnern wollen, aber das ist eine andere Geschichte. Nun, der halbe Film war voll mit Gruppenaufnahmen von einer sehr ... frivolen Fete, um es mal harmlos auszudrücken, und die andere Hälfte war am selben Ort gemacht worden, aber das waren Aufnahmen von einer nackten Frau in verschiedenen Stellungen auf einem orangefarbenen Sofa. Ja, Farbfotos waren es.«

Joana, hatte ich immer gesagt, du hast mein Herz erobert, weil du anders bist als die anderen Mädchen. Und du, du existierst für mich gar nicht, hatte sie dann geantwortet. Und wir taten so, als küßten wir uns auf den Mund, um die anderen zu schockieren. Aber auch ich, ungeachtet unseres Andersseins, war tagelang eine andere Strecke gefahren als sonst, nur um zu sehen, ob hinter einem bestimmten Fenster Licht brannte. Auch ich hatte eine gewisse Telefonnummer gewählt und aufgelegt, wenn abgenommen wurde, nur um die unerträgliche Anwesenheit einer bestimmten Person zu stören. Eines Abends, das Institut war schon menschenleer, erzählte mir Dona Benvinda, auf ihren Schrubber gestützt, mit einem wilden Lächeln und ohne Umschweife oder Scham, daß sie und ihre Cousinen in jener Nacht im Pinienwald hinter der Bushaltestelle dieser Hündin auflauern würden, die ihrer jüngsten Schwester gerade den Mann ausspannte, einen ordentlichen Denkzettel würden sie ihr verpassen. Und eines

Nachts beim Friseur, als alle bereits bezahlt hatten, senkte Vera den Blick und verriet mir mit einem beängstigenden Flüstern, sie habe genau gewußt, daß er sich danach eiligst anziehen und zu der anderen gehen würde, der Lump, deshalb habe sie seinen Schlaf ausgenutzt, er schnarchte wie ein Ochse, und mit rotem Lippenstift kurzentschlossen und wutentbrannt »ewig Dein« auf seinen Hintern geschrieben. Wir haben Bücher gelesen und Filme gesehen, Platten gehört und Bilder angeschaut, wir haben studiert und reflektiert, doch unsere Schattenseiten haben wir hinter Schloß und Riegel verbannt, wir haben sie vergessen, weil wir so groß darin sind zu vergessen, woran wir uns nicht erinnern wollen. Wirklich wahr, Joana, ich hab es dir nie erzählt, wir waren schon gut befreundet, da hatte ich einen Liebhaber, der mich mitten in der Nacht weckte, weil es entweder sofort sein mußte oder er Kopfschmerzen bekommen würde. Ich habe auch einmal aus einem Café heraus einen Mann beobachtet, der von der Arbeit kam, um zu sehen, ob er wirklich allein ins Auto stieg. Wer ohne Sünde ist, werfe den ersten Stein.

»Aber die Fotos waren unscharf, und man sah nie das Gesicht«, sagte Joana, »auch die Beine nicht und keine Bikiniabdrücke, doch sie hatte ein Muttermal auf der Brust. Also habe ich die Alben mit den Strandfotos herausgesucht, um zu sehen, ob sich mein Verdacht bestätigte.

»Joana«, seufzte ich.

»Wenn du denkst, das war schon das Schlimmste, täuschst du dich gewaltig. Ich habe alle Fotos genau angesehen, und wie ich es geahnt hatte, konnte es nur Nusha sein. Hast du gehört? Die N, u, s, h, a, mit s und h, gelobt sei der Herr!«

Die Nusha mit s und h war die Chefin von Piu-Pius Werbeagentur, die Joana immer mit ausgesuchter Bosheit beschrieben hatte: diese tiefe Stimme, wie das Tuten der Dampfer auf dem Tejo bei Nebel.

»Gott bewahre mich davor, bei dir in Ungnade zu fallen, wenn du so über Leute redest, die du nicht magst«, sagte ich lachend in meiner Arglosigkeit.

»Nein, hör mal zu«, erwiderte sie und ließ ihren Fahrradlenker los, ihre Augen blitzten vor Bosheit. »Sie kreuzt immer mit einer Art Neffe auf, dem Sohn von irgendeinem Bruder, den sie erzieht, sie züchtet ihn für sich heran, verstehst du? Gerade mal fünfzehn, der Arme, dümmliches Gesicht, aber na ja. Sie stellt sich in Pose und sagt zu ihm, Baby, bring mir den Schnuller, das heißt, er soll ihr die Zigaretten bringen. Verstehst du, das arme Kind hat einen Schaden fürs Leben.«

Allein mit sich in der regnerischen Nacht von Praia das Maças, mit dem Meer, das gegen die Klippen brandete, glaubte Joana, daß der undeutliche Körper auf den Fotos der Körper von Nusha war, und sie zitterte, weinte, trank im Stehen und im Dunkeln, an die Küchenbank gelehnt. Einige Tage zuvor war Fernando Jorge in eine neue Krise geraten, schlimmer denn je. Sie beobachtete ihn auf Schritt und Tritt, stellte ihm Fallen, lauerte ihm hinter einer Ecke auf, alles umsonst. Schließlich, am Freitag, hatten sie sich auf elf Uhr verabredet, um zu einer Fete nach Sintra zu fahren, sie zog sich an, schminkte sich und war um halb elf fertig. Die Minuten verstrichen, aber er kam nicht, meldete sich nicht und hatte auch nichts hinterlassen. Er ist um zehn mit dem Guedes weggegangen, sagte die Telefonistin mitleidig, armes Mädchen, sie ist so lieb, verfluchte Männer. Die Krankenhäuser um Mitternacht wußten nichts von ihm, der Regen trommelte gegen die Scheiben, und eine näselnde Stimme belästigte sie lautmalerisch mit anonymen Anrufen, ausgerechnet in dieser Nacht.

»Ich bin völlig durchgedreht«, sagte Joana und blickte starr geradeaus. »Da ich schon durchgedreht war, hatte ich nichts mehr zu verlieren, ich band meine Haare zusammen, stieg in den Overall, zog die schwarzen Stiefel und die Handschuhe an, griff mir eine Peitsche und einen Eisenspieß, setzte mich ins Auto und fuhr bei diesem Sturm nach Estoril. Ja, zur Nusha.«

Und wenn nötig, hätte sie die Tür eingeschlagen, und wenn man versucht hätte, sie zu verhaften, hätte sie einen Aufstand gemacht, der die Welt erschütterte. Mit einem Stück Draht öffnete sie den Riegel an der Pforte, und sie hängte sich an die Klingel, als hätte sie keinen anderen Halt mehr im Leben. Ein hochgewachsener Mann mit Backenbart spähte nach langer Zeit durch den Türspalt. Die Nusha schläft bereits, meine Dame. Soll ich ihr etwas ausrichten?

»Joana, Joana, Joana«, sagte ich bekümmert.

Sie fuhr mit zusammengebissenen Zähnen durch das Sintragebirge zurück, geriet ins Schleudern, hinterließ in dem dichten Nebel Reifenspuren auf dem Randstreifen. Die Lichter des Guincho verschwanden in der Ferne, wahrscheinlich hatte sie eine Katze überfahren, denn am Kotflügel klebte Blut, als sie das Auto mit einem heftigen Ruck vor der Haustür zum Stehen brachte. Er war nicht da, und auf dem Anrufbeantworter fand sie nur das dumpfe Gekeuch des Anonymen, sie ging hinaus und warf in Windeseile seine Sachen in die Koffer, hau ab, du nichtsnutziges Gespenst. Bleib mir um Himmels willen vom Leibe. Sie hörte seinen Schlüssel, als es schon nach drei war, erschöpft und verloren stand sie vor ihm, zu ihren Füßen, unordentlich aufgetürmt, das Gepäck. Natürlich hatte sie getrunken, natürlich hatte er viel mehr getrunken.

»Ich will dich nie wieder sehen«, sagte sie und erschrak, weil sie plötzlich ganz ruhig war.

Er lächelte und lockerte den Knoten seiner schiefen Krawatte, fuhr sich durch die durchnäßten Haare, zuckte die Schultern und begann seine Sachen ins Auto zu räumen. Sie zündete eine Zigarette an, setzte sich auf die Stufen und sah zu. Dann entzündete sie am Rest der Zigarette die nächste. So rissen sie die letzten Brücken nieder, ohne einen Blick oder eine Geste, mit der grausamen Kälte des endgültigen Hasses.

»Dann hätte ich ja noch ein paar Stunden bei deiner besten Freundin bleiben können«, sagte unser Piu-Piu, bevor er die Tür zuzog und für immer verschwand.

Margarida

Wäre er immer mein Feind gewesen,
er, der mich jetzt beschimpft,
ich könnte es ertragen!
Hätte er mich immer schon gehaßt,
er, der sich über mich erhebt,
ich wäre ihm aus dem Weg gegangen.
Doch nein, du bist es,
mein engster und vertrauter Freund!
Wie haben wir unsere Gespräche genossen;
einmütig gingen wir in Gottes Haus!

PSALM 54, 13,14,15

»Ich dachte, du wolltest, daß ich mit ihm schlafe«, sagte Margarida an jenem Tag, an dem sie aufhörte, meine beste Freundin zu sein.

»Frag mich nicht warum, aber sie hatten mir gesagt, daß Margarida allein an der Bushaltestelle stand, und so habe ich sie im Auto mitfahren lassen«, sagte der Ökonomiestudent, als wir wieder einmal beschlossen hatten, ganz offen miteinander umzugehen.

»Das Schlimmste an diesen Situationen ist, daß sie sofort zu einer beliebten Anekdote werden«, schloß Celeste an jenem Abend, an dem sie mir erzählte, daß sie fast einmal zum Psychoanalytiker gegangen wäre, weil sie sich während eines Abendessens bei einem Techtelmechtel unter dem Tisch mit dem Mann ihrer besten Freundin ertappt hatte, als sie zu dritt bei fritiertem Krebs zusammensaßen, in der Eintracht alter Kampfgefährten, nach außen hin ohne Geheimnisse oder Spannungen.

Damals ahnte ich noch wenig von den harten Kämpfen in der Welt der Erwachsenen, ich glaubte mit jungfräulicher Überzeugung an die Tugend des großzügigen Teilens, und es machte mir nichts aus, daß Margarida es offensichtlich darauf angelegt hatte, mit allen meinen Freunden ins Bett zu gehen. Es traf mich nur beim letzten Mal, denn da war ich nicht mehr ganz so jung und meine Überzeugung nicht mehr ganz so jungfräulich. Das Schlimmste war nicht, daß der Vorfall zur Anekdote wurde, sondern daß sie als einzige meine intimsten Geheimnisse kannte und sie zur Befriedigung seiner morbiden Neugier brühwarm und in allen Einzelheiten an ihn weitergab, Geständnisse, die ich ihr nachts im Bett unter strengster Geheimhaltung gemacht hatte. Margarida hat mir erzählt, daß du letztes Jahr, vor zwei Monaten, in einer früheren Inkarnation –. Ich verachtete ihn, und ich verachtete sie. Ich wollte mich nur noch wegzaubern und an einem fernen Ort in meinen Körper zurückkehren, ein langes Bad nehmen, das den Gestank und den Verrat wegwaschen würde, es gibt niemanden, der uns warnt. Es ist so einfach, sich zu verlieben, aber niemand kann uns lehren, wie man den Geliebten wählt und wie man mit ihm umgeht, kein Rezept, keine Formel, warum hat mir niemand gesagt, daß ich, wenn ich hier drücke, einen stechenden Schmerz auf der anderen Seite spüre. Und es ist genauso einfach, Menschen zu mögen, aber niemand kann uns beibringen, Freundschaften zu wählen und zu pflegen, kein Wörterbuch, keine Stilkunde, warum hat mir niemand gesagt, daß jemand, der mich mag, mir so viel Böses zufügen kann.

»Du nimmst alles so schwer«, sagte Margarida auf ihre sarkastische Art, die mich damals so faszinierte. »Ich wette, du hast die Muster für die Blumenstickerei zur Prüfung in der vierten Klasse selbst entworfen.«

Ich gab mich geschlagen, denn ich hatte nicht nur alles allein gestickt, sondern sogar die Vorlage entworfen, niemand hatte mir geholfen, es war ein Tulpenfeld.

»Aber es waren psychedelische Tulpen«, verteidigte ich mich. »Ohne Perspektive, ohne Proportionen, violett, orange, grün, verstehst du. Und ohne Stiel und Blätter, ich schwör's dir.«

»Der Blumenstich ist die perfekte Allegorie auf die Mädchenerziehung«, philosophierte sie, die eine Schwäche dafür hatte, niederträchtige Inhalte in komplizierte Symbole hineinzulegen. »Einen vor, einen halben zurück, einen vor, einen halben zurück, so daß am Ende die Linien viel kräftiger sind als bei einem einfachen Stich. Vielleicht haben die Handarbeitslehrerinnen es nie geahnt, aber was sie uns beigebracht haben, war die kosmische Formel zur Erklärung der Welt, das Alphabet der Frauen.

Sie stellte die Nähmaschine ab, schob die Brille hoch und sah mich durch das Nadelöhr an.

»Und es ist nun einmal so, daß der Hälfte der Initiierten der ehrwürdige kosmische Code völlig egal ist«, fügte sie hinzu, während sie die Stecknadeln aus dem Schnitt herauszog. »Das sind dann diejenigen, die wie ich zur Prüfung einen schönen Stoff mitnehmen, den die Mutter oder die Tante bestickt hat. Die anderen können nicht erklären warum, sie sind ja noch sehr klein, aber sie respektieren von Anfang an das geheime Alphabet. Und Hinterwäldler wie du sticken nicht nur die Tulpen selbst, sondern denken sich sogar noch die Vorlage aus. Die Schafe zur Rechten und die Ziegen zur Linken, die Wahl war getroffen, als uns das Lätzchen umgebunden wurde.« Sie biß den Faden ab. »Fünfzehnhundert für die Behandlung, meine Dame«, schloß sie. »Wir stellen keine Quittungen aus und akzeptieren keine Krankenscheine.«

Es gibt einen Tag, an dem sich alles ändert, weil wir an einem bis dahin nicht gekannten Blick, einer andersartigen Geste verstehen, daß wir zum ersten Mal eine beste Freundin gefunden haben. Wir erleben ein ungeahntes Glück, wir warten morgens auf sie, gehen gemeinsam ins Bett, öffnen ihnen Tür und Herz, sitzen mit ihnen im Nachthemd auf dem Bett und rauchen heimlich, reden, während alles schläft, über die Kunst des Küssens, über Peinlichkeiten und Ängste, über Erniedrigungen und Tragödien. Wir schreiben Ferienbriefe, erfinden Geheimsprachen, empfangen schließlich den Dolchstoß des Verrats und der Widerrede, du bist nicht mehr meine beste Freundin, nein, jetzt bin ich die beste Freundin einer anderen.

»Meine erste beste Freundin hat mich nur noch Dicke genannt, als ich ihr einmal meine Komplexe gestanden habe«, warnte mich Joana an jenem Tag, als wir uns unter Lachanfällen und Gewitzel über unseren Rückfall in die Kindheit mit einer Stecknadel in den Arm stachen, um unsere Blutsgemeinschaft zu besiegeln. »Was immer auch geschieht, hüte dich, mir Böses anzutun. Bei erwachsenen Menschen gibt es keine Nachsicht mehr.«

Wir werden größer, und unser Körper verändert sich, wir verfolgen vor dem Spiegel das langsame, das schrecklich langsame Wachstum des Körpers einer Frau, die es noch nicht gibt. Wir vertrauen und mißtrauen, wir sehen, wie sie dem Jungen, der immer in unseren Träumen auftauchte, die Hand gibt, und weinen auf der Toilette. Wir schreiben Tagebücher, die wir später einer neuen Kandidatin zeigen. Eines Tages machen wir den Führerschein und haben ein eigenes Einkommen, aber wir wissen noch immer nicht, wie man sich vor bösen Überraschungen schützt.

»Körperwärme«, sagte Margarida, wenn wir gemeinsam auf meiner schmalen Matratze schliefen, und ich lachte aus vollem Hals, aufgeregt und begeistert, denn ich hatte meine andere Hälfte bei mir.

»Weinst du nie, Margarida?« fragte ich sie fasziniert.

»Es gibt nichts, wofür es sich lohnen würde, Wasser zu verschwenden«, antwortete sie, erfahren und hart, und ich fand sie großartig, obwohl meine Freunde sie dick, grob und aggressiv fanden, kannst du nicht den Schäferhund zu Hause lassen, wenn du zu mir kommst?

»Wenn du mich magst, dann mußt du mich mit Margarida mögen«, verkündete ich trotzig.

»Ich hätte nie gedacht, daß du mich wegen eines Mannes verlassen würdest«, sagte sie am letzten Tag mit einem etwas giftigen Unterton.

Nur meinetwegen verlasse ich dich, dachte ich, sprach es aber nicht aus. Neben den üblichen Witzeleien hatte sie plötzlich kleine Seitenhiebe losgelassen, subtile Gemeinheiten, Schüsse aus dem Hinterhalt, die mich mitten ins Herz trafen, ich mochte sie so gern. Ich gab ihr so viel, bekam auch viel, aber zwischendurch trafen mich die Giftpfeile, ich wollte einfach nicht mehr.

»Es mag dir lächerlich erscheinen«, sagte ich zu Celeste, und zu der Zeit wußte ich schon sehr gut, daß die Liebe unter Frauen unser Leben erstrahlen lassen kann und daß sie wie ein Gewitter über uns hereinbrechen kann, wenn es uns an Erfahrung und Übung fehlt, »aber es gibt Kleinigkeiten, die man irgendwann nicht mehr erträgt, es muß das Alter sein, was weiß ich. Zum Beispiel habe ich ihr einmal anvertraut, und das war ein echtes Staatsgeheimnis, daß ich in jener schrecklichen Zeit so viele

Pickel hatte und daß mir immer noch der Boden unter den Füßen wegsank, wenn jemand auf eine dermatologische Unreinheit in meinem Gesicht anspielte, mochte sie noch so winzig sein. Wirklich wahr. Und seit jenem Tag ließ sie keine Gelegenheit aus, im Beisein anderer zu sagen: hast du diesen Pickel schon bemerkt, den du da hast?«

»Hast du später noch mal mit ihr gesprochen?« fragte Celeste.

»Sie rief mich einmal an, und wir gingen essen, ungefähr ein Jahr später. Es war merkwürdig, äußerst merkwürdig. Es war an meinem ersten Urlaubstag, und ich war überglücklich, ich ging am Vormittag an den Strand mit dem Geliebten, den ich damals hatte, fuhr zurück nach Lissabon in diesem Zustand von Schwerelosigkeit, daß ich gleich dreimal um die Rotunda herumfuhr, bis es mir einfiel, einen Parkplatz zu suchen. Und plötzlich, ohne Vorwarnung, saß ich in einem dunklen Café, trank Kakao und aß ein Schinken-Käse-Sandwich, und mir gegenüber eine sehr häßliche Frau, die nur vom Geldverdienen redete, wie man Unmengen von Geld verdiente, Berge von Geld anhäufte, ob das mit den Kühen Geld brächte, du kannst es dir nicht vorstellen. Es ist verblüffend, was die Zeit aus unseren großen Zuneigungen macht.«

»Niemand kommt allwissend auf die Welt«, sagte Celeste belehrend.

Wir kamen in einer ruhigen Nacht aus dem Studio, wo wir letzte Hand angelegt hatten an die berühmte Sendung über künstliche Besamung, und ich hatte mich mühsam eingearbeitet in die akrobatische Kunst, wissenschaftliche Aussagen in verständliche Botschaften von fünzig Sekunden Länge zu verpacken. Zur gleichen Zeit arbeitete sie mit Eifer an einer Serie über das kollektive Selbstbild der Portugiesen, für die sie eine Tonaufnahme brauchte. Daher hatte ich ihr zwei Wochen zuvor den melancholischen Musiker vorgestellt, der gerade mein liebster Zeitvertreib war.

»Unser Gitarrist ist ja wirklich ein Süßer«, sagte sie unvermittelt, plötzlich in verändertem Tonfall.

»Hmm«, stimmte ich zu, erschreckt und sehr verlegen, weil wir damals noch nicht vertraut genug waren, um uns alles zu erzählen, und ich ahnte wehrlos, daß gleich ein unliebsames Geständnis folgen würde.

»Ich steh nun mal auf hübsche Jungs«, redete Celeste munter fort.

Ich fuhr schneller, um so rasch wie möglich zu ihrer Haustür zu gelangen, ich will es nicht hören, bitte, denn es ist schon zu spät, die Sache wieder ins Lot zu bringen.

»Aber der Junge will nicht so recht«, klagte sie, und ich drückte in meiner Verzweiflung auf die Lichthupe, »er kommt zum Essen, wir reden, reden, reden, bis ich heiser werde, Ehrenwort. Wir leeren alle Flaschen, schmieden Pläne, manchmal spielt er mir was vor, ganz toll, und nichts weiter. Nichts! Um sieben Uhr morgens sagt er dann, daß er ins Bett muß, und das war's dann, ich ruf dich an. Ja, ich selbst falle fast um vor Müdigkeit, und es passiert nichts. Glaubst du, daß mit ihm etwas nicht stimmt?«

Celeste, schrie mein aufgewühltes Inneres, halt die Klappe, dieser Mann gehört mir. Das ist der Grund, siehst du denn das nicht? In der Enge des Autos, im Dunkeln und mit unendlich vielen Kreuzungen, Einbahnstraßen und Busspuren zwischen uns und dem Ende des Spiels versuchte sie mir näherzukommen, während ich versuchte, ihr zu entfliehen, holt mich hier raus! Erzähl nicht weiter, erzähl mir nicht alles, denn jetzt würdest du mir nicht mehr verzeihen, wenn du die Wahrheit wüßtest. Und ich wußte mittlerweile die ganze Wahrheit. Doch es war keine Absicht gewesen, es lag in der Luft. Als ich sie zusammengebracht und später allein gelassen hatte, verspürte ich das Gefühl, das man in diesen unklaren Situationen hat, und Celeste zögerte nicht lange, wenn sich ihr etwas bot. Er kommt heute nicht mit, weil er mit Celeste arbeitet, sagte ich ein paar Tage später zu Joana und legte auf das Wort arbeiten ein besonderes Gewicht. Ich zog die Augenbrauen hoch, und sie runzelte die Stirn, nein, nein, sie arbeiten wirklich nur, wir lachten herzhaft und gingen los. Wir sind so clever, so raffiniert. Wir treiben versteckte Spielchen miteinander, dann gehen in unseren Händen die Raketen los, und wir wissen nicht, wie wir diese süßen kleinen Teufel, die wir einfach mal loslassen wollten, wieder in die Spielzeugkiste zurückkriegen sollen. Entschuldige, Celeste, entschuldige, entschuldige, entschuldige.

»Entschuldige, Liebes«, murmelte Joana und wickelte mein glattes Haar um ihren Finger, »entschuldige. Bestimmt tue ich dir Unrecht, und vielleicht verzeihst du mir nie, entschuldige, aber ich dachte nun einmal –. Als er das sagte, fiel mir plötzlich ein, daß er in den letzten Wochen sehr viel von dir geredet hat, nach dir gefragt hat, anderen Leuten Geschichten über dich erzählt hat, ich weiß, daß es dir nicht gut geht, ich weiß. Und du –« Sie brach in Schluchzen aus, und ich legte den Kopf in ihren Schoß, unfähig zu reden, unfähig zu denken.

»Liebes«, rief sie in ihrer Verzweiflung, »siehst du denn nicht? Du trägst auch keinen Badeanzug und hast ein Muttermal auf der Brust.«

»Joana«, stöhnte ich.

»Und Celeste rief mich an«, ihre Worte überschlugen sich, so eilig hatte sie es, zum Schluß zu kommen, »gestern morgen, Fernando war gerade ein paar Stunden weg, und ich weinte wie eine Verrückte. Sie sagte, daß du bei ihr seist und es dir gar nicht gut gehe, daß du am Freitag um drei Uhr nachts an einen Hund geklammert bei ihr aufgetaucht seist und so aussahst, als würdest du gleich tot umfallen, ich solle mich um dich kümmern, denn es gehe dir wirklich dreckig.«

Sie stieß mich weg, stand auf und drehte mir den Rücken zu, um zum Ende zu kommen.

»Um drei Uhr morgens kam auch Fernando nach Hause«, sagte sie und blickte dabei, am ganzen Körper zitternd, auf den ausgeschalteten Computer. »Ich weiß, daß Catarina mit dem Achtuhrzug kam, ich weiß, daß du mit ihr und diesem ToPê essen warst, aber sie wollten noch zu dem Häuschen fahren, sie können also nicht viel später als elf Uhr losgefahren sein. Und um diese Zeit verschwand auch Fernando, die Telefonistin hat ihn mit dem Guedes ungefähr um zehn Uhr weggehen sehen.«

Ich spürte, auf dem Boden kniend, vor einem leeren Stuhl in einem Büro des zweiten Stocks, wie die Erde bebte und die Wände wackelten.

»Deshalb sag mir«, flehte sie, und sie meinte es nicht im Scherz, »ich will es nicht glauben, aber seit gestern früh glaube ich nichts anderes mehr. Sag mir, wo du am Freitag warst, nachdem du Catarina verlassen hast, bis zu dem Zeitpunkt, als du bei Celeste aufgetaucht bist, sag es mir, beweise es mir, erlöse mich um Himmels willen von diesem Alptraum.«

Jacinta

Ihr habt die Macht
und mißbraucht sie zu Lüge und Verleumdung;
ihr zieht meine Ehre in den Schmutz.
Wann hört ihr endlich damit auf?

PSALM 4,3

Einmal liebte ich einen Mann, und kurz vor dem Valentinstag kaufte ich ihm eine Seife von Cacharel, versteckte sie in einer Kommode, die vollgestopft war mit alten Stromrechnungen, Garantiescheinen, dienstlichen Entwürfen, und wartete auf die Gelegenheit, sie einwickeln und mit einer passenden Karte versehen zu können. Am nächsten Tag kam er ganz aufgeregt nach Hause, weil er ein wichtiges Papier vermißte, ich hörte sein Fluchen und Türenschlagen, während ich versuchte, mich auf die Statistiken der Milchkooperativen zu konzentrieren, und plötzlich stand er vor mir, die Gekränktheit in Person, und hielt mir das besagte Stück Seife hin, mit einer Geste, die verächtlicher war als die angewiderte Bemerkung, mit der er mich niedermachte.

»Du solltest dir wenigstens einen Liebhaber zulegen, der so viel Geschmack hat, dir keine Männerseife zu schenken«, spuckte er aus.

Damals entdeckte ich, wie wir uns fühlen, wenn wir von einem geliebten Menschen zu Unrecht beschuldigt werden und nicht in der Lage sind, den Schmutz, das Mißtrauen, die Verstimmung mit einer Handbewegung wegzuwischen. Joana, könnte ich ihr jetzt antworten, ich hätte nie gedacht, daß du mich wegen eines Mannes verlassen würdest. Joana, könnte ich ihr mit dem Schmerz der verlorenen Glaubwürdigkeit ins Gesicht schreien, nach allem, was ich durchgemacht habe, nach all den Tränen, wie kannst du es wagen, ausgerechnet du, so etwas von mir zu denken? Joana, könnte ich ihr an der Tür sagen, für immer gedemütigt, ich will dich nie wiedersehen. Aber bevor sie selbst es dachte, vielleicht sogar bevor sie selbst es begriff, begriff ich es. Dort stand die Frau, die seit über zehn Jahren an meinem Seelenleben teilhatte. Sie hatte mich lieben sehen, straucheln, lügen, alles schlimmer machen, leiden, verzeihen, hatte mich in Zeiten, da mich der Teufel ritt und in Zeiten der Abbitte und der Gewissensbisse begleitet, hatte mich zur Vernunft gerufen im Wissen, daß ihre Mühe vergeblich war. Sie war an meiner Seite gewesen, weil sie immer da sein würde, wo ich war, ich hatte gelacht und meine Mähne geschüttelt, sie ausgetrickst und in der Küche eingeschlossen. Ich hatte die Tür aufgemacht und fand sie Bier trinkend und mit einer Tüte Kartoffelchips in der Hand. Sie zwinkerte mir zu, das finde ich aber nicht gut, meine Liebe, das finde ich nicht gut. Sie hatte meine Schleichpfade, Labyrinthe und Sackgassen kennengelernt, sie war von Situationen überrascht worden, die von außen gesehen so häßlich waren, so unfein, aber ich hatte immer eine Erklärung auf Lager, die alle anderen ausstach. Wo man die perfekte Logik meiner komplizierten Beweggründe am wenigsten erwartete, mischte ich neu und gab noch einmal aus, und dann klang alles ganz anders, das wußte sie, das wußte sie so gut wie sonst niemand.

»Ich habe versucht, mir einzureden, daß du so etwas nie tun würdest«, sagte sie und suchte in ihren Taschen nach einer neuen Packung Zigaretten. »Aber dann mußte ich immer an deine unglaublichen Erklärungen denken, und ich wußte, daß du auch diesmal eine absolut logische und überraschende Rechtfertigung parat haben würdest, verzeih mir, Liebes. Ich habe das so oft gehört, daß ich jetzt nicht anders kann, als dir zu mißtrauen. Sag es mir bitte, du mußt es mir sagen. Sag mir, wo du warst.«

Ich blieb auf dem Bürgersteig stehen, bis die Rücklichter in der Kurve verschwunden waren, ich weinte, und es regnete, was sollte aus mir werden. Ich setzte mich ins Auto und spürte erst jetzt die schläfrige Anwesenheit des Hundes, ließ den Kopf aufs Steuer sinken und schloß die Augen, was sollte aus mir werden. Ich fuhr ziellos umher, ach Mutter, Mutter, Mutter, warum bist du weggegangen, was mache ich jetzt. Ich zitterte vor Angst und Traurigkeit, ließ mein Leben an mir vorüberziehen, und es tat mir leid um meine Träume. Ich schaltete das Radio aus, die Straße vor mir war verschwommen, ich trocknete mir erneut die Tränen. Nach langer Zeit stand ich schließlich vor der Haustür und wollte hinaufgehen, hinter den Fenstern brannte Licht. Entschuldige, einfach nur: entschuldige, laß uns von vorn anfangen. Ich stellte mir vor, daß ich pathetisch und verloren ins Zimmer eintreten würde, den schlafenden Hund im Arm, so klein, so vertrauenerweckend. Er würde erschreckt die Kopfhörer abnehmen, wir würden uns schweigend ansehen, ich würde leise entschuldige sagen, entschuldige, der wehrlose Hund würde Katalysator für das sanfte Wunder sein, und kurze Zeit später würden wir schlafen. Mein Bett, dort oben, in diesem beleuchteten Stockwerk, dort steht mein Bett, dort sind meine Sachen, das Gerüst meines Alltags.

»Ein anderer Mann läßt sich leicht auftreiben«, hatte Elsa einmal gesagt, als sie ganz allein dastand auf der Welt. »Aber das Motorrad, so ein Motorrad kriegt man nie wieder. Da ist alles zu spät.«

Als ich bei dem Mann mit der Seife das ganze Geschirr zertrümmert hatte, rannte ich hinaus und schrie, daß ich ihn nie wiedersehen wollte, und ging zur Chorprobe, damals noch nicht der gregorianischen. Um Mitternacht stieß er die Tür auf und stand plötzlich vor uns. Er sah mich an und zog aus seiner Tasche eine Siamkatze, die kaum älter als einen Monat war, so oft hatte ich ihm damit in den Ohren gelegen, daß eine Siamkatze doch wunderbar in unsere Wohnung passen würde. Mit einem blauen Halsband, in der Farbe der Augen. Wir nannten sie Jacinta, zu Ehren der gläubigen Schäferin, und ihretwegen zögerten wir unsere langsame *mise à mort* noch einmal ein wenig hinaus. Ein zartes Tierchen und ein langer, unendlich trauriger Blick. Was für ein schöner Effekt.

»Glaubst du, daß du Jacinta spielen kannst«, fragte ich den zukünftigen Wasserhund, ohne zu wissen, daß ich ihn später José de Oliveira Cosme nennen würde.

Die Geborgenheit einer Wohnung kann eine schmerzhafte Anziehungskraft ausüben, und ich ging nur deshalb nicht hinauf, weil ich sehr gut wußte, daß alles aus war. In dieser Nacht, sosehr ich mich auch dagegen wehrte, rief mein Bett lauter als mein Gewissen. Meine Laken. Der Geruch meiner Laken, der Stoff, das Gewicht des Federbetts. Aber damals wußte ich bereits, wie bitter die Scham ist, die uns früher oder später überfällt, wenn wir bei einem Mann die geheimen Formeln anwenden, die ein anderer bei uns angewandt hat. Wir standen die ganze Zeit auf dem Sprungbrett, voller Angst und zitternd vor Kälte, aber jetzt heißt es springen, wie gut ist es, mit dir im Wasser zu sein, hatte mir in Schönschrift und wasserfester Tinte einst ein Liebhaber geschrieben. Wir standen die ganze Zeit auf dem Sprungbrett, voller Angst und zitternd vor Kälte, schrieb ich zwei Absender später, aber jetzt heißt es springen. Wie gut ist es –. O mein Gott, und die Widmung über das Leben ohne Liebe, das man nicht aushält, in einem Buch mit dem passenden Titel, habe ich sie nicht bei dritt- oder viertbester Gelegenheit für einen gerührten Schnauzbart wiederholt, der keine Ahnung hatte von dem Verrat? Nein, nein. Nicht noch einmal. Diesmal nicht. Diesmal, Hündchen, werde ich alles richtig machen. Ich löste die Handbremse, gab Gas und verschwand in der Nacht, und ich hoffte, daß er in einer verspäteten Ahnung den vertrauten Klang des rostigen Auspuffs erkannte.

Susana

Zittert vor ihm und macht Schluß mit dem Unrecht!
Nachts, wenn ihr allein seid,
dann denkt doch einmal gründlich nach.

PSALM 4, 4

»Und dann?« fragte Joana.

Dann bin ich schluchzend und ziellos weitergefahren durch noch mehr Straßen, habe noch einige rote Ampeln übersehen und bin dann bei Grün stehengeblieben, bis der Fahrer mit seiner Lichthupe blinkte. Ich fuhr verkehrt in eine Einbahnstraße, erinnerte mich aus irgendeinem Grunde an die Poster aus den frühen siebziger Jahren, auf denen »Verboten? Von wegen!« stand. Ich stöhnte in meinem Elend, wendete auf dem Bürgersteig und bemitleidete mich. Wir vergessen die Dinge, an die wir uns nicht erinnern wollen, so schnell, es war erst vorletzte Nacht, zwei endlose Nächte vor dieser. Ich wollte nach meiner Mutter rufen, rette mich, Mutter, hilf mir, Mütterchen, weine nicht, denn wer weinen muß, das bin ich. Aber meine Mutter war in Schottland und war glücklich, hatte ihr Heil gefunden bei einem schottischen Herrn, daher hielt ich schließlich unter dem Balkon meines Vaters an.

»Heute kann ich nicht, ich gehe essen«, sagte ich zu Joana, während ich mich vor dem Spiegel kämmte.

»Was?« fragte sie und wurde gleich hellhörig, gibt es einen neuen Jungen im Viertel, und die liebe Freundin erfährt nichts davon?«

»Sei nicht albern«, sagte ich ruhig, schloß meine Handtasche und zog die Strümpfe glatt, »es ist mein Vater«.

»Ach, sieh an«, rief sie, die offensichtlich nicht an eine so billige Ausrede glaubte. »Na schön, Mädchen. Sobald er hier reinkommt, springe ich auf seinen Arm.«

Sie sprang ihm wirklich in die Arme, danach waren wir drei wie versteinert, er zog die Augenbrauen hoch, und ich versuchte ein peinlich berührtes Lächeln, hallo, Vater, das ist Joana.

»Sehr angenehm«, sagte er zu der Blondine in seinen Armen, ohne die Miene zu verziehen.

»Ach, Onkel, entschuldigen Sie«, brachte sie heraus, ohne große Eile, wieder herunterzukommen, »ich dachte, es sei jemand anders.«

Man kann sich schon mit ihm sehen lassen, mit unserem Vater, sagte meine ältere Schwester voll Anerkennung und Stolz, als sie alt genug war, um ausgeführt zu werden, und wir drei posierten auf den Fotos, eng an ihn geschmiegt. Der hier, ja der, oh, der Allerbeste, das ist unser Vater. Eines Abends lud er uns alle zu glasierter Ente in ein ehrwürdiges Spezialitätenrestaurant mit gedämpftem Licht und karminroter Farbgebung ein, er nahm die Brille ab und brachte mit einiger Mühe heraus, daß er unsere Mutter sehr schätze, aber nicht mehr mit ihr leben könne. Raum brauche er, Raum. Mehr Luft. Ein neues Leben, und wir seien ja schon groß. Wir fuhren zu mir nach Hause und waren plötzlich ganz klein, bestürzt über den Verlust der Kindheit, allein im finsteren Wald, niemals werden wir dem Hexenhäuschen entrinnen. Wir aßen ein Kilo ungarische Kekse und leerten zwei Riesenbecher Eggnogg mit etwas zu viel Muskatnuß, weil ich mich bei der Menge vertan hatte, und den Rest des Abends zogen wir bösartig über sein Verhalten her, das so typisch war für fünfzigjährige Männer, knusper, knusper, knäuschen, wer knabbert an meinem Häuschen. Wir zerstören alles, weil man uns alles zerstört hat, und wenn sie rauskommt aus ihrem Häuschen, dann antworten wir ihr: Der Wind, der Wind, das himmlische Kind. Lüge, es war Lüge. Also waren Vater und Mutter doch nicht nur eine Person, wie wir irrtümlich geglaubt hatten, wie sie uns glauben machen wollten, oh Waisentum. Wo ist die warme Welt geblieben, wo niemand außer uns sich schlecht benommen hat, Vater, Vater, schenk mir was, gib mir deine Hand. Komm und kämpfe mit mir auf dem Teppich und bring mich zum Lachen unter deinem Gewicht, denn du bist groß, bist stark, nimm mich noch einmal mit auf die Feldwege ums Dorf und sag nichts. Führ mich am Hals und nenne mich Tim, wie den Hund der Fünf Freunde, hilf mir, blas mir den

Rauch ins Gesicht, damit ich mir verzweifelt die Augen reiben muß, kümmere dich um mich.

»Die Mutter«, sagte meine ältere Schwester, als sie ihren Trenchcoat zuknöpfte, um nach Hause zu gehen, der böse Wolf hatte die Hütte der drei Schweinchen zerstört, aber morgen ist ein Arbeitstag, »wir müssen uns um die Mutter kümmern.«

Ein Jahr später fand er Joanas Sprung auf seinen Arm zwar noch immer nicht besonders geschmackvoll, aber die beiden spielten Schach bis spät in die Nacht, ohne ein Wort zu wechseln. Er legte seine Pfeife nieder, um den nächsten Schritt genau abzuwägen, sie zupfte ihm den Tabak zurecht, und manchmal nahm sie ein paar Züge. Oder sie zog eine Karte und fragte, wer dran sei, konzentriert und aufmerksam, Sie haben ja unverschämtes Glück. Das heißt Pech in der Liebe, Onkel. Ich schlief im Schaukelstuhl ein, legte neue Platten auf und fühlte mich unsichtbar, ich konnte sie nach Herzenslust beobachten, denn wenn sie Karten spielten, vergaßen sie mich. Ich war hin- und hergerissen zwischen Verwunderung und Anflügen von Eifersucht, als ich sah, daß sie sich mühelos verständigten, ohne Umschweife und Empfindlichkeiten, das war also mein Vater. Dieser Protagonist eines ruhigen Dialogs mit einer jungen Frau meines Alters war mein Vater. Es ist wirklich unglaublich, daß unsere Eltern, wenn wir sie mit anderen Augen sehen, plötzlich Menschen sind wie wir selbst. Mir wurde klar, daß wir im Leben irgendwann eine Altersgrenze erreichen. Von da an müssen wir um nichts mehr bitten, müssen wir nichts mehr beweisen, werden wir, bis daß der Tod uns scheidet, nur noch einem erwachsenen, einfachen und privilegierten Verständnis begegnen, das muß gut sein. Na ja, ziemlich kompliziert, ich werde morgen darüber nachdenken. Ich schloß die Augen und hörte sie reden, ich hatte gar nicht gewußt, daß man so mit ihm reden konnte.

»Wissen Sie was, Onkel«, sagte Joana und streichelte nachdenklich die weiße Königin, die vom schwarzen Läufer bedroht war, »gestern nacht bin ich aus meinem Körper geschlüpft.«

»Was sind Sie, mein Kind?« fragte mein Vater, den Blick auf das Schachbrett geheftet, und ich begriff überrascht, daß dieser mit einer feinen und versteckten Ironie durchsetzte Ton, dieser Anflug von Überheblichkeit, der mich in meiner Jugend zur Verzweiflung getrieben hatte, auch einen stark verführerischen Einfluß ausüben konnte.

»Ach, der Herr Professor wissen nicht, was das ist. Wie ich sagte: Ich bin aus mir selbst herausgegangen, habe deutlich meinen schlafenden Körper auf dem Bett gesehen, es war nur ganz kurz, verstehen Sie, aber sehr intensiv.«

»Wie unangenehm«, sagte er.

»Aha, wie der Vater, so die Tochter«, stellte Joana fest, und ich wußte gar nicht, worum es ging, war aber trotzdem ganz stolz. »Was für eine Familie von Mimosen! Sagen Sie bloß, Sie finden das nicht verrückt.«

Er sah sie mit einem Augenblitzen an, was seine Art zu lächeln war. »Hören Sie mal, was ist denn mit dem Mond und den Sternen, mit all diesen Dingen, die früher die jungen Leute verrückt gemacht haben. Reichen die euch nicht mehr?«

Ein paar Spielabende später schenkte sie ihm eine Brandmalerei, die nun in seinem Arbeitszimmer hängt, der heilige Franziskus mit seinem Stab in einer nächtlichen Landschaft. *Laudato si mi Signore per sora Luna e le Stelle*, lautete die Bildunterschrift, und darunter stand handschriftlich: nein, wir sind nicht allein. Mit einem dicken Kuß von Joana. Am Dienstag darauf sah ich sie morgens ins Büro kommen mit diesem selbstgewissen Blick, der ernste Gespräche ankündigte, und als wir Kaffee trinken gingen, sagte sie, daß sie am Vorabend mit meinem Vater in den Bridge-Club gegangen sei, später habe er sie nach Hause gebracht, und da habe er ihr etwas erzählt.

»Ich weiß nicht, warum Sie auf den Major hören, Onkel«, hatte sie gesagt. »Das ist eine verfrühte Angst vor der Senilität, mehr nicht.«

»Überschätzen Sie sich nicht, Joana«, antwortete er, der Allerbeste. »Unsere Sensibilität spielt uns immer wieder einen Streich, Sie werden das schon noch merken. Glauben Sie mir –, wenn ich Ihnen sagen würde –, zum Beispiel –, sehen Sie, die Wahrheit ist, daß ich eine Analyse mache, seit Susana mir eröffnet hat, daß sie den Schotten heiraten will.«

Tareja

Rette mich vor meinen Verfolgern, hilf mir -
sonst beißen sie mir wie Löwen die Kehle durch,
und niemand kann mich ihnen entreißen!

PSALM 7, 2,3

»Dann warst du also bei deinem Vater?« fragte Joana.

»Nein«, sagte ich.

Red mit ihm, Liebes, wiederholte sie mit missionarischem Eifer an den Tagen danach, er braucht jemanden zum Reden. Aber ich wußte nicht, wie ich anfangen sollte, bei den Vätern der anderen ist es immer so einfach. Ich war ihm damals nicht nahegekommen und konnte es auch jetzt nicht, ich kaute an den Nägeln, es war schon so spät, es ist zu spät. Ich hatte der ganzen Welt getrotzt, und nichts durfte in Frage gestellt werden, nein, ich weiß seinen Nachnamen nicht. Nein, ich weiß nicht, was sein Vater macht. Warum, ist was dabei? Soweit ich mich erinnern kann, bin ich nie soweit gegangen zu sagen, daß ich auch nicht gefragt wurde bei dem Akt, aus dem ich hervorgegangen bin, aber ich habe ihm noch ein gutes halbes Dutzend anderer Gemeinplätze ins Gesicht geworfen, die ich allen Ernstes für ein einzigartiges Aufbegehren gegen das Nichtverstandenwerden hielt. Ich werde mich nicht kämmen, ich bin schon gekämmt. Und damit du's weißt, die Hose muß Löcher in den Knien haben, wem es nicht gefällt, der kann ja wegschauen. Wie sollte ich also an seiner Tür klopfen, wie sollte ich so viele Jahre später um Hilfe rufen, und alles bei ihm abladen: hier bin ich, nimm jetzt Anteil an meinem Leben, jetzt, wo wir beide erwachsen sind, gib mir Ratschläge. Nimm mich auf deinen Schoß. Nein, furchtbar, ich kann es nicht, es ist noch zu früh. Ich leerte den Aschenbecher, vielleicht käme er ja ans Fenster und sähe mich. Aber nichts rührte sich hinter den Vorhängen, ich bog nach links ab und schrammte das Heck eines Mercedes. Was soll's. Ich fuhr ruckartig, so müde war ich. Ich fuhr auf die Autobahn, mein Fuß klebte am durchgedrückten Gaspedal, und ich hielt erst wieder vor dem postmodernen Gebäude, in dem meine kleine Schwester wohnte.

»Hast du mit ihr gesprochen?« fragte Joana.

»Nein.«

Im zweiten Semester ihres Ethnologiestudiums hatte sich unser Nesthäkchen einen Gelegenheitsjob besorgt und gab Daten ein für einen Uni-Assistenten mit sehr kurzem Haar und den riesigen Augen des wildesten Schwarzen aus ganz Guinea-Bissau, der gerade seine Doktorarbeit zu Ende schrieb. Sie nahm sich begeistert seiner Zahlen an, stürzte sich bis tief in die Nacht in statistische Delirien, und es braucht wohl nicht eigens erwähnt zu werden, daß sie innerhalb kürzester Zeit verknallt in ihn war. Kurze Zeit später, nach vielen Debatten, nächtlichen Telefonaten und einigen häuslichen Dramen, zogen sie schließlich zusammen in einen dieser Mondtürme, die völlig planlos ins Ödland gesetzt worden waren und die ich immer schon grauenhaft gefunden hatte, ohne es ihr zu sagen. Das mußte ja nicht sein.

»Sagt mir, haben wir dafür unsere Kinder mit so viel Sorgfalt großgezogen?« beklagte ich mich lautstark bei meinen Freundinnen.

»Die Frau ist nicht deine Tochter«, korrigierte mich Catarina.

Es war ihre erste Erfahrung mit diesen Dingen, und sie widmete sich ihr mit Hingabe, wenn sie den Einkaufswagen im Supermarkt vor sich herschob, um Reis und Waschpulver für die eigene Wohnung zu kaufen, in der sie mit ihrem eigenen Mann lebte. Aber es dauerte nicht lange, bis sie entdeckte, daß es keinen Traum gab, der sich so schnell und unmerklich in einen Alptraum verwandeln konnte wie dieser, zumal der Assistent die Harmonien, die vom reinen Akkord abwichen, nicht als solche erkennen wollte. Er erstickte sie mit Liebe, mit der eifersüchtigen Väterlichkeit älterer Männer, er wartete nach jeder Vorlesung auf sie, um mit ihr Kaffee trinken zu gehen, er schleppte sie zu Mittagessen, die vergiftet waren von eifrigen und ängstlichen »Wahrheitsspielen« ohne Ende. Er bescherte ihr täglich Briefe, Zettelchen, Botschaften, Bildergeschichten, und wenn sie zu

Hause mit einem Kommilitonen lernte, rief er zwanzigmal an, um ihr zärtliche Scherze ins Ohr zu flüstern. Wenn sie bei einer Freundin schlief, weil sie am nächsten Morgen um sechs Uhr aufs Land fahren mußten, fand sie am Scheibenwischer zehnseitige Herzensergießungen vor. Einmal lagen sogar zwanzig taufrische weiße Rosen auf dem Lenkrad, die Sonne war noch nicht einmal aufgegangen.

»Das ist alles eine Frage der Zeit«, beruhigte mich Celeste, die auch mal jung war. »Warte, bis das Mädchen es satt hat, beim ersten Mal ist es doch immer am schwierigsten. Später beginnen wir zu verstehen, daß die Welt nicht gleich zusammenbricht, wenn man einen Mann verläßt, nicht einmal, wenn man ein gemeinsames Heim verläßt, und wir haben immer weniger Angst vor der Einsamkeit. Oder hast du vielleicht nie Zugeständnisse gemacht aus Angst vor der Einsamkeit?

»Die Einsamkeit«, sagte ich und raufte mir die Haare, »das ist ein weites Feld. Was ist mit der Angst, allein von vorn anfangen zu müssen, Verträge schließen, Rechnungen bezahlen, das Geld einteilen und Verträge aushandeln zu müssen, das Leben zu meistern, ohne einen Erwachsenen hinter sich, der das Fangnetz aufhält? Meinst du nicht, daß diese praktischen Details aus dem Alltag alleinlebender Frauen ihnen noch mehr Zugeständnisse abfordern als die vage Angst vor der Einsamkeit?«

»Ach, wie gut kann das Fräulein doch die anderen beurteilen«, flötete sie, »wie flott, wie scharf. Als hätte es nie aus Liebe zu Kühlschrank und Waschmaschine die eigene Würde preisgegeben, mit Haut und Haaren.«

»Die Restaurants, wo die Kellner uns kannten«, gab ich zu, »das war immer mein schwacher Punkt, ich weiß auch nicht, wieso.«

Tschau Vater, tschau Mutter, Schwestern, Schwestern, weint nicht um mich, ich werde jetzt mein Leben leben und endlich die Freiheit im gelobten Land der reifen Jahre genießen. Jetzt mache ich alles, wozu ich Lust habe, und gebe niemandem Rechenschaft mehr, basta. Außerdem gefiel ihr das Anrüchige, das sein Ältersein, die Kreditkarten und die Privatclubs an sich hatten, sie dagegen mit Lehrbüchern und Mitschriften unter dem Arm, mit Pferdeschwanz und Jeansweste, und der respektvolle Neid der anderen, das tat gut. Die erste Nacht in meiner ersten Wohnung, morgen bin ich es, die sich um alles kümmert, und übermorgen gebe ich ein Abendessen. Wir schlafen auf rosa Wolken ein und wachen im Kerker auf, die Harfen haben wir in die Weiden gehängt, Hymnen der Stille aus Siam in einem fremden Land. Was ist das, was soll das werden, nie zuvor hat man unsere Freiheit derart beschnitten. Entschuldigung, aber ich bin es nicht gewöhnt, so behandelt zu werden. Sie war zu stolz, zu dickköpfig, um ihre Enttäuschung auch nur den Wänden zu gestehen. Aber eines Abends, als sie besonders bedrückt war, vertraute sie uns an, sie versuche ihm jede Woche wenigstens einmal klarzumachen, daß sie doch nicht füreinander geschaffen seien und die Trennung vielleicht die eleganteste Lösung darstelle. Und der Ethnologe schrie jedesmal, daß er sich dann aus dem Fenster stürzen würde.

»Ach Kind!« rief Joana unter wildem Gelächter. »Da kann ich nur zynisch und grausam lachen. Wo habe ich das bloß schon mal gehört. Großer Gott!«

»Sag ihm, er soll sich runterstürzen«, fügte ich zornig hinzu. »Er soll sich auf der Stelle runterstürzen, damit du zuschauen kannst. Du wirst schon sehen, wie schnell er das Thema wechselt. Er macht dir nur was vor, das kennt man doch. Hör nicht drauf.«

»Nein«, sagte sie dramatisch, »nein, nein, ihr versteht das nicht. Ihr kennt ihn nicht, er würde sich glatt runterstürzen. Ich kann es nicht. Ich kann gar nichts machen.«

»Jaja«, trällerte Joana, »wie schön wär's doch, noch einmal zwanzig zu sein, zu leben mit dir allein, und nur dich zu lieben.«

Ich habe sogar die Autotür geöffnet. Ich wußte nicht so recht, was ich dort oben wollte, mich vermutlich bei ihr ausheulen, vielleicht um Unterschlupf bitten, bis ich wieder einen klaren Gedanken fassen konnte. Ich ging zwei Schritte zum Bürgersteig, der Hund hing über meinen rechten Arm, aber dann dachte ich, daß ich für meine kleine Schwester das glänzende Vorbild für Autonomie war, das ihre zögernden Schritte sicherer machte. *Es ziehen die Mauren in den Krieg, o grausame Schlacht! Mit ihren Schwertern suchen sie den Sieg, viel Blut hat er uns gebracht,* hatten wir früher immer gesungen, wenn Gäste da waren. Und sie sah mich mit leiser Ehrerbietung an, denn ich, ja ich, ging wirklich in die Schlacht, und wie! *Fort mit euch, ihr wüstes Pack,* sie ist älter, sie weiß es. Und nun hieß es, *Lisboa, es erlag den Mauren,* aus ist's. Und nicht einmal der König Dom Afonso Henriques mit seinen

Kreuzrittern würde es wieder einnehmen können, außer sie sprengten die Stadtmauern von innen..

»Mir geht es bestens«, versicherte sie und schloß den Kofferraum ab, den ganzen Abend hatte sie den Mund nicht aufgemacht, obwohl ich mich bemüht hatte, gesellig zu sein und die kleinen Lächerlichkeiten des schottischen Herrn zu übersehen. »Ich bin nur sehr müde, ehrlich. Ich werde schlafen, das geht schon vorbei.«

Schlagt eure Mutter, aufmüpfige Jugend, schlagt sie nach Herzenslust. Sucht ein schönes, freies Land, bevölkert es, befestigt es, denn es wird immer trojanische Pferde geben, die heimlich eure Verteidigungslinien durchbrechen und euren Mut herausfordern. Die Ringmauer war gebaut, so fest, daß sie allen Katastrophen standhalten würde, in ihrem dunklen Grabe lacht Dona Tareja vielleicht als letzte. Und ich konnte doch nicht den Aufstand der Belagerten schwächen, indem ich mitten in der Nacht in dieser Verfassung bei ihr auftauchte. Verloren, verheult und im ungünstigsten Augenblick bekennend, daß wir nie frei sind von den großen Einsamkeiten. Entschuldige, Kleine, aber wir können nie sagen, daß wir den Plan für die Schatzinsel gefunden haben. Es wird immer Fallstricke geben, die uns der Wildnis ausliefern. Erinnerst du dich?

»Aber ich war so verzweifelt, daß ich vielleicht trotzdem hochgegangen wäre«, gestand ich Joana. »Was mich dann abgehalten hat, war diese Geschichte von dem Korsett, die ich dir letzten Monat erzählt habe.«

Sie rief mich an und meinte, ich solle abends vorbeikommen, wenn ich könne, ihre Stimme klang strahlend, und als ich kam, war er nicht da. Sie führte mich ins Schlafzimmer und packte auf dem Bett mattbunte Schachteln aus. Vorsichtig entfernte sie das Pergamentpapier und zeigte mir aufgeregt Bodies, Hemdchen, *bustiers*, geheimnisvolle Teile. Meine kleine Schwester hatte die spitzenbesetzten Tore zur Welt der *lingerie* aufgestoßen, und ich war fast zu Tränen gerührt, als ich sie so glücklich und so erwachsen sah, strahlende Debütantin. Sie zeigte mir mit besonderer Zärtlichkeit ein Korsett aus weißem Satin und stilisierten schwarzen Arabesken, sie stellte sich auf und hielt es sich vor, sah mich an, und ihr maliziöses Flüstern war ein einziger Lustschrei. »So macht man das doch, oder?« fragt sie hilfesuchend.

Deshalb konnte ich ihr nicht verraten, daß auch ich nicht wußte, wie man es macht, wir wissen es nicht, Liebes, niemand weiß es. Ich konnte mich ihr doch jetzt nicht mit zerbeulter Rüstung und zerbrochenem Excalibur zeigen, ihr, die mich brauchte, damit ich im Angriff, mit der Lanze in der Hand, vor den Truppen hergaloppierte. Ich zuckte die Schultern, steckte in hilfloser Wut die Hände in die Hosentaschen, bedauerte unser Schicksal und ging zum Auto zurück.

Cristina

Gott schärft sein Schwert,
spannt seinen Bogen und legt auf sie an.
Seine tödlichen Waffen liegen bereit,
mit brennenden Pfeilen beschießt er sie.

PSALM 7, 13,14

Da am Montag ohnehin das Programm in Porto beginnen würde, dachte ich mir dann, daß ich, wenn ich gleich losführe, ungefähr um acht in Porto ankommen müßte. Und im Haus meiner älteren Schwester gäbe es ein stärkendes Frühstück, in dem verglasten Wohnzimmer mit den vielen Tigerbildern von Júlio Pomar an den Wänden und einer Mädchenfigur von Cutileiro, die als Stütze für den riesigen Lampenschirm aus bearbeitetem Glas diente. Wir würden in weichen, karierten Morgenmänteln, noch duftend nach teurem Badeschaum, vorgeschnittene Grapefruit-Hälften und hauchdünnen, fast durchsichtigen Schinken essen. Meine in Lambswool gekleideten Neffen und Nichten mit ihren feuchten, zur Seite gekämmten Haaren würden an meinem Arm zerren, damit ich ihre neuen Fertigkeiten, die sie im Deutschen erworben hatten, würdigte. Dann würde die Hupe des Schulbusses ertönen, mein Schwager würde versuchen, mich mit ein paar Spötteleien über meinen Fußballclub aufzumuntern, und niemand würde Erklärungen von mir verlangen. Beide würden sie ihre Aktentaschen schließen und weggehen, um die Interessen großer Firmen in verschiedenen Büros zu vertreten. Bleib, solange du willst, und überleg dir mal, ob ich dich nicht bei Maria de los Angeles anmelden soll, mit diesen Haaren siehst du aus wie die bösen Weiber bei Dickens. Ich würde eine halbe Stunde lang die Dusche laufen lassen und anschließend eine tiefe Müdigkeit empfinden, nehmt euch meiner an.

»Flecht mir da hinten einen Zopf, aber paß auf, beim letzten Mal ist er sehr dick geworden«, befahl sie und kontrollierte alles im Spiegel. Die Kleider, die sie auf der Party tragen würde, hatte sie bereits auf dem Bett ausgebreitet.

Sie war sieben Jahre älter als ich, zwölf Jahre älter als unsere kleine Schwester, und sie, die uns belehrte und beherrschte, war für uns der vollendete Ausdruck von Stil und Glanz, unbestrittenes Vorbild für jene Perfektion, zu der wir alle berufen sind, die aber nur wenige erreichen. Schließlich hängte sie ein Vorhängeschloß vor ihren Kleiderschrank, aber vorher hatten wir immer heimlich, wenn sie nicht da war, darin herumgestöbert, Blusen hochgehalten, die verbotenen, spitzen Stöckelschuhe ausprobiert, in den Schubladen mit den Strumpfhosen und den Schmuckschatullen gekramt, mit Mühe die symbolträchtigen Aufschriften der Cremedosen und Lotions entziffert. Wir fanden erstmals Zugang zu den Zeitschriften, in denen die Geheimnisse und die Verpflichtungen der verfeinerten Eleganz zu finden waren. Wir schrieben sorgfältig auf, was männliche Stimmen ausrichten ließen, platzten vor Stolz, wenn uns wunderbarerweise ein vertrauliches Geständnis zuteil wurde, sprangen zerzaust und in Frotteeschlafanzügen aus den Kojen, wenn auf der Straße ein Auto hielt und wir gleich darauf Schritte hörten. Wir gingen in die Küche und sahen ihr zu, wenn sie sich ein großes Glas Magermilch eingoß, setzten uns ihr zu Füßen, saugten gierig alle Details auf und bettelten, daß sie es noch einmal erzähle, leise, lach nicht, du Dumme, die Eltern schlafen doch. Einmal, am Abend, bevor sie wegen eines Praktikums nach Genf flog, erschien ich allein, weil die Kleine Grippe hatte, und fand sie tränenüberströmt an den Kühlschrank gelehnt.

»Er nimmt mich nicht ernst«, sagte sie mit zitternder Stimme und wirrem Haar, Königin Cristina, nachdem sie ihren spanischen Geliebten tot aufgefunden hat, auf dem Weg in ferne Lande, wo man das Lodern der Herzen nicht mehr hört. »Er entscheidet sich nicht, antwortet mir nicht, ich weiß nie, was ich zu erwarten habe, er meint, er muß nur mit den Fingern schnippen, und ich komme gelaufen, ich halt das nicht aus. Ich mag ihn so sehr, so sehr, aber ich halt's nicht aus. Heute bin ich mit dem

Vicente Montargil weggegangen, weißt du, er mag mich sehr. Und er nimmt mich ernst, er hat mich auch gefragt, ob ich ihn heiraten will. Ich ertrage es nicht, ich kann so nicht leben. Deshalb werde ich ihm, wenn ich aus Genf zurückkomme, sagen, daß ich ihn heiraten werde.«

Ich war äußerst beunruhigt, da ich noch nicht so viel von diesen Dingen verstand, aber ich besaß genügend Intuition, um zu spüren, wie sehr sie den anderen liebte, und daß sie das zu dem Wahnsinn trieb, den Montargil heiraten zu wollen, die Scherben in ihrem Inneren, die ständig blutende Wunde des Schmerzes. Ich schwieg wie ein Grab, brachte sie zusammen mit den Eltern zum Flughafen, am nächsten Tag nahm ich allen Mut zusammen und rief ihn an. Ich teilte ihm ohne Umschweife mit, daß ich mit ihm reden wolle wegen meiner Schwester, er antwortete mir mit ein paar Nettigkeiten, die man in Porto sagt, und wir verabredeten, daß er mich am nächsten Tag zum Mittagessen abholen würde.

»Das nicht, das auf keinen Fall«, urteilte meine kleine Schwester fiebernaß und vor Aufregung fast platzend, das Zimmer war übersät mit Kleidungsstücken, die ich an- und wieder ausgezogen hatte mit der Unicherheit der Anfängerinnen, nichts gefiel mir. »Du mußt – wie sagt Schwesterlein immer – irgendwie sportlich, aber teuer aussehen.«

Er übergab das Auto dem Portier zum Parken, ich war fasziniert. Er zwinkerte mir zu und erklärte mir, daß dort am Abend nur Männer eingelassen würden, ich schlug mich wacker, als sie mir aus der Jacke halfen und meinen Stuhl zurechtrückten, dreizehn Jahre und dicke Knie, ich wagte kaum, mich umzusehen. Ich bestellte Stachelrochenfilets, denn bei denen wußte ich zumindest, wie man sie aß, die Gabel, Vorsicht mit der Gabel, sieh zu, daß du es schaffst, die Gabel nicht so tolpatschig zu halten. Ich beobachtete heimlich, was er mit den Artischocken machte, da ich mir schon so viel Mühe gegeben hatte, konnte ich zumindest versuchen, etwas zu lernen. Dann sah ich ihm ins Gesicht, ganz ungezwungen und mutig, und legte los: es sei mir sehr wohl bewußt, daß es mich nichts angehe, aber ich wolle, daß er wisse, daß meine Schwester ihn sehr möge und sehr darunter leide, daß er ihr nur Gleichgültigkeit entgegenbringe, daß ich die Kehrseite der Medaille sehe, während er friedlich schlafe und sich in aller

Seelenruhe vergnüge. Sie sei gebrochenen Herzens nach Genf geflogen, und nach ihrer Rückkehr wolle sie den Montargil heiraten. Ja, den Montargil. Er war tief beeindruckt und gab mir einen dicken Kuß, als er vor dem Eingang des Gymnasiums hielt, leider hat es niemand gesehen. Er reservierte einen Platz in der nächsten Swissair-Maschine, erschien mit einem traumhaften Rosengebinde in ihrem Hotel und steckte ihr einen Ring auf den Finger. Wie schön.

»Wie hätten es die Damen gern, daß der Bräutigam sich zum Abschied präsentiert?« fragte er, als er uns am Ende der Hochzeit umarmte.

»Sportlich, aber teuer«, antworteten wir im Chor.

Die Geschichte mit dem Mittagessen wurde in unserer Familie nie erwähnt, höchstens andeutungsweise, aber mir brachte sie bei den beiden Sonderrechte ein. Dieses Mädchen, das klüger ist als die anderen, so klein und doch schon mit Gespür, wie man zu gegebener Zeit diskret interveniert.

Ich fuhr noch bis zur Mautstelle, dann kehrte ich um, denn schlimmer als die einsame Verzweiflung im Novemberregen wäre es, um acht Uhr morgens von dem mir so liebgewordenen Sockel steigen zu müssen. Als ich sah, daß es schon nach drei Uhr war, fuhr ich mit letzter Kraft zu Celeste.

»Deshalb, Joana, hat mich niemand gesehen«, schloß ich, ohne zu wissen, ob ich noch hoffen durfte. Das Zimmer war voller Qualm, und sie rührte sich nicht. »In der Zeit zwischen Catarina und Celeste habe ich mit niemandem gesprochen, war ich mit niemandem zusammen, habe ich keine Alibis. Ich fuhr ziellos mit dem Auto durch die Gegend, ohne Klarheit zu bekommen und ohne einen Platz zu finden, wo ich hätte niedersinken können, ich habe an vielen Türen haltgemacht, aber nirgends angeklopft, habe, an den Hund geklammert, geweint, aber der Hund schlief. Du bist das Wertvollste, was ich im Leben habe, und ich weiß, warum du plötzlich anfingst, an mir zu zweifeln. Ich weiß, weshalb du Beweise brauchtest, aber ich kann sie dir nicht geben. Wenn du mir glauben willst, mußt du es tun, weil du spürst, daß ich die Wahrheit sage, weil du mich magst und weil du weißt, wie sehr ich dich mag. Ich mag dich so sehr. Mehr kann ich nicht sagen. Glaub mir, um Himmels willen.«

Brunilde

Doch mir hast du so viel Freude gegeben,
mehr als sie hatten und haben können
mit all ihrem Korn und dem vielen Wein.

PSALM 4, 8

»Ich will dir glauben«, sagte sie.

Ich sah ihr ins Gesicht und spürte, daß noch immer der Zweifel an ihr nagte.

»Aber du schaffst es nicht, was?« fragte ich fast lachend, fast grausam. »Ich bin unschuldig, habe aber keine Beweise, ich bin deine beste Freundin, aber du kannst nicht an mich glauben.«

»Ich will an dich glauben«, beharrte sie ganz schwach.

»Schau mich an«, befahl ich, ich war am Ende. »Schau mich an und glaub mir, was ich sage. Glaub es ohne Entschuldigungen, ohne Begründungen, ohne Alibis.«

Ich lehnte mich an die Wand, entweder jetzt oder nie. »Ich habe nichts zu meinen Gunsten vorzubringen. Wenn du mir glauben willst, dann mußt du es einfach so tun.«

»Hilf mir«, bettelte sie.

Als Piu-Piu zum ersten Mal auf diese erschreckende Weise verschwand, holte ich sie ab und ging mit ihr weg, um sie aufzumuntern, es war ein regnerischer Samstagabend, und merkwürdigerweise waren die Straßen menschenleer. Ich redete viel, aber sie antwortete kaum, ich spielte für sie *merengues* auf dem Kassettenrekorder, aber sie stellte die Musik leiser, sie war abwesend und traurig. Sie lehnte alle meine Vorschläge ab, und wir entschieden uns schließlich für eine Jazzkneipe, zu der man ein paar Stufen hinauf auf einen Platz mit einer von dunklen Bäumen eingesäumten Rasenfläche steigen mußte. Die Straßen wirkten verlassen, doch Parkplätze gab es trotzdem nicht, fluchend quälte ich mich durch enge Gäßchen, auf der Jagd nach einer Parklücke, aber es tauchte nicht einmal eine Katze im Scheinwerferlicht auf. Plötzlich drückte sie die Zigarette aus und sagte mit gesenktem Blick: »Weißt du, ich hab dir das noch gar nicht erzählt, aber aus verschiedenen Gründen, die schwer zu erklären sind, bin ich felsenfest davon überzeugt, daß seine Schwester, eine ganz eklige Frau mit grauenhaften Beinen, schwarze Magie getrieben hat, um uns auseinanderzubringen.«

Ich bremste heftig und wollte sie anschreien, sie solle zur Vernunft kommen, aber genau in diesem Augenblick zerschlug ein von unsichtbarer Hand geschleuderter Stein die Scheibe auf ihrer Seite, streifte ihren Arm, daß es blutete und flog weiter gegen mein rechtes Bein, wo er den dauerhaftesten blauen Fleck hinterließ, den ich je hatte.

»Ich glaube, wir sehen besser zu, daß wir schnell hier rauskommen«, sagte sie, ohne die Miene zu verziehen.

Ich weiß gar nicht mehr, wo wir uns dann herumgetrieben haben. Nur noch, daß wir tranken, tranken, tranken, und daß ich, an sie geklammert, Dutzende von kapverdischen *mornas* tanzte, als hätte ich Angst, ein böses Wesen könnte sie plötzlich unter lautem Gelächter in die Lüfte entführen. Ich erinnere mich an den Beifall einer angeheiterten Runde, als ich die Meinung vertrat, daß man in den unerträglichen Momenten des Lebens das Gefühl hat, einen alten Affen von einer hohen Mauer herab lachen zu hören. Und dann erinnere ich mich an ihren Kopf in meinem Schoß, als eine Gruppe auf der Tanzfläche gerade irgend etwas feierte und der Sänger sein Hemd aufgeknöpft hatte.

»Liebes«, flüsterte ich ihr ins Ohr und löste mein Haar, »glaubst du, daß all diese Leute denken –«

»Daß ich und du und so?« fragte sie mit geschlossenen Augen. »Ich glaub schon, na klar.«

»Ich wollte eigentlich nur fragen, ob sie glauben, daß wir betrunken sind«, seufzte ich, völlig entkräftet.

»Was weiß ich«, sagte sie. »Laß mich schlafen.«

»Ach herrje, *doutorinha*«, rief am nächsten Morgen Senhor Alberto munter, »wie haben Sie denn das angestellt?«

»Als ich aus dem Haus kam, stand das Auto so da«, log ich, denn ich wollte nicht für verrückt erklärt werden. »Wahrscheinlich wollten sie mein Radio klauen.« Aus Angst, unglaubwürdig zu sein, fügte ich, listig wie ich war, zum Beweis meiner Zurechnungsfähigkeit hinzu: »Aber es hat sich nicht gelohnt, es ist eins zum Rausnehmen.«

Am Nachmittag begab ich mich mit Joana in die Domäne einer Frau von der kapverdischen Salzinsel, die Brunilde hieß und von ihrer Mutter die geheimnisvolle Gabe geerbt hatte, dorthin sehen zu können, wohin das Auge der Normalsterblichen nicht reicht, nämlich direkt in die Seele und in vergangene Zeiten, in die größere Klarheit der undurchdringlichen Dimensionen. Auf dem Weg schmetterte ich mit Fistelstimme und gekünstelten Tremolos die Arien aus der Walküre, was Joana sehr geschmacklos fand, mit solchen Sachen scherzt man nicht. Wir klingelten etwas beklommen, und es öffnete uns eine stattliche Person mit beeindruckenden Augen, der wir erklärten, daß wir von Leonor kämen. Sie schlossen sich in ein Zimmer ein und ließen mich mit Zeitschriften allein, von denen ich noch nie etwas gehört hatte, es vergingen eine Stunde, eineinhalb Stunden, schließlich vernahm ich schallendes Gelächter, und sie kamen, ihre Adressen tauschend, heraus. Wir tranken Tee und unterhielten uns angeregt, erfuhren, wo nur für Eingeweihte die farbenprächtigsten Tücher aus Dakar verkauft wurden, nebenbei interessierte sich Brunilde sehr für das komplizierte Gebiet der In-vitro-Fertilisation. Wegen eines Effekts, den ich gerade untersuchte.

»Sie sagt, daß die Seele einer Prinzessin aus dem Irak, die im letzten Jahrhundert von ihren Brüdern ermordet wurde, weil sie sich heimlich mit einem Schäfer traf, bei mir Zuflucht gesucht hat«, erklärte Joana auf dem Heimweg. »Und das ist der Grund für meine Pechsträhne in den letzten Jahren. Jetzt muß sie sie dazu überreden, mich wieder zu verlassen, verstehst du, aber das muß sehr vorsichtig geschehen, denn wenn die Prinzessin sich widersetzt, ist es aus mit mir. Es wird sechs oder sieben Monate dauern, so wie es aussieht.«

Ich brachte mein Unverständnis mit spöttischen Kommentaren zum Ausdruck, die sie so verdrossen, daß ich nicht wagte, weiterzumachen. Aber bei der nächstbesten Gelegenheit benutzte ich das Thema der künstlichen Besamung als Vorwand, um diese ruhige Frau mit dem Körper einer Statue wiederzusehen, die von fernen Sphären erzählte und die Stimmen versunkener Städte hörte. Sie studierte dunkle Materien, die nicht gelehrt werden können, die Maschen des Netzes, in dessen konzentrischen Ringen die Seelen in einer höheren Ordnung als der weltlichen aufgehoben sind, in diesen Nächten klammerte ich mich fest an ihn und spürte, wie der Flur im Halbdunkel atmete.

»Du hast eine sehr junge Seele, Mädchen«, offenbarte sie mir, als ich ihr gerade einen Vortrag über die Genealogie der Haustiere hielt. »Es ist sehr wahrscheinlich, daß du dein erstes Leben als Mensch lebst.«

»Und was war ich vorher?« fragte ich entsetzt.

»Ich kann es nicht beschwören, aber ich könnte fast wetten, daß du ein Vogel warst.«

»Erzähl das niemandem, um Himmels willen«, bat ich.

Die meiste Zeit lebte sie auf den magischen Knotenpunkten, die in Lissabon, Berlin und in einem kleinen Dorf im Senegal lagen, und außerdem war sie sehr gefragt bei internationalen Organisationen aller Art, die die Kraftlinien ihrer undefinierbaren Weisheit aufnehmen wollten, um in andere gedankliche Sphären vorzudringen. Ich hörte ihr mit offenem Mund zu, war begeistert von der klaren und feinen Logik, mit der sie mir die Welt beschrieb, in Farben, die ich noch nie gesehen hatte. Nach wenigen Monaten glaubte ich bereits, daß alles möglich sei. Bis auf das eine, das sie mir an einem windigen Sonntag sagte, als ich sie vom Flughafen abholte, nach ihrer Rückkehr aus Ravenna von einem Seminar über die Traumwelt der Albinos.

»Es ist so traurig, so traurig, nach Hause zu kommen, und das Haus ist immer leer«, seufzte sie unvermittelt, als sie die Tür aufschloß.

Ich blieb mit den Koffern in der Hand stehen, sie legte die Pakete und die Kartenrollen nieder und sah mich mit Augen an, die plötzlich nicht mehr dieselben waren. »Ich weiß so viel, Mädchen«, sagte sie zu meiner Überraschung, »ich sehe so viel, kann so viele Tiefen ergründen. Aber weißt du, ich bin immer allein. Ich bin allein und hab es satt, allein zu sein. Es gibt Tage, an denen würde ich alles dafür geben, einen Mann zu haben, Kinder, Geld. Ich würde mein ganzes Leben für einen Vormittag in Familie tauschen. Ich habe nichts.«

»Manchmal würden wir alle so gern normal sein«, erklärte Celeste, als ich endlich so weit war, daß ich ihr alles erzählen konnte.

»Vielleicht wäre es schrecklich öde, aber ich stelle es mir so einfach vor.«

»Ich mag nur dich, Joana«, sagte ich und war am Grund und am Ende angelangt, ich sah sie an und fühlte mich ruhig, fühlte mich fast glücklich. »Ich brauche nichts sonst, etwas anderes interessiert mich nicht mehr. Ich brauche die Gewißheit, daß ich dich habe, daß unser Boot böse gekentert ist, aber daß wir beide aufgewacht sind, an dieselbe Boje geklammert, ich will dich bei mir haben, denn alles andere ist nicht mehr wichtig, und ohne dich nützt mir die ganze Zeit, die ich noch zu leben habe, nichts.«

Zumindest werden wir großartig scheitern, so großartig wie in den klassischen Dramen, *auf einem Felsen sah ich ein Kreuz, und dein schwarzes Boot, es tanzte im Licht. Du winktest in großer Not, das Segel war nicht mehr gespannt, es sagen die Alten vom Strand, du kommst nicht zurück. Sie sind verrückt. Sie sind verrückt.* Ich kann nicht, ich kann noch nicht aufgeben.

»Ich habe innerhalb von zwei Tagen alles verloren«, sagte ich sehr leise, ich schwöre, es ist der letzte Versuch, »aber ich finde es gar nicht mehr so schlimm, wenn ich nicht auch dich verloren habe. Weißt du, was ich die ganze Zeit gedacht habe? Daß es vielleicht angebracht wäre, die Regeln einzuhalten, den Parametern zu gehorchen, eine Sache gut zu machen und nicht so viel auf einmal zu wollen. Vielleicht ist es nun soweit. Jetzt kann ich anfangen, ganz normal zu sein.«

»Wie grauenhaft!« schrie sie mit einer Heftigkeit, als wäre sie aus einer langen Hypnose erwacht. »Liebes, wie grauenhaft! Was habe ich dir nur angetan.«

Wir sahen uns an und brachen in Gelächter aus. Wir lachten so laut, daß wir den Hund weckten, der die Ohren spitzte, das Schnäuzchen verzog und bellte, ganz schrill bellte, zum ersten Mal in seinem Leben. Wir weckten auch Senhor Cardoso, der in der Tür erschien und sich fassungslos die Augen rieb, zwei Frauen bei Tagesanbruch, die eng umschlungen in einem menschenleeren Gebäude tanzten. Mit einem aufgeregten Hündchen, das knurrend an ihren Fersen hing.

»Senhor Cardoso!« schrie Joana mit offenen Armen und wehendem Haar. »Senhor Cardoso, tanzen Sie mit uns!«

»Aber *doutorinhas*«, stotterte der Arme verblüfft und hilflos. »Aber *doutorinhas,* nein, so was!«

»Wir sind gerettet!« erklärte sie, faßte ihn um die Taille und zog ihn ins Zimmer, während ich den Takt klatschte. »Sehen Sie nicht? Wir sind gerettet. Unser Boot ist gekentert, aber wir sind beide aufgewacht, an dieselbe Boje geklammert, verstehen Sie nicht? Ach, Senhor Cardoso, umarmen Sie mich, küssen Sie mich, kommen Sie an meine Brust, bitten Sie diese junge Frau, Ihnen zu erklären, warum ich nichts mehr sagen kann, ich bin so glücklich, so glücklich, so glücklich.«

Sie sah, daß ich meine Zigarette ausmachte und meine Tasche nahm, winkte mir aus seiner hilflosen Umarmung zu, und ich dachte, daß sie mir richtig gefiel mit ihren Falten. Ich ging hinaus in die klirrende Kälte eines Morgens voller Verheißungen, die Vögel kreischten in den Bäumen und schüttelten die Schwere der Nacht von ihren Flügeln, denn gleich würde die Sonne aufgehen. Wenn ich schnell fuhr, konnte ich mich in Porto noch ausgiebig duschen vor dem Mittagessen mit den Kuhexperten.